겨울소나타

사랑이란 자기희생이다.
이것은 우연에 의존하지 않는
유일한 행복이다.

— 톨스토이

차례

01. 그의 흔적

도착했군요. 은수도 무사히 귀가했습니다.

다음 날 아침, 은수는 이메일에 짧은 글을 남기고 집을 나섰다.

학교 가는 길에 승규의 흔적을 본 은수는 이끌리듯 〈Bakery PAUL〉 앞으로 갔다. 오늘도 가게 앞은 갓 구운 빵을 기다리는 사람들로 분주했고, 그 긴 줄에 선 승규를 본다. 그는 순서를 기다리며 가장 많이 팔리는 빵이 무엇인지 보고 있다가, 차례가 되자 주저 없이 파나토네와 크루아상을 주문했다.

음! 그래서…… 자상한 센스쟁이!

자전거 페달을 밟으며 달리면 어느새 따라와 어루만지는 시원한 바람. 은수는 그 바람결에게도 인사를 전했다.

이 언덕을 뛰어오르던 그 사람 이마의 땀방울도 너희들이 식혀 줬겠구나. 고마워…….

음악대학 앞에 자선서를 세우고 은수가 향한 곳은 헬렌 홀이었다. 고요한 정적을 깨우며 걸어가 강당 맨 앞줄 그 의자에 앉으니, 그때가 고스란히 생각나 은수는 눈을 감았다. "은수 씨, 누가 왔나 뒤돌아봐요. 어서~" 라고 했던 승규의 목소리⋯⋯. 그 소리를 듣고 얼마나 놀라고 기뻤는지, 또 얼마나 그리워하며 그를 기다렸는지 은수는 이제야 시인하며 울음을 터뜨렸다. 그렇게 뜨거운 눈물을 흘리다가 그녀는 서둘러 눈물을 닦고 홀 밖으로 나갔다. '눈물이 잦으면 슬픈 사랑을 한단다'라는 말이 생각나서였다.

실기시험 참패의 원인을 확인하고 싶었던 은수는 연습실에 오자마자 바흐 무반주 악보부터 펼쳤다. 연주가 꼬이기 시작한 FUGA 52마디부터 악보를 따라 읽다가 활 쓰임이 잘못됐을 거라는 걸 알아내고 그곳에 'up down' 주의 표시를 해 뒀다. 그러고 나서 코앞에 닥친 음악사시험을 준비했다. 음악 양식을 시대별 작곡가별로 정리해 둔 요점카드가 있어 수월했고, 잘 볼 자신도 있었다. 따로 움직이기 귀찮아 등굣길에 사 온 POUL네 치즈 크루아상을 커피와 함께 점심으로 먹었다.

'나~ 한국 가지 말고 여기 며칠 더 있을까? 이렇게 좋아하는데⋯⋯.'

"보고 싶어⋯⋯."

이제 은수에게 크루아상은 곧 승규였다.

"왜 이렇게 늦었니? 너 기다리다 배고파 죽는 줄. 있는 거 해서 밥부터 먹자."

"된장국 남아 있지? 그럼, 기운 나게 고기 구워 먹자."

"집에 구울 고기가 있었나?"

"냉동고에 꽤 있을 거야. 그저께 사다 넣었거든."

"그래?" 하고 뛰어간 영희가 냉동고를 열어 보고 놀란 듯 말했다.

"어머~ 뭐가 이렇게 많아? 이거 너를 위한 그분 마음 같은데, 내가 먹어도 돼?"

"돼. 그러니까 빨리 팬에 올려. 배고프다며?"라고 중얼거리며 은수는 냉장고 채소 서랍을 뒤적거렸다.

"너 뭐 찾니?"

"김밥 재료 될 만한 게 있나 해서. 당근이랑 달걀은 있는데, 너도 도시락 싸 갈래?

"갑자기 웬 도시락?"

"점심때마다 나와야 하고, 뭐 먹을까 신경 쓰기 귀찮아서 싸 가려고. 나 내일부터 6시에 등교할 거야."

"너무 이른 거 아냐?"

"지금 나한테 너무 이른 게 뭐가 있겠니?"

"그래~ 속이 든든해야 뭐든 하니까 내 걱정 말고 네 거나 잘 챙겨. 어머! 이 목걸이 뭐야?"

영희가 은수의 목걸이에 관심을 보이며 옆으로 왔다.

"승규 씨가."

"이번에? 고급스럽다 했더니, 에르메스네. 네가 고른 거야?"

"승규 씨가. 예쁘지?"

목걸이를 가까이 살펴보면서 영희가 말했다.

"뭔가~ 의미 있는 목걸이 같은데, 그것도 말해 줄 수 있어?"

"기억해 달래. 이승규는 아침에 눈 뜨면 제일 먼저 최은수를 떠올린다는 걸."

"그런 말을 하든? 그 선수가 꽤 로맨틱한 데가 있구나. 넌 그 말의 의미는 알고 받았고? 이 목석같은 바이올리니스트야!"

"어떤 의미인데?"

"'아침에 눈을 뜨고 제일 먼저 떠오르는 사람이 있다면, 당신은 그 사람을 사랑하는 거다'라는 말이 있잖아. 즉, '이승규는 너를 사랑하고 있다'라고 말한 거란 말이지. 그 사람이 사랑한다고 고백했니?"

"아니, 사랑한다는 말은 안 했지만……."

"그럼, 그 사람도 내포된 의미를 모르는 건가? 참, 은수야, 너의 님이 글쎄, 여기다 팬클럽을 만들어 놓고 갔더라."

"무슨 말이야? 팬클럽이라니?"

"좀 전에 동네 애들이 몰려와서 Lee를 찾더라고. 처음엔 무슨 소린가 했는데, 농구 얘기를 해서 알아들었어. 주말에 홉킨스 애들이랑 경기가 있는데, 같이 할 생각이 있는지 물어보러 왔대. 우리 집으로 들어가는 걸 봤나? 그래서 물어봤지. Lee가 너희들과 경기했었냐고. 그랬더니 그건 아니고, 우연히 농구공이 멀리 있는 그 사람 쪽으로 날아갔는데, Lee가 그 자리에서 공을 던져 넣었다는 거야. 그 말을 하면서 폼이 환타스틱 했다느니 골저스라며 난리를 떠는데, 그는 이미 떠났다고 했더니 아쉬워하면서 가더라. 게네들이 이승규가 프로농구선수일 거라고 짐작이나 했겠니?"

그때, 거실 전화벨이 울려 영희가 뛰어갔다.

"은수야, 민규 전화. 어머, 된장국 넘치겠다."

영희가 부엌으로 가면서 던져 놓은 수화기를 은수가 집어 들었다.

"나야, 은수."

"너~ 실기 불합격이라며? 우째 그런 일이……."

"그러게 말이야. 그런데 이 비보가 어떻게 네 귀에까지 들어간 거니? 창피하게. 근데, 무슨 일로 전화했어?"

"부탁 좀 하려고. 네 음악사 노트 좀 빌려줄 수 있어? 공짜로 빌려달라는 거 아냐. 나도 대위법 노트 빌려줄 수 있거든. 원하면 쪽강도 겸해서. 어때?"

"굳딜! 내일 3층 연습실로 와. 되도록 빨리."

"OK. 8시에 받아서 복사하고 바로 돌려줄게."

"빨리 와. 고기 식어. 뭐가 '굳딜'이라는 거야?"

궁금했는지, 고기를 썰면서 영희가 물었다.

"민규가 제 대위법 노트랑 내 음악사 노트를 바꿔 보자고 해서. 그러잖아도 대위법이 좀 걸렸었거든. 아! 다른 건 이렇게 풀리는데. 바흐는 언제쯤 내 손을 잡아 줄 건지……."

또 전화벨이 울렸고, 이번에는 은수가 뛰어가 받았다.

"네."

"직접 받네. 도착 멜 봤어요. 컨디션은 좀 어때요?"

"난 괜찮은데, 승규 씨가 피곤할 것 같아요. 며칠은 먹고 자고 뒹굴뒹굴 쉬기만 해요."

"지금 창원으로 뒹굴뒹굴 이동 중이에요."

"……."

그럼, 이 사람은 언제 쉬지……?

"왜 아무 말이 없어요?"

"운전 중이니까 길게 통화하지 않는 게 좋겠어요."

"그런가? 밥 꼭 챙겨 먹고, 다음에 볼 땐 5kg 늘려서 봅시다. 달아볼 거니까."

나는 승규 씨가 걱정돼요.

"그럴게요."

"근데, 왜 기분이 별로인 것 같지……. 뭔 일 있어요?"

"아무 일도 없어요. 조심 운전하세요. 이만 끊을게요."

영희가 옆으로 온 은수에게 핀잔을 주듯 말했다.

"넌 무슨 전화를 그렇게 받니?"

"왜? 어땠는데?"

"꼭 싫은데 억지로 대답하는 것처럼 들리더라."

"속상해서 그랬나 봐. 난 승규 씨가 시즌 7개월만 뛰고 나면 나머지 시간은 편한 줄 알았거든, 그런데 아냐. 행사도 많고, 부상 치료도 받아야 하고, 전지훈련, 개인 근육훈련에 극기 훈련까지 해야 한다나 봐. 게다가 이번엔 이 멀리까지 왔다 갔으니 얼마나 지칠까? 걱정되고 너무 속상해……."

"최은수가 슬슬 속내를 드러내는구나. 오구오구~ 그래서 마구 마음이 아팠쪄요? 그러니까 님 생각해서 이 '사랑의 스테이 크'는 다 먹도록 해."

"늘 긴장해야 하고 몸을 움직여야 하는 그 사람 생각하면, 마음이 아파……."

생각하지 않으려고 방으로 왔지만, 그의 흔적은 방에도 남아 있었다.

'진짜 내 생각은 한 번도 안 했어? 너한테 난 정말 아무것도 아냐? 왜~ 왜 싫은데…….'

문에 박힌 상처가 그의 절규를 다시 들려주었다.

이승규 씨, 이렇게 많은 것들을 남겨 놓고 가면, 난 어떡해요.

하루도 못 가서 이렇게 당신이 보고 싶은데…….

눈물을 참으려고 나온 발코니에도 그가 입었던 셔츠가 걸려 있었다.

내 손 빌리지 않으려고 직접 빨아서 널어놓고 간 그 사람…….

은수는 그 셔츠를 걷어들고 참고 참았던 눈물을 흘리고 만다.

보고 싶은 사람 때문에 아무것도 할 수 없었다는 게, 이런 거 였군요…….

02. 민규와 나눈 대화

〈성훈이 아들 건이가 놀러 와서, 숙소 수영장에서 종일 같이 놀았어요. 녀석이 어찌나 잘 먹고 활달한지, 손발도 두툼한 게 개 아빠만큼 클 것 같아. 더울 텐데, 연습은 할 만해요? 나만 시원했던 것 같아 괜히 미안해지는데.〉

〈사람 많고, 탈의도 해야 해서 수영장엔 안 갈 것 같았는데. 아니지, 그래서 갔던 건지도……. Anyway, thank you for the good idea! 나도 학교 수영장에 가야겠어요. 왜 여태 그 생각을 못 했을까…….〉

〈학교 수영장엘 간다고? 수영복 입어야 하자나…… 아, 수영장 얘기는 왜 해서. 그러지 말고, 집 뒷마당 시원하겠던데, 거기서 놀지…….〉

〈싫은데 후훗~ 우리 집 뒷마당이 시원한 건 어떻게 알았대요?〉

〈그날 고기에 허브잎 올리면서 우리 집 뒷마당에 이 허브가 가득 자라고 있어 바람이 불 때마다 그 향기가 집안을 덮는다고 자랑했잖아요. 그런 명당을 두고 늑대들 득실대는 수영장엔 왜 가? 나 물리치료실에 왔거든. 이따 집에 가서 전화할게요.〉

〈나 오늘 무슨 김밥 먹었게요? 멸치 김밥. 김밥을 싸려고 보니까 아무것도 없어서 멸치볶음이랑 김치만 넣고 쌌지, 뭐예요. 그런데 맛이 꽤 괜찮았다는. 내일은 마트부터 다녀와야겠어요.〉

두 사람은 서로의 소소한 일상을 메일로 공유했다. 앤서링 머신에도 사랑에 빠진 연인이 아니면 넘겨 버렸을 얘기가 남겨졌지만, 승규와 은수는 소식을 기다렸고, 반복되는 얘기도 처음 듣는 것처럼 재미있어했다.

오늘도 은수는 커피잔을 들고 거실에 나와 전화 메시지 버튼을 눌렀다. 옆에 영희가 있었지만, 안부 인사나 일상적인 얘기일 거라서 굳이 숨길 필요가 있을까 싶었다. 그런데 이번엔 좀 달랐다.

<최은수 씨~ 나 진짜 궁금해서 그러는데, 혹시 자면서 내 생각 많이 하고 그래요?
아니~ 은수 씨가 꿈에 나타나서 어찌나 안아 달라고 졸라 대든지, 궁금해서.......
아~ 너무 보고 싶으니까 헛소릴 다 하네.>

메시지를 듣고도 잠자코 있던 영희가 웃음을 참으며 물었다.
"최은수는 이제 이 사람 이런 말이 싫지 않은가 봐?"
"나 웃으라고 joke 한 건데, 뭐."
"얘 좀 봐! 이 정도 농이 오간다는 건 여느 사이가 아니라는 건

15

데, 너네~ 아나폴리스에서 만리장성을 쌓은 거야? 그래?"

"그러고 싶었는데, 승규 씨가 응하질 않았어."

"왜~애? 모야 모야~ 자세히 좀 말해 봐."

"너무 소중해서 만지지도 못하겠대."

"아으~ 닭살! 이승규가 그렇게 말했단 말이야? 그러면서 정말 안지도 않았다는 거야? 네가 괜찮다고 했는데도?"

"응, 꽃처럼 보기만 하겠대. 영희야, 이승규 너~무 괜찮은 남자 아니니?"

"게이 아냐? 아니면, 어떻게 그럴 수 있지? 흠~ 사랑이 깊으면 이런 동화도 쓰게 되나 보다……. 그러자면 우리 승규 씨가 힘들었을 텐데, 괜찮아 보이든?"

"어떻게 괜찮겠어? 내가 너무 보고 싶은데 만날 수 없는 날이었대. 어떻게 해도 들끓는 마음을 잡을 수가 없어서 달리는 고속도로로 뛰어들고 싶었다고 했어."

"어머머머……. 누가 믿으려 하겠어, 이 처절한 러브스토리를……. 아~ 오늘 공부 접자. 난 당장 가서 망할 놈에 종혁이부터 아작을 내야겠어."

은수도 일어나 승규에게 음성 메시지를 남겼다.

〈내가 너무 귀찮게 했나 봐요. 이제부턴 1주일에 한 번만 꿈속으로 찾아갈게요.

사흘 뒤면 선수촌으로 들어가겠네요. 건강 챙기면서 연습 많이 해 주세요.

대한민국 이승규 파이팅!〉

은수가 도시락을 싸들고 와 연습실에서 살다시피 한 지도 석 달이 다 되어 가던 어느 날, 민규가 3층 은수 연습실을 찾아와 문을 반쯤 열고 말했다.

"난데, 연습하는 거 좀 봐도 될까? 방해된다면 그냥 갈게."

은수가 고개를 까닥해 줘 민규는 들어와 연습하는 걸 볼 수 있었다.

"오늘 보니까, 이번엔 너 박 터지겠더라. 소리에 윤기가 나더라고."

"그래? 어쨌든 난 시험 직전까지 달릴 수밖에 없어. 물러설 곳도 없잖아."

"이런 거 보면, 재시를 망삘로만 볼 것도 아냐. 그 절박함이 결국엔 바흐 무반주곡을 네 걸로 만들어 놓잖아."

"선배들도 같은 말을 하던데, 막상 당해 봐. 하루하루 피가 졸아드는 것 같지. 보잉스킬을 바꿔서 계속 삐걱댔는데, 지난주부터 느낌이 왔어. 근데, 여긴 무슨 일로 온 거야?"

"아, 그때 말했잖아. 음악사 시험 잘 보게 되면 내가 저녁 산다고."

"나도 네 덕에 대위법 시험 잘 봤는데, 뭐."

"잘됐네. 우리의 굳딜도 축하하고, 너 실기 잘 보라고 쏠 거니까 시간 좀 내자."

"그럼, 모레 휘가로에서 볼까? 7시까지 갈게."

"좋아, 그날 보자. 연습 잘하고……."

민규는 은수가 좋아하는 머쉬롬 크림빠데 파스타와 씬피자를 주문했고, 샐러드와 음료는 바에 가서 담아 왔다.

"자~ 그럼, 먹어 볼까?"

"잘 먹을게"

"대위법을 설명하다가 느낀 건데, 네가 바흐를 연습하고 있어서 역시 이해가 빠르더라고. 머릿속에 최고의 대위법 선율을 꿰고 있으니 당연한 거겠지!"

둘은 같은 음악학도로서 느끼는 것들을 얘기하며 식사를 했다.

"8월이면 넌 돌아가겠구나."

"실기시험 날짜가 늦게 잡혀서 9월 2일에 가."

"난 2년째 이러고 있는데 말이야. 석사도 본교에서 할 거지?"

"한예종에서 하고 싶은데, 쉽지 않을 것 같아 걱정이야."

"네가 그런 걱정을 왜 해? 당근 합격인데."

"그건 내 희망 사항이고."

"얘가 왜 이러시나? 나, 너랑 홍성준 교수 결혼할 사이라는 거 알고 있거든. 홍 교수 모친이 S대 음대 학장 장현정 교수인데, 네가 한예종에 왜 떨어지겠어?"

"성준 선배랑 나, 그런 거 아냐. 집안끼리 왕래가 있다 보니 나온 말일 거야. 우리 엄마랑 장 교수님이 여고 동창이거든. 그리고 그게 사실이라 해도 대학원 입학과 무슨 상관이니? 심사 위원이 몇 명인데."

"너, 음악 쪽 사람들만큼 계보 학연 제자 찾고, 연줄 좋아하는 사람들이 또 있는 줄 알아? 밀고 땅겨 주는 줄 없으면 발붙이기 힘든 곳이지. 그런데 넌 예비 신랑이 홍성준 교수지, 시어머니 되실 분이 S대 학장인데 뭐가 문제겠어? 아~ 너 실력 빠방하다는 것도 잘 알지. 콩쿠르 준비하는 학생들이 너한테 연습 코치 받으려고 줄 섰다며? 직계교수 빽 아니면 연결되기도 어렵다던데."

"내가 콩쿠르 출전을 워낙 많이 했거든. 그러다 보니 콩쿠르마다 눈여겨보는 득점 포인트를 잘 알게 됐고."

"아무튼, 두루두루 든든한 네가 부럽다. 최은수야, 나중에 잘돼서 모르는 척하기 없기다, 엉?"

은수는 뭐라 할 말이 없어, 빈 커피잔만 만지고 있었다.

"혹시 지금 한 그 목걸이도 홍 교수가 선물한 거 맞지? 네 앞이라서가 아니라, 홍 교수 정말 멋있지 않냐? 홍 교수는 지금도 후배들 사이에서 신화창조로 통해. 이미 예고 2학년 때 제네바 국제콩쿠르를 먹었잖아. 거기다 집안 빵빵해. 외모 안 빠지지……."

"정말 아니니까 그 얘기는 그만하자. 이번에 네 쪽강이 도움많이 됐어."

"네 노트야말로 짱이더라. 영어가 꽤 된다면서. 너 토플 116점인 거 진짜야?"

"…… 응, 4점짜리 하나 틀렸어."

"와~ 반은 먹고 가는 거네."

민규와 헤어져 집으로 가는 은수의 발걸음이 오늘따라 무거워 보였다.

밀고 당겨 주는 줄, 실력보다 앞선다는 연줄…… 엄마, 난 어떡해야 해?

"영희 씨, 맞죠? 전 이승규라고 합니다."

은수를 찾는 승규의 전화다.

"아, 예~ 지금 집에 없는데…… 요즘 은수, 새벽에 학교 가면 밤 10시나 돼야 돌아오거든요. 걔가 왜 그러는지 이유는 알고 계시죠? 도시락을 싸 가지고 가는 걸 보면 꼼짝 않고 연습만 하는 모양이에요. 혹시 전할 말 있으면 제가 전할게요."

"아닙니다. 잘 지낸다니 됐네요."

승규는 두 번 더 전화했지만, 그때마다 똑같은 얘기만 전해 들었다. 목소리라도 듣고 싶었는데, 은수는 썸머 클래스와 실기시험 준비로 바쁘게 지낸다는 메일만 보내왔다.

승규는 다시는 올 일 만들지 않겠다고 했던 은수가 어떻게 지낼지 알면서도, 보고 싶고 안고 싶은 그리움에 뒤척여야 했다.

03. 귀국

은수는 8월 말 실기시험에서 A를 받았다. Allen 교수는 평가란에 "길지 않은 시간이었음에도 연주 실력이 진일보하였고, 바흐 음악을 고찰하고 깊이 있게 표현한 점이 돋보였다"라고 썼다. 그것은 은수가 새 보잉 주법을 습득했다는 신호이기도 했다.

5월에 발표된 은수의 봄학기 성적은 대위법 B+, 음악사 A+, 오케스트라 A, 실내악 A+, 미학1 C를 받고 마감했다.

은수와 영희는 뮤지컬 〈캣츠〉를 보기 위해 뉴욕에 왔다. 공연이 끝나고, 근처 브라이언트 파크로 온 두 사람은 스무디를 먹으며 공연 후일담을 나눴다.

"좋은 친구 둔 덕에 내가 브로드웨이 극장에서 〈캣츠〉를 봤네! 배우들 분장이랑 무대장치를 보니까 오랫동안 사랑받는 이유를 바로 알겠더라. 배우들 연기도 그렇고, 모든 면에서 빈틈이 없고 너무 매력적이었어. 난 이렇게 좋았지만, 이별 선물이 너무 큰 것 같아 그게 걸린다."

"제대로 치렀다면 그랬겠지. 근데, 마티네 공연이라고 들어봤나? 그 특가로 두 장 100불에 구매했다네. 할인 사이트들을 뒤지느라 눈은 좀 아팠지만."

"정말? 너 참 대단하다. 아! 영희야, 저기 서점에 가 있을래? 난 우편물 좀 보내고 올게."

"우편물? 알았어. 북스토어라면 언제든 OK이지."

"1시간이면 될 거야. 그러고 나서 〈센트럴 스테이크하우스〉에서 우아하게 저녁 먹자. 내가 예약해 놨어."

은수는 근력 훈련 중인 승규에게 점퍼를 보내려고 스포츠웨어 매장을 찾았다. 여러 곳을 둘러보다가 나이키 방수 점퍼, 스카이 블루와 아이보리 두 개를 구입해 편지와 함께 부쳤다.

승규 씨, 지금 많이 힘들죠?

태풍이 몰고 온 장대비를 가려 주고 싶어서 이 점퍼를 보냅니다.

선수가 부상을 줄일 수 있는 길은 충실한 근력훈련과 연습뿐이라고 들었어요.

그래서 난 승규 씨가 아무리 힘든 훈련이라도 성실하고 정직하게 해내기를 바랍니다.

힘내라고 굿 뉴스도 함께 부칠게요. 마지막 실기시험은 A를 받았고,

다른 과목들도 잘하고 마무리했습니다.

나는 9월 2일에 귀국합니다.

- 은수 -

귀국을 이틀 앞두고 친구들은 중식당 〈조이풀〉에서 환송식을 열어 줬다. 평소 은수가 좋아했던 광동 가재 요리와 딤섬, 해물 볶음국수로 포식한 뒤에, 떠나는 친구의 물건을 나누는 시간을 가졌다. 진녹색 스타우브 냄비는 영희에게 남겼고, 바구니 자전 거는 벌써부터 탐내고 있던 정미에게로 갔다. 민규는 노트 복사 권과 한글판 교재들을 이미 가져갔고, 정호승 수필집과 카키색 에코백은 종혁에게 선물하고 함께 사진을 찍었다.

떠나기 전날, 은수는 양털 실내화에 편지를 숨겨 영희 침대 밑 에 두었다.

내 친구 영희야, 아메리카 황무지에서 너를 만난 건 행운이고 축 복이었어.
힘겨웠던 그 시간이 이토록 아름답게 채색된 것도 네가 있었기 때문이야.
우리 집이 다 좋은데, 겨울 한기를 못 막아 주는 게 아쉬웠잖아.
양말 신기 싫어하는 네 발을 생각하다가 털 실내화를 준비했어.
감기 조심하고, 잘 지내.
- 은수가 -

PS. 그리고 이유는 묻지 말고 이 돈 받아 줘. 내방 문을 보면,
돈의 용처를 알 수 있을 거야. 번거롭게 해서 미안해.

은수는 BWI 공항을 떠나 이튿날 오전, 인천 공항에 도착했다.

1년 만에 보는 그녀의 방은 똑같은 모습으로 주인을 기다리고 있었다. 들고 온 짐을 그대로 둔 채, 은수는 엄마가 차려 준 밥을 먹고 잠들었다.

　서둘러 찾아온 성준이 늦은 시간까지 기다렸지만, 은수가 일어나지 못하자 민정은 성준을 다독여 보내야 했다.

　"성준아, 오늘은 피곤했을 테니 자게 두자. 내일 은수 일어나면 너 왔었다고 내 전할게."

　그렇게 아침까지 잘 것 같았던 은수가 엄마를 찾았을 때는 모두가 잠든 이른 새벽이었다.

　"엄마!"

　"어~ 그래, 지금 일어났으니 잠은 다 잤다. 어서 시차 적응을 해야 할 텐데……. 너 잘 때, 성준이가 한참을 기다리다 갔어. 전화해 주렴."

　"그럴게. 그리고 주말에 장 교수님 찾아뵙고 인사드리려고요."

　"그래, 너 이러고 오늘 수업에 들어갈 수 있겠니?"

　"시간표 봤더니, 전공 두 시간에 교양도 하나 있어서 가야 해."

　"힘들어서 큰일 났구나."

　"그런데 엄마, 나- 어떻게 해야 할지……."

　은수가 뭔가를 말하다가 흐리고 만다.

　"아-아냐, 더 생각해 보고, 그때 말할게."

　"뭔데 그래~. 담아 두지 말고 말해."

　"다음에……"라고 하고, 방으로 온 은수는 승규에게 "저 돌아왔어요"라고 음성 메시지를 남겼다.

학교에 오자마자 은수가 찾은 곳은 이경숙 교수 방이었다. 아침 햇살을 등지고 기다리고 있던 선생은 한참 동안 제자를 안아 주었다.

"왜 이렇게 말랐누~. 고생 많았지…….."

은수는 울컥 눈물이 났지만, 창가의 노란 소국을 보면서 참았다.

"고생은요, 덕분에 고생도 반으로 줄고, 썸머 클래스도 들을 수 있었는걸요. 웬 장학금을 그렇게 많이 넣어 주셨어요? 고맙습니다, 선생님!"

"원, 애도~ 어떻게 실기 썸머 들을 생각을 했을까? 영리하기도 하지…….."

"그게요, 선생님……. 실기 과락을 해서 들을 수밖에 없었어요."

"뭐? 네가 재시를 봤단 말이야? 쯧쯧~ 어쩌다가…… 난 네가 Allen 교수 레슨을 받으려고 신청한 줄 알았지. 어쨌든 잘했다. 1년은 부족하다 싶었거든."

"그 말씀이 맞는 것 같아요. 저도 썸머 레슨을 받으면서 보잉에 자신이 생겼거든요."

"Allen의 지도로 거듭난 바이올리니스트가 한둘이 아니란다. 그런 분에게 세 학기를 배울 수 있었던 건 감사할 일이야!"

"네." 은수는 선생의 말에 깊이 수긍하며 고개를 끄덕였다.

"바이올린을 가져왔으면 들어 보는 건데……. 아니다. 정교수 레슨할 때 보지, 뭐."

"건강은 괜찮으세요? 좀 수척해 보이세요."

"주말에 화초를 만졌더니 그을려서 그럴 게다. 지금 힘들고 혼란스러울 거 알지만, 곧 졸업이니 긴장의 끈을 놓지 말아야 한다. 내 정신 좀 봐. 차도 안 주고 잔소리만 늘어놓았구나. 잠깐 있어라. 맛있는 모과차 줄게."

은수는 차를 준비하는 선생 옆에 앉아 못다 한 얘기를 했다.

"돌아올 때가 돼서야 '더 잘할 수 있었는데' 하는 후회가 들지 뭐예요. 선생님, 저 졸업 전에 독주회를 하려고 해요. 일정이 빠듯하지만, 했던 곡 중에서 고르면 맞출 수 있지 않을까요?"

선생은 찻잔을 놔 주며 흡족한 미소를 지었다.

"내 강아지가 기특한 생각을 했어. 졸업 기념도 되겠고, 증빙 자료로도 그만한 게 없지. 올해 안에 하면 대여받아 쓰고 있는 악기사용도 가능하잖니?"

"네, 두루두루 좋은 기회인 것 같아요."

"마침 보잉도 바꿨다고 하고, 기대되는구나."

"선생님께 칭찬 들으려면 아직 멀었어요. 그리고 이건 제 선물이에요. 볕에 타지 않게 이 양산 들고 다니세요."

은수는 가지고 온 비닐 백에서 선물을 꺼내 놓았다.

"어머나~ 곱기도 해라. 네가 날 젊게 만들려고 애썼구나. 이건 또 뭐야? 얘는~ 웬 가방까지……. 네 거나 사든지 할 것이지."

"악보 넣고 다니시기 좋을 것 같아서요."

"그래~ 잘 쓰마."

언제나 한결같으신 나의 선생님.

은수는 그런 선생을 보면서 '돌아왔구나'를 실감했다.

2·3교시 전공 수업을 듣고, 비는 시간을 이용해 복학에 따른 일들을 처리했다. 1년이란 시간이 생각보다 긴 것인지, 은수에게 이곳은 낯선 곳이 돼 있었다.

　점심은 학교 식당에서 성준과 먹기로 했다. 은수는 밥을 먹으면서 그동안 힘들었던 얘기를 쏟아 냈고, 경험자인 성준은 그녀의 말에 깊이 공감하며 수고 많았다는 말을 건넸다.

　은수는 식당을 나오면서 주말에 어른들을 찾아뵙겠다고 성준에게 말했다.

　토요일 오후, 장 교수 부부는 거실에 나란히 앉아 은수를 맞아 주었다.

　"그동안 안녕하셨어요?"

　장 교수보다 홍 박사가 더 반가워하며 인사말을 했다.

　"밝은 얼굴 보게 돼서 반갑구나. 여보, 오랜만에 보니까 은수가 숙녀 태가 나네요?"

　"당연하죠. 이제 졸업반인데. 건강은 괜찮니?"

　"네, 염려해 주신 덕분에 공부 잘하고 왔습니다."

　은수는 꽃집에 들러 산 양란(洋蘭) 다발을 장 교수에게 건네며 인사했다.

　"그런 인사는 됐어, 얘. 꽃은 기쁘게 받을게."

　장 교수는 난의 향을 맡으며 기분 좋은 얼굴로 말했다.

　가정부가 내온 차를 장 교수가 찻잔에 나누어 따르는 사이에 은수는 초록색 포장지에 싼 선물을 성준 앞에 내놓았다. 성준은 선물을 풀면서 뭔지 알 것 같다며 들떠 있었다.

"그 쇤베르크 스코어구나, 근처 책방에서 찾았다는."

"이 지휘봉은 링컨센터에 갔을 때 번스타인의 사인이 있어 샀어요."

성준은 장 교수 부부에게 선물을 내보이며 "엄마, 센스 있죠?"라고 말했다.

"그래, 은수가 네가 좋아할 거로 잘 골랐구나. 이래서 난 같이 음악 하는 너희들이 부러운 거야."

장 교수는 잘 익은 황도 조각과 오렌지를 접시에 담아 은수 앞에 놔주며 물었다.

"졸업하면 본교 대학원에 가는 거니?"

"한예종을 준비하고 있어요."

뜻밖의 말을 듣게 된 성준이 놀란 표정으로 말했다.

"갑자기 왜? 넌 본교에 남아야지. 엄마, 그래야 하잖아요?"

성준은 장 교수가 편들어 주길 바라는 것 같았다.

"연주에 비중을 둔다면 한예종도 나쁘지 않겠지. 이미 이경숙 교수랑 의논하고 결정했을 테고……. 기회가 되면 네 연주를 들어 보고 싶구나."

"그렇지 않아도 은수, 12월에 독주회를 할 거예요."

"그래? 그것만큼 공정한 평가를 받을 수 있는 자리가 어디 있겠니? 좋은 기회니까 준비 잘하렴. 무엇보다 네가 돌아와서 엄마가 한시름 놓겠다."

얘기 중에 홍 박사가 시계를 보면서 말했다.

"여보, 은수 오랜만에 왔는데 저녁 먹여 보내야 하잖아?"

"그래요. 은수야, 나가서 저녁 먹을까 하는데, 시간 괜찮지?"

"오늘은 이모네 가족과 약속이 돼 있어서요. 저녁은 다음에 사주세요."

"그럼, 우린 다음에 하자꾸나."

어른들 말씀이 끝난 듯 보이자, 성준은 할 얘기가 있다며 은수를 그의 방으로 이끌었다.

"다음 주 토요일에 저녁 식사하면서 우리 결혼하겠다고 말씀드리자. 어머니 허락은 그전에 내가 찾아뵙고 받아 놓을게. 그럼, 다른 의견은 없는 거지?"

성준은 은수 엄마의 허락은 당연한 것처럼 말했다.

"선배, 결혼 얘기는 시간을 두고 천천히 했으면 좋겠어요."

기대와 다른 은수의 이 말에 성준의 표정은 금방 불쾌한 빛으로 바뀌었다.

"이제 와서 그게 무슨 말이야? 미국 갔을 때 귀국하면 바로 말씀드리기로 했던 거잖아?"

"맞아요. 말씀드리기로 했어요. 그런데 지금 내 상황이 결혼까지 챙기는 건 힘들 것 같아 이해를 구하는 거예요."

"너 참, 웃긴다. 잠깐 나갔다가 네 자리로 돌아온 것뿐이야. 그걸 마치 십 년 살이라도 마치고 온 것처럼 유난을 떠니, 핑계로밖엔 안 들려."

'그깟 교환학생 1년이 뭐라고 이해를 구하느니 뭐니. 너 이러는 거 같잖고 우스워'라며 비웃는 그 표정을 보고 말았다.

29

그럼, 지금까지 선배가 나의 말에 공감하고 힘들겠다며 지었던 고통 어린 그 표정은 다 입에 발린 말장난이었군요.

은수는 오늘에야 성준의 민낯을 본 것 같아 아무 말도 할 수 없었다.

남의 시선과 평판이 그 무엇보다 중요한 소심한 신경, 검증 안 된 선민의식에 빠져 그걸로 모든 걸 가늠하는 빈약한 인격이 뒤엉켜 요란하게 팔랑이던 그의 사랑이라는 것. 그 긴 시간을 보내고도 왜 성준을 향해 나아가지 못했는지를 확인한 은수는 화가 나기보다 어쩐지 서글펐다.

"……."

긍정도 부정도 하지 않는 은수와 거만하게 반짝이는 그녀의 목걸이가 성준을 더 화나게 했다.

"너 이러는 거 다른 이유가 있어서는 아니고? 지금 네 목에 걸린 목걸이도 그렇고, 나는 왜 네가 다른 사람 같다는 느낌이 자꾸 드는 걸까?"

"……."

"또 대답이 없다는 건 내 말이 맞는다는 거구나……. 그럼, 이렇게 너를 바꾼 게 뭘까? 아니 누구일까가 맞겠지? 널 이렇게 만든 게 누구냐고?"

"……."

"입 다문다고 없던 일이 되진 않아. 그게 누군지, 무슨 일이 있었는지 난 알아야겠어."

"그만 일어날게요. 난 선배한테 이런 식으로 추궁당할 이유 없어요."

방을 나온 은수는 난을 돌보는 장 교수 부부에게 인사를 하고, 성준에게 "갈게요"라고 말하고 돌아섰다. 성준은 은수가 현관을 벗어나기도 전에 들어가 버림으로써 불쾌함을 드러냈다.

"아니, 저 녀석이? 손님 배웅을 저렇게 하면 어떡해. 여보, 쟤들 좀 이상하지 않아?"

홍 박사가 고개를 갸우뚱했지만, 장 교수는 그럴 일이 뭐가 있겠냐며 하던 일을 계속했다.

은수는 한 주 내내 유니버설 재입단 오디션 곡을 연습하며 방과 후 시간을 보내고 있었다. 연습하는 틈틈이 승규에게 문자를 하고 기다렸지만, 그는 깜깜무소식이었다.

〈지금 어디 있는 거예요? 듣기로는 일본에 있다고 하던데〉

〈혹시 필리핀에 있나요?〉

〈연습 중이라 전화가 꺼져 있으면 문자 남겨 주세요.〉

연락할 방법은 없고, 그의 근황이 궁금했던 은수는 구단 홈페이지를 찾아보았다.

거기 뜬 유니콘스 연내 일정표를 보고서야 그가 연습차 필리핀에 있다가 지금은 세계 선수권 아시아 준결승전이 있는 터키에 가 있다는 걸 알게 됐다.

이런 사람한테 자꾸 전화하면 뭐 하겠어. 괜히 마음만 심란하게. 내가 돌아온 건 알고 있을 테니 연락할 때까지 기다리자. 그래도 너무 보고 싶어…….

그렇게 다독이고 욕실에 있을 때 부재중 전화 1통이 와 있었다. 은수는 그 번호로 전화를 했다.

"승규 씨? 이제야 통화를 하네요. 돌아온 지 꽤 됐는데."

"알고 있었는데, 필리핀 섬에선 통화하기 졸라 어렵고, 운 좋게 신호가 가면 그쪽 전화가 꺼져 있고. 어떻게 지내요? 난 세계 선수권 떨어졌어. 이겨서 기쁘게 해주고 싶었는데."

"나도 봤는데, 우리 대표팀 나무랄 데 없는 경기 했어요. 그래서 지금 의기소침 중인가요?"

"잠깐 그랬지. 그건 그렇고, 우리가 문젠데…… 2주 후에 나 서울 가니까, 그땐 꼭 봅시다. 금요일 낮 경기거든, 올 거죠? 둘 다 한국에 있으면서 못 본다는 게 말이 돼?"

"글쎄 말이에요. 그날 수업이 있어서 그렇긴 한데, 생각해 볼게요. 그래도 목소리 들으니까 좋네요. 승규 씨 일찍 일어나야 하니까, 이제 그만 자요."

"여기 지금 오후야. 아, 보내 준 점퍼 입고 나, 정직하게 연습한 것 같은데…… 참 네~ 정직한 연습은 대체 어떻게 하는 거야……."

"GOOD BOY."

"할 말이 그게 다야? 이분이 얼굴 본 지 좀 됐다고 마음마저 멀어졌나?"

중얼거리며 내쉬는 승규의 한숨이 은수 귀로 쏟아졌다. 둘의 대화는 그의 말처럼 뭔지 모르게 매끄럽지 못했다.

"지금 우리가 원하는 게 이딴 말이겠어? 아~ 돌겠네."

"무슨 뜻이에요?"

"아닙니다. 그럼, 얼굴 볼 때까지 잘~ 지내도록 합시다. 어─ 전화번호 바꿨네."

"새 번호에요. 먼저 건 엄마 전화였고."

"엄마 전화? 그럼, 들으셨겠는데. 난 은수 씨 걸로 알고 음성 메시지 남겼거든."

"뭐라고요?"

"직접 확인해 봐요."

"뭐라고 했는데? 빨리 말해요."

"'은수야, 뽀뽀하고 싶어서 돌아가시겠다'라고 했는데, 발신이 안 됐어. 여기 기지국 불량으로. 다행인가?"

"다행이죠, 그럼~. 건강하게 잘 지내다가 어서 돌아오세요."

심쿵!!…… 지가 내 마누라야……?

04. 연인들

오늘 은수는 분명 다른 날과 달랐다.

강의 시간에 열심히 듣고 받아 적던 그녀가 필기 한번 없이 창밖만 보고 있었고, 친구가 인사를 해도 얼빠진 사람 마냥 지나치더니, 4교시 근대음악사 수업은 그냥 지나가지 못했다. 이때도 창밖만 보고 있는 은수를 교수가 세 번이나 부르고 나서야 대답했다. 60명이 듣는 소강의실에서 교수의 호명이 안 들릴 리 없고, 듣고도 못 들은 척할 학생이 아니었기에 김순호 교수는 강의실을 나서는 제자를 불러 세웠다.

"최은수~ 무슨 일이야?"

"아무 일도 아닙니다."

"그런데 왜 그래? 밖에 연인이라도 세워 둔 사람처럼."

"죄송합니다, 교수님. 제가 딴생각을 좀 했어요."

"어구~ 얼굴까지 빨개져서는……. 은수야, 힘들 땐 한 템포 쉬어 가는 것도 방법이야. 무리하지 말라는 거야, 알았지?"

은수는 아직 마음을 정하지 못해 시간이 갈수록 애가 탔다. 그 마음을 담은 채 그녀는 강의에 출석하고, 점심을 먹기 위해 배식대 앞에 줄을 서고, 친구들과 잡담을 나누면서 건반 화성 수업을 기다렸다. 워낙 출결석에 엄격한 수업이기도 했고, 오늘 보는 실기 평가가 중간고사 성적에 포함되기 때문이었다.

하나하나 얼굴 대조를 하며 출석 체크를 끝낸 교수는 지난 시간에 발표한 대로 실기 평가를 시작했다. 피아노 앞에서 시험을 치르는 학생은 물론이고, 차례를 기다리는 모두가 긴장해서 가상건반을 눌러 보고 있었지만, 은수는 딴 세상 얘긴 듯 앉아 있었다.

"난 떨려 죽겠는데, 넌 너무 여유 있다. 저쪽에서 들었던 거야? 그럼, 뭐 껌이겠구나."

"…… 뭐가?

"근데 얘가~ 너 오늘 좀 이상해……. 아니다. 일단 시험부터 보고. 하여튼 정신 차려. 나 나가고 정현이, 영혜, 그다음이 너란 말이야."

앞으로 나간 경미는 교수가 제시한 음계를 한 번에 못 하고 몇 번을 고쳐 눌렀다. 은수는 실수를 반복하고 있는 친구를 보면서 집중하려 했지만, 소리치기 시작한 마음은 그녀 뜻을 거부하며 더 세게 몰아붙였다.

'그사람이잠실에있어 그사람이잠실에있다고 그사람이잠실에있단말야 그사람이잠실에있다니까 그사람이잠실에있다고 그사람이잠실에있다고 그사람이잠실에있다니까 그사람이여기서울에있단말야'

은수는 지금 자신의 머릿속은 오직 그 사람 생각뿐, 다른 건 어떤 것도 할 수 없는 통제 불능상태임을 인정하고 자리에서 일어나 나와버렸다.

"지금 나간 놈, 최은수야…? 최은수는 무조건 F야!"

진노한 교수의 경고가 들렸지만, 은수는 돌아 나오는 택시를 타고 잠실경기장으로 향했다.

금요일 낮 경기임에도 시범경기 매표소 앞은 장사진을 이뤘고, 코트에서 몸을 풀고 있는 선수들을 보기 위해 경기 시작 전부터 입장했다. 사인을 받으려는 사람들이 선수 주변으로 몰려들면서 승규의 자리는 안으로 옮겨졌고 입구 쪽의 은수와는 더 멀어졌다.

기운찬 나팔 소리에 맞춰 나온 홈팀 선수들이 서울 관중에게 기념 공을 던져 주고받느라 시끌벅적하던 그때, 승규와 은수는 서로를 보게 됐다. 무척 반가워할 줄 알았던 승규는 무표정한 얼굴로 유니콘스 관중석을 아주 잠깐 가리켰을 뿐이었다. 은수는 치어리더의 율동이 펼쳐지던 틈에 그가 가리킨 곳으로 가 앉았다.

감독의 지시 사항을 듣고 있던 유니콘스 선수들이 경기 시작에 앞서 파이팅을 외치는 모습이 보였다. 1쿼터가 시작됐지만, 승규의 출장은 3분 뒤였다. 감독은 준비하는 승규 옆으로 가 뭔가를 말했고, 그는 가볍게 몸을 움직이다가 경기 속으로 빨려 들어갔다. 관중은 그들이 응원하는 선수들과 혼연일체가 돼서 열렬히 응원했다. 은수도 그들 속에 앉아 두 손을 모으고 승규의 움직임을 쫓고 있었다. 그는 코트에서 벌어지는 모든 것들을 읽으면서 쉴 새 없이 뛰어다녔다. 공격 루트를 선점하려고 했고, 상대의 허점이 보이면 영락없이 공을 가로챘다. 마크하는 선수의 심리를 이용할 줄 알았고, 그날 주심의 성향까지 파악해 영리한 파울을 했으며 한 감독의 손짓만으로 팀의 위치를 재편성하는 민첩성을 보여 줬다.

농구는 한정된 공간에서 아군과 적군이 뒤섞인 채 공수전환을 하면서 공을 던져 넣는 스포츠다. 은수는 경기장 관전을 통해 농구가 엄청난 체력과 자제력이 필요한 운동임을 알게 됐다. 그때, 관중들이 비명을 질러 봤더니, 상대 선수에게 밀쳐진 승규가 벽에 부딪히면서도 공을 잡아내고 있었다. 그는 나동그라진 상태로 달려오는 선수에게 공을 패스하고, 바로 골 밑으로 달려가 림 맞고 튀어나온 공을 잡으려고 몸싸움 중이다. 누구라도 열광할 수밖에 없는 최고의 선수 이승규가 경기를 하면서 얼마나 많은 에너지를 쏟아 내는지 은수는 온몸으로 느낄 수 있었다.

내가 그렇게 보고 싶었던 저 남자가 종횡무진 움직이며 빛나는 건, 그만이 갖고 있는 야성의 직관과 운동신경을 각고의 노력으로 연마한 결과일 것이다. 그런 이승규에게서 야성을 배제하려 한다면, 그건 그에게서 칼과 방패를 빼앗고 전쟁터로 내모는 것과 같다. 따라서 저 남자 그대로를 온전히 받아들일 수 없다면, 최은수는 이승규 곁에 있어서는 안 될 위험인물이다.

90 : 90으로 두 팀은 연장전에 들어갔다. 서울팀의 승리가 예상됐던 경기를 기어이 동점으로 만든 건 해결사 이승규의 힘이

었다.

첫 득점이 중요한 연장전에서도 승규는 팀 파울에 걸린 상대 팀에게서 자유투 4개를 얻어 내 모두 넣었고, 그 기세로 몰아붙여 유니콘스는 106:101로 승리했다. 이승규를 연호하는 관중석의 열기는 경기장을 녹여 버릴 것처럼 뜨거웠고, 다 이긴 경기를 놓쳐 버린 서울팀은 허탈한 모습으로 물러갔다. 반면, 격앙된 유니콘스 선수들은 기다리고 있던 팬들과 하이 파이브 세리머니를 하면서 라커룸으로 향했다. 은수는 그 광경을 지켜보면서 승규가 자기 같은 건 잊은 게 아닐까 싶어 조마조마했지만, 그런 것 같지는 않았다. 라커 입구에서 동료들을 보내고, 관중석으로 온 승규는 환호에 답하면서 오른손 엄지와 새끼손가락을 펴 귀에 대 보이고 다시 가버렸다. 전화하겠다는 뜻 같았다.

경기장의 긴장감과 열기가 얼마나 대단했던지, 탁 트인 밖으로 나오자 현기증이 났다. 어느덧 해는 저물고 있었고, 목덜미에 닿는 바람에서 가을이 느껴졌다. 은수가 왠지 모를 쓸쓸함에 하늘을 올려다보고 있던 그때, 전화벨이 울렸다.

"지금 어딨어요?"

"밖으로 나왔어요. 여기가…… GATE 2-3 앞이에요."

"그럼 전화 끊지 말고, 경기장 왼쪽 길로 와요. 쭉 걸어오면 우리 구단 버스가 보일 거예요."

전화를 귀에 대고 있으니까 그의 숨소리가 들리는 게 함께 걷는 느낌이었다.

"많이 힘들죠? 어디 다친 덴 없어요?"

"없어. 버스 보여요?"

"네, 보여요. 사람들이 많이 모여 있네요."

"나 보여요? 아니다. 그냥, 오른쪽에 보면 회색 문 있죠? 그 앞으로 와요."

사람들에 둘러싸인 승규가 은수 쪽으로 움직이자, 사람들도 같이 이동하는 꼴이 되면서 두 사람은 더 멀어지고 있었다. 아무래도 만나는 건 힘들겠다고 느꼈는지 승규가 다시 전화를 걸어 왔다.

"어렵겠는데……."

"승규야, 얼른 타" 하는 소리가 전화로 들려왔고, 재촉하는 코치의 모습이 보였다.

"듣고 있어요? 전화 끊-끊지 마, 끊지 말고……."

그의 목소리는 환호 소리에 묻혀 아주 멀게 들렸다.

"듣고 있으니까, 버스에 타고 나서 얘기해요."

사람들을 해치고 그가 버스에 오르고 있었다.

"씨발, 썬팅을 해놔서 잘 보이지도 않네."

창문을 닦으며 밖을 보려고 하는 승규가 시꺼먼 차창 너머로 어른거렸다.

"여하튼 내일은 무조건 볼 거니까, 아침 9시에- 아, 그건 어렵겠고, 집 근처 R 호텔에 있으니까, 10시 30분쯤 전화할 게 바로 나와요. 그러지 말고, 오늘 밤에 이리로 오는 건……. 걍~ 낼 봅시다. 10시 30분!"

옆에 누가 있는지 목소리를 낮추고 그가 말했다.

떠날 준비를 마친 버스가 연기를 내뿜으며 움직이기 시작했다.

그토록 애태우며 고대했던 승규를 훌쩍 싣고서…….

그렇게 떠나가는 버스를 은수는 그저 바라보고 있었다.

다음 날 아침, R 호텔 앞 대로를 사이에 두고 승규와 은수는 신호대기 중이다. 멀리 있는 서로를 바라보며 두 사람은 벌써 즐거운 생각에 빠져 있었다.

감청색 스트라이프 셔츠에 청바지를 입은 저~기 저 남자는 멀리서 봐도 빛이 나네요. 저렇게 훤칠한 사람이 키 작다는 말을 당연하게 듣고 있으니……. 흠! 어쩌겠어, 저 사람 필드에선 190이 평균이라는데……. 감색 야구 모자 밑에 두 눈은 나를 보고 있는 걸까? 바닥을 차는 걸 보니, 긴 신호대기에 짜증이 났군요. 어린애처럼 발길질은……. 근데, 여기 신호대기가 쓸데없이 긴 건 사실이야.

우리 은수는 오늘도 하얀 얼굴에 붉은 립스틱을 바른 듯. 그녀의 저 모습은 멀리서도 나를 들끓게 한단 말이야……. 그런데 어깨가 휘게 둘러멘 저 가방은 뭐지? 어깨 아프게. 두 발을 모으고 앞만 보는 도도한 저 모습을 내가 얼마나 좋아하는지, 그녀는 알까? 신호등이 바뀌자마자 바로 걸어오는 은수. 쌩긋 웃는 걸 보니, 나를 본 모양이야. 또각또각 내딛는 저 매끈한 다리는 다시 봐도 명작!

은수는 자기 가방을 승규가 **빼앗아** 가도 별말 없이 호텔 옆 골목으로 걸어갔다.

　"오늘 날씨도 좋은데, 공원 산책 어때요? 조금만 걸으면 마침 공원이거든요."

　큰길에서 벗어나자, 은수는 공원데이트를 하자고 했고, 승규는 전혀 다른 얘기를 했다.

　"바지만 입고 다니면 안 될까? 아까 보니까, 내 옆에 새끼들 전부 그쪽 다리만 보고 있던데."

　"그냥 차도르를 입을게요."

　"그게 뭔데?"

　"이슬람권 여성의 외출복. 검은색 옷으로 머리부터 발끝까지 가리고 눈만 내놓고 다니는 거 본 적 있을 거예요. 그게 좋겠죠?"

　"아~ 그건 아니고, 어쨌든 그 무릎은 덮고 다니자는 거지."

　"난 공원 산책 어떠냐고 물었거든요?"

　처음 듣는 말처럼 승규가 되물었다.

　"공원에 가고 싶어요? 근처에 그런 데가 있나? 시간 없으니까, 어디든 사람 없고 조용한 데로 가자구요."

　"아마 공원이 지금 그럴 거예요."

　승규는 "그럼, 그리로 갑시다"라고 말하고 은수를 보며 게처럼 옆으로 걷기 시작했다. 보면서 걱정됐는데, 결국 가로등에 부딪히고 아파하는 그에게 은수가 말했다.

　"괜찮아요? 세게 부딪히던데. 이젠 앞만 보고 걸어요. 위험하단 말이에요."

　그런데도 승규가 옆으로 걷자, 마음을 놓을 수 없었던 은수는
그의 팔을 잡고 공원 길로 접어들었다. 그렇게 이끄는 대로 걸어
가던 승규가 노랗게 물들기 시작한 은행나무 앞에서 그녀를 막
아섰다.

　"그만 걸을까요?"

　"보고 싶어 미치는 줄 알았어요."

　두 손을 바지 주머니에 꽂은 채, 은수 정수리에 입을 맞추며
승규가 말했다. 은수는 이마, 눈, 코, 입으로 이어지는 그의 입맞
춤이 반가우면서도 동네에서 이러다 누가 보면 어쩌나 하며 움
츠리고 살피느라 그 설렘을 온전히 느끼지 못했다.

　"어제 섭섭했죠? 내가 반가워하지 않아서."

　은수는 말없이 그를 바라봤다.

　"섭섭했네, 뭐~. 아이고~ 왜 반갑지 않았겠어, 얼마나 보고
싶었는데. 너무 가슴이 뛰어서 라커에서 원기 형 담배를 빨고 나
왔구만. 괜히 사람들 입에 오를까 봐 그런 거니까 딴생각은 하지
말아요, 어? 어제 혼자 서 있는 거 보면서 가는데~ 가슴이 쓰리
더라. 이제 경기 보러 오라고 안 할게요."

　승규는 주머니에 있던 왼손을 꺼내 은수를 안으며 이어 말
했다.

　"대신 내가 움직일게. 은수 씨 보러 내가 오겠다고."

　"보고 싶어서 올 수밖에 없었어요. 어제 실기 평가 중이었는데
그냥 나와버렸어."

은수를 뚫어지게 보고 있던 승규가 얼굴을 찡그리며 말했다.

"이거 큰일 났구만……. 일단, 조용한 데로 갑시다. 아무래도 호텔이 편하겠지? 우리가 이게 얼마 만이야. 보자~ 어디가 좋을까─ 숙소랑 떨어진 데가 좋겠는데……."

은수가 고개를 저었지만, 승규는 못 본 척하고 주변의 빌딩들을 둘러봤다.

"꼭 호텔이어야 해요? 난 여기도 좋은데. 조용하고 가을볕도 이렇게 좋고……."

"뭐─ 꼭 이라기보단, 남 눈치 볼 거 없고 편하잖아……."

승규는 이 말을 하면서 모자를 벗고 셔츠 목 언저리로 이마의 땀을 닦았다.

"병원에 갔었어요? 어디 아파요? 그때 다친 손이 아직 아픈 거예요?"

"어? 나 병원에 갔던 걸 어떻게 알지?"

"승규 씨한테서 병원 냄새가 나서."

"왼쪽 발목이 좀 그래서, 아침에 들렀어요. 손은 다 나았지. 그때가 언젠데."

"그럼, 앉아서 얘기해요. 아픈데 서 있지 말고."

은수는 은행나무 그늘에 앉으면서 승규도 당겨 앉게 했다.

"오! 잘됐다. 우리 은행나무 밑에서 사진 몇 장 박읍시다."

승규가 핸드폰을 꺼내며 이렇게 말하자, 얼른 머리를 매만지는 은수도 좋은 것 같았다.

"이번에는 잘 나와야 할 텐데. 비 오는 날 그 사진은 너무 심술궂게 나왔어요. 그죠?"

"원판대로 나온 거지 뭐, 심술 맞게."

아무렇지도 않게 이런 말을 하는 승규를 은수가 뾰로통해서 쳐다봤다.

"장난, 장난~ 바로 요 표정이 보고 싶어서 한 말이니까 웃어요. 안 그러면 이번에도 그렇게 나온단 말야."

그들은 가을볕 아래 다정하게 앉아 찰칵~ 찰칵~ 사진을 남겼다.

"이제 시차 적응은 됐을 테고, 얼굴도 좋아 보여요. 엄마 밥 먹으니까 좋죠?"

"네~ 그리고 나, 12월 28일에 독주회를 해요. 학교 중강당 대관도 된다고 하고, 반주랑 게스트도 시간 낼 수 있다고 해서 그날로 정했어요."

은수는 제일 먼저 승규에게 말해 주고 싶어서 안부를 묻던 중에 독주회 결정을 전했다.

"독주회면, 뒤에 오케스트라 좌-악 깔고 드레스 입고 나와 하는 거 TV에서 본 적 있는데, 은수 씨도 그렇게 하는 거예요?"

"그렇게 하면 좋겠지만, 이번 독주회는 갖고 있는 연주복 입고, 피아노 반주라서 포스터랑 팸플릿만 준비하면 될 것 같아요. 곡은 브람스나 모차르트 중에 정할 거예요."

두 눈을 반짝이며 독주회에 관한 세세한 것까지 말하는 은수의 얘기를 승규는 진지하게 들어 줬다.

"독주회는 보통 몇 시에 시작해요?"

"3시, 7시 30분."

"농구도 3시, 7시인데, 돌겠다."

"승규 씨가 오면 너무 좋겠지만, 경기 땜에 못 오는 거니까 이해할게요. 그리고 VTR로 녹화할 거니까 나중에 볼 수 있어요. 미국에서 공부했던 바흐도 레퍼토리에 넣을 거예요. 그땐 Mrs. Allen의 잔소리가 힘들었는데, 이렇게 무대에 올릴 수 있게 됐으니 고마운 일이죠."

"그게 알랜 아줌마 덕인가? 그대의 지옥 연습 때문이지. 같이 지내던 친구가 말 안 해요? 내가 몇 번 전화했었는데. 그때마다 새벽부터 밤까지 연습실에서 산다고 하더라고. 뭔 여자가 그렇게 독해? 점심도 싸 들고 갔다며……."

은수가 웃으며 고개를 끄덕였다.

"다들 그렇게 해요. 피나는 연습 없이 어떻게 무대 위에 설 수 있겠어요?"

승규는 좁은 연습실에서 15시간씩 바흐를 연습했다는 은수를 보면서 가슴이 뜨거워졌다. 그 외로움을 이승규가 어떻게 모를 수 있겠는가…….

"정말 우리 둘이 편히 있을 데가 어디 없을까?"

사람이 오갈 때마다 승규는 모자를 눌러 썼다. 은수는 그걸 보면서 공원이 적절치 못한 장소였음을 깨닫고, 생각하다가 극장이 떠올랐다.

"극장 어때요?"

승규는 "극장?" 하고 되물으며 웃었다.

"왜 웃어요? 극장이 왜요?"

"아니~ 하도 기발한 곳을 말씀하셔서."

"혹시 쉬고 싶으면 그렇게 해요, 발목도 아프다면서. 어제 그렇게 뛰어다녔으니 쉬고 싶은 게 당연해요."

"어제 뭐-, 어~."

은수는 그가 경기 얘기가 나오면 늘 이렇게 급 마무리하는 이유를 이제는 알 것 같았다.

"내가 승규 씨 경기 보면서 어떤 생각을 했는지, 이젠 궁금하지 않나 봐요? 그땐 그렇게 알고 싶어 하더니……."

"뻔한 거 아는데 뭐."

아닌 척했지만, 그는 쑥스러운 거다. 아이~ 귀여워!

"힘들면 가서 쉬어도 돼요. 이만큼 봤는걸요."

"얼른 갑시다. 극짱~."

"택시 타면 3분 거리고, 너무 괜찮잖아요."

극장은 미안할 만큼 한가해서 좌석 번호와 상관없이 어디든 앉을 수 있었다.

두 사람 다 영화엔 관심도 없었지만, 화면을 보면서 어둠에 익숙해지기를 기다렸다.

"배 안 고파요? 점심때 다 됐는데."

"배고파요? 나가서 먹을 거 좀 사 올게."

은수는 아니라며 가방에서 여덟 겹의 샌드위치 두 덩어리를 꺼냈다.

"참치랑 햄 샌드위치에요. 좋아하는 거로 먹어요."

승규는 참치 샌드위치를 가져가 종이를 벗기고 크게 베어 먹었다.

"음~ 역시 어머님이셔."

"내가 만든 거예요. 목메니까 수프랑 같이 먹어요"라며 이번에는 보온병을 꺼내 국물을 따라 줬다.

"입맛에 맞으면 두 개 다 먹어요. 난 사과 먹을 거니까."

"그 안에 뭐가 또 있어?"

지퍼 백에 넣어 온 사과와 초콜릿 바를 꺼내 놓는 그녀를 보고 승규는 웃었다.

"초콜릿은 가져가서 가방에 넣고 다니다가 출출할 때 먹어요."

은수가 초콜릿이 든 지퍼 백을 잠그고 있을 때, 승규는 햄 샌드위치도 먹고 있었다.

"아침 안 먹었군요?"

"어~ 어쩌다 보니."

"이 사과 나눠 먹어요."

반으로 쪼갠 사과를 먹으며 은수가 물었다.

"오늘은 어디로 이동하는 거예요?"

"원주."

"몇 시에 출발하는데요?"

"두 시."

물어보지 말걸. 은수는 빠르게 달려가는 시간에 묶이고서야 후회했다.

승규는 먹느라 풀어놨던 은수의 손을 다시 잡았고, 그녀 손가락 끝마다 박힌 굳은살들을 눌러 보곤 했다.

"이거, 바이올린 줄에 하도 비벼대서 이런 거 맞죠?"

은수는 화면에 눈을 둔 채 고개를 끄덕했다.

"목에 그 자국도 그래서고? 아~ 난 그것도 모르고, 뭔 놈에 여자가 볼 때마다 목에 키스 마크를 만들고 나타나나 하고 얼마나 열 받았는데."

승규가 화면만 보고 있는 은수 쪽으로 돌아앉아 이런 말을 하니까, "영화 안 봐요?"라고 그녀가 말했다.

"보면, 최은수는 이쁜 게 아냐. 이렇게 시간에 쫓기면서 봐야 하니까 이뻐 보이는 거지."

이런 말을 해도 은수가 꼼짝도 하지 않자, 승규는 그녀 손등에 입을 맞추며 계속 말을 걸었다.

"봐~ 끄떡없잖아? 지금 최은수는 '니가 못생겼다고 백번을 해 봐라― 이쁜 내 얼굴이 어디 가나'라고 생각할걸. 근데, 딴 여자한테 못생겼다고 하면 바로 눈물바다 되는 거지…….."

"나라고 예쁘지 않다는데 괜찮을 리 있겠어요? 하지만 사실이니까…… 수긍하는 거죠. 나 예쁘지 않은 거, 나도 알아요."

승규는 상상도 못 한 말에 당황해서 은수 얼굴을 자기 쪽으로 돌려놓고 열심히 해명했다.

"농담한 거야. 너무 이뻐서 장난친 거라고. 그거 알아요? 여자 수만 명을 세워 놓고 봐, 당신만큼 이쁜 사람을 찾을 수 있나? 그런 여자가 왜 그런 말도 안 되는 소릴 해. 어떤 새끼가 못생겼다고 구박한 적 있어요? 말해 봐요. 왜 그런 생각을 하는 건지.”

그의 커진 목소리에 사람들이 돌아다봐 두 사람은 고개 숙여 미안함을 표했다.

“자리를 저 끝으로 옮기는 게 좋겠어요.”

사람들과 뚝 떨어진 곳으로 옮긴 뒤에 은수가 작은 소리로 얘기를 시작했다.

“긴 시간 동안 많은 일이 있고 나서 알게 됐어요. 고등학교 입학해서 친구들과 남학생 얘기를 한창 할 때였어요. 한 친구는 따라와 말 거는 남학생들 때문에 귀찮아 죽겠다고 했고, 남학생한테 받은 편지가 너무 많아 소각했다는 친구도 있었죠. 그중에 누구랑 주말 데이트를 해야 할지가 늘 고민이던 친구의 영화 같은 데이트 얘기를 우리는 제일 기다렸어요. 그런데 난, 남학생이 따라와 말을 걸 건 두세 번이었고, 그것도 싫다고 하면 바로 끝인 정말 심심한 여학생이었죠. 대학생이 되면 남자를 만날 기회도 많고, 지금과 다를 거라고 기대했는데, 달라진 건 없었어요. 미팅을 몇 번 했고, 꽤 괜찮은 남자가 내게 애프터를 청했어요. 그럼 흔쾌히 응해야 했는데, 당황한 난 머뭇거렸지 뭐예요. 그 남자는 두 번도 안 묻고 포기해 버리더군요. 얼마나 속상했던지……. 데이트라는 걸 꼭 해보고 싶었는데, 그런 기회는 오지 않았어요. 1학년 겨울방학 때, 그런 나를 돌아보며 우울한 시간을 보내야 했어요. 그리고 ‘나는 이 방면에 자질이 없다’로 결론 짓고 연습에만 매진했죠. 학교 다닐 때 내 별명이 얼음공주였어요. 연습만 하는 내가 세상 얘기에 어둡고 썰렁하다고 붙은 거였죠. 알잖아요? 썰렁하다는 건, 뭔가 빈듯하고 마음을 끄는 매력이 없다는 말인 거. 그렇게 지내다 보니 남자는 구경도 못 하는 여자대학에서 어쩌겠어요. 말하기 창피한데, 난 남자를 사귀어 본 적이 없어요. 승규 씨가 처음이에요. 오죽하면 2학년 때 축제를 은석이랑 갔겠어요? 3학년 때는 시간이 나질 않았고. 내가 정말 예쁜 여자였다면, 그런 무미건조한 시간을 보냈겠어요? 끊임없이 누군가는 구애하며 따라다녔을 거고, 난 그 누군가와 만났겠죠."

승규는 이런 말을 하는 은수를 덥석 안고 말해 주고 싶었다.

'억울해할 것 없다. 이제부터 오빠가 날마다 업그레이드해서 넘치게 사랑할 거니까.'

그리고 바로 보여 주고 싶었지만 그럴 수 없어, 애꿎은 턱만 문지르며 마음을 가라앉혀야 했다.

"은수 씨가~ 잘 모르나 본데, 남자는 은수 씨처럼 울트라 캡짱으로 이쁜 여자를 보면, 아무리 마음에 들었어도 절대 들이대지 못해요. 얼마나 쫄리는데. 지나가는 말처럼 '잠깐 좀 볼 수 있어요?' 이거 한마디만 하려고 해도 며칠을 밤잠 설치면서 고민한다고요. 그러다 겨우 용기 내 보자고 했는데, 울트라 캡짱이 '싫어요' 해 봐, 바로 깨갱이지. '그럴 줄 알았어. 너처럼 이쁜 여자가 혼자일 리가 없지……' 하면서 내빼게 되는 거라고."

"정말……?"

"그렇다니까. 거기다 우리 은수 씨가 얼마나 똑 부러져……. 간땡이 작은 새끼는 기침만 해도 기절하겠던데~. 진짜 이쁜 여자가 틈조차 보이지 않으면 웬만한 녀석들은 마음먹기도 힘들지. 그리고 선배라는 그자가 얼쩡대고 있어서 더 그랬을 거야. 근데~ 그 홍성준이 하고는 진짜 어떤 사이인 거야?"

"가깝게 지내는 선후배 사이에요. 오빠 같은."

"그러니까 그 오빠 같다는 게, 말로만 오빠 동생이지. 10년 넘게 알고 지냈으면 뒤에서 할 건 다 했을 거잖아."

"그냥 선밴데, 무슨 말이 듣고 싶은 거예요?"

"오빠 같은 선배라는 게 대체 어떤 거야? 손잡고 키스는 일상일 거고, 어찌어찌하다가 자빠뜨리기도 했을 거 아니냐고?"

"무슨 소리예요? 학교 선배랑 왜 손은 잡고 키스를 해요?"

"그럼, 그놈하고 아무 일도 없었다는 거야? 한 번도? 말해요. 괜찮아~ 10년을 본 사람들인데, 내- 내가 그런 것도 이해 못 할까?"

"음~ 미국으로 떠나던 날 공항에서 잘 지내라며 안았고, 미국에 왔을 때 한번⋯⋯."

"안기만 하진 않았겠지. 입도 맞췄겠지. 어?"

"네, 이마에."

"이마에-만? 그게 다야?"

"이젠 그런 인사도 못 하게 할 거예요."

"당연하지~. 남의 여자 손대는 놈은 선배도 뭐도 아냐, 양아치지."

"선배 그런 사람 아니라니까요."

"여하튼, 그자가 맴돌고 있었으니 되는 일이 없을 수밖에. 누

가 남자 있는 여자한테 접근하려 하겠어? 나처럼 의로운 놈이
아니면…….”

그 말에 은수가 쌩긋 웃으며 승규를 봤다.

“맞아요. 이래서 승규 씨를 좋아하나 봐. 승규 씬 내가 꽤 매
력 있는 여자라고 느끼게 하거든요. 나의 유일한 남자친구, 고마
워요!”

은수는 승규 뺨에 입을 맞추며 마음을 전했다. 그렇게 그녀의
입술이 볼에 닿은 순간, 승규는 뜨거운 화기가 온몸으로 번지는
걸 느끼고, 급히 일어나 출입구로 걸어갔다.

“그만 나가죠.”

승규는 밖에 나와서도 하던 얘기를 이어갔다.

“그럼, 은수 씨 첫사랑이 혹시 나예요?”

은수는 아니라고 고개를 저었다.

“그럼, 누구? 홍성준은 그런 사이 아니라면서…….”

“볼프강 아마데우스 모차르트.”

“나 맞네, 어?”

은수는 고개를 끄덕였다.

“좋았어~. 그럼 첫 키스도 나랑 한 거네, 맞잖아?”

“대답 안 할래요.”

“왜-애? 거리낄 것 하나 없는 아침이슬처럼 말하더니, 말해.
아니면, 오늘 집에 못 가.”

“자기 얘긴 안 하면서 왜 나만 말하라는 거예요? 내가 승규 씨

첫사랑이 아닌 건 명백하고, 첫 키스도 당연히 나랑은 아닐 테니까, 사랑했던 여자 중에 나는 몇 번째인지 그것만 말해 봐요.”

“몇 번째긴······.”

때맞춰 승규의 전화가 울어줬다.

“어, 근처야. 그래? 형일이한테 내 짐도 실으라고 해. 진짜 근처야. 병원 왔다가 아는 사람을 만나서 얘기 좀 하느라. 원기 형한테도 그렇게 말해. 알았다고~ 바로 갈게.”

“찾는 전환가 봐요. 얼른 가야겠어요.”

두 사람은 앞에 서 있던 택시에 올라탔다.

“R 호텔이요.” 승규는 목적지를 말해 주고, 하던 말을 계속했다.

“내 얘기는 날 잡아서 할 거니까 최은수 첫 키스나 빨리 말해. 나 맞죠?”

“말했잖아요. 승규 씨가 처음이라고. 이승규가 나의 첫 남자친구라고요.”

은수는 택시 기사를 의식한 듯 승규의 귀에다 작게 말했다.

“남자친구가 뭐야, 첫사랑이자 마지막 연인이지. 아! 깜빡했다. 이번에 해외 나갔다가 사 온 선물을 가방에 두고 왔네, 어쩐다······. 프런트에 맡겨 놓을게, 찾아갈래요? 아침에 빠져나올 생각만 하다가 그렇게 됐어요.”

“선물이 뭔지 물어봐도 돼요?”

“향수랑 립스틱. 처음 사 본 거라 마음에 들지 모르겠다. 보고 마음에 안 들면 말해요. 그래야 다음번엔 좋아하는 거로 사 오지.”

"감사의 인사 미리 할게요. 고마워요!"

"My pleasure."

승규는 기사에게 세워 달라고 했고, 두 사람은 R 호텔 못 미친 곳에서 내렸다.

"그나저나 우리 언제 보냐?"

"곧⋯⋯."

기약도 없이 '곧'이라고 말하며 웃어 주는 그녀.

"웃긴~. 맨날 길에다 세워 두고 가는 놈, 뭐가 이쁘다고. 아~ 한번 안아 보고 싶은데, 길 한복판에서 그럴 수도 없고. 그래도 내 울트라 캡짱은 나만 봐야 해. 어?"

은수는 밝게 끄덕였다.

"그래요~ 곧 보자구요. 전화할게."

"난 여기서 건널게요."

12차선을 사이에 두고 나란히 걷던 두 사람은 호텔 앞에 다다랐다. 바로 세 시간 전에 서로를 기다리며 설렜던 그 자리에 승규와 은수는 한참을 바라보며 서 있었다.

05. 노출

캠퍼스의 나무와 새들도 어둠에 안겨 고요히 등 구부린 저녁, 도서관을 빠져나온 서너 무리의 학생들이 지나가고 나자, 교정은 다시 침묵에 휩싸였다.

그시간, 은수는 연습실에 남아 모차르트 소나타 악보를 보고 있었다. 연습할 때 주의할 점과 감정표현이 꼼꼼하게 적힌 이 오래된 악보 겉장에는 'For M'이 정성스럽게 쓰여 있었다. M은 중학생 은수가 부르던 모차르트의 애칭이다.

당시 14살 은수가 이 곡을 연습하려면 먼저 방문과 창 위에 말아 놓은 담요를 내리고, 바이올린 브릿지에 약음기를 끼워야 했지만, 소녀는 모종의 의식을 치르듯 기꺼이 움직였다. 시끄럽다고 찾아와 눈 흘기는 집주인에게도 미안하다며 몇 번이나 고개를 숙였다. 소녀의 엄마가 돈을 융통할 수 있게 되자, 상가 3층에 음악학원을 시작한 것은 열악했던 경제문제를 해결하려는 것 말고도 이런 딸의 연습실 마련이 급했기 때문이었다.

은수는 그때를 생각하다가 벽에 걸린 모차르트 초상화로 시선을 옮겼다. 기쁘거나 슬퍼서 눈물 흘릴 때, 감동했거나 화가 나서 두서없이 떠들어 댈 때도 그 마음을 비울 때까지 바라봐 주었던 나의 M.

은수는 그 M에게 나지막이 안녕을 고했다.

"미안해요, M! 당신만을 사랑할 거라 맹세해 놓고……. 부디, 저의 변심을 용서하세요."

똑. 똑. 누군가의 노크로 M과의 회상은 중단됐다.

"연습하니?"

성준이 문을 열고 멋쩍게 서 있었다. 집으로 인사 갔던 그날 이후 처음이었다.

"…… 이 시간까지 학교에 있었어요?"

"일이 좀 남아서. 독주회 날짜 정해졌던데, 준비는 잘 되고 있니?"

"준비할 게 뭐 있겠어요. 내가 잘하는 것밖에."

"곡 선정은 다 됐고?"

"바흐랑 모차르트로 정했어요."

"실내악도 한 곡 들어갈 거 아냐?"

"다들 시간 내겠다고 했고, 포스터랑 팸플릿만 만들면 될 것 같아요."

"그건 내가 맡을 게, 최종 레퍼토리만 넘겨줘."

"그래도…… 돼요?"

"작곡 발표회 때마다 네 도움을 그렇게 받아 놓고, 이럴 때 나도 뭐라도 해야지……. 밥 안 먹었지? 나가서 저녁 먹자."

"그러잖아도 일어나려던 참이었어요."

은수가 성준의 식사 제안을 받아들이면서 분위기는 금세 편해졌다.

"뭐 먹을까? 너 먹고 싶은 거로 먹자."

"음─ 낙궁 자장면."

"역시 그거네~."

저녁 장사가 한창이던 때라, 여러 명이 앉는 원탁으로 안내됐다. 성준은 먼저 나온 요리보다 자장면을 더 맛있게 먹는 은수를 보면서 "앞으론 고민할 거 없이 〈낙궁〉으로 직진"이라며 웃었다.

"차는 자리 옮겨서 마시자."

"번거롭게 뭘요? 여기 나오는 차도 괜찮던데. 선배, 실내악 14분이면 짧을까요?"

"모차르트 전곡이면 그렇게밖에 안 되겠는데."

"그럼, 그대로 해야겠네요."

독주회에 관한 얘기를 나누다 보니 원탁은 두 사람 차지가 되어 있었다. 성준은 그제야 미뤄 놨던 말을 꺼냈다.

"그날 내가 오해하고 화냈던 거, 사과하고 싶었어."

"나도 잘한 거 없는데요, 뭐. 선배와 좀 더 대화해야 했어요."

은수도 담담하게 받아들였다.

"나도 같은 생각을 했어. 그래서 어른들께 결혼하겠다는 말씀드리기 전에 너와 내가 대화를 했으면 하는데, 네 생각은 어때?"

"전에도 말했지만, 당분간 결혼은 생각하기 어려울 것 같아요."

"그러니까 서로의 생각을 솔직하게 얘기해 보자는 거야. 지난 번과 같은 트러블을 갖지 않으려면 난 이런 시간이 있어야 한다고 생각해."

"……"

"왜……? 넌 그럴 필요 없다고 생각하는 거야?"

"…… 좋아하는 사람이 있어요. 왜 이제야 말하냐 하면, 나도 이런 내 마음을 얼마 전에 알았기 때문이에요."

성준은 어두워진 표정으로 은수를 보고 있었다.

"…… 그러니까 내가 본 게 맞구나……. 누군데, 그게 누구냐고?"

"이승규예요."

"짐작은 했지만, 네 입에서 그 이름이 나오니까 당혹스럽다. 넌 그 사람 어디가 그렇게 좋은 거야? 난 그게 늘 궁금했어."

쳐져 있던 목소리에 힘이 실리는 걸 보니 성준의 설교가 시작될 모양이다.

"어쩌면 넌 그 친구의 충동적이고 비도덕적인 모습에 현혹된 건지도 몰라. 익숙하지 않은 것에 대한 신선한 충격 같은…… 악마의 유혹은 화려하고 강렬하니까. 그런 잠깐의 호기심으로 네가 장래를 그르칠까 걱정되고, 너를 보면서 왜 물가에 내놓은 애처럼 조마조마했는지 이제야 알겠다. 그러니 은수야, 이쯤에서 곰곰이 생각해 봐야 할 것 같아. 이승규에 대한 너의 감정이 진정한 사랑인지 색다른 매력에 현혹된 착시인지를……."

조용히 듣고 있던 은수가 입을 열었다.

"그걸 왜 곰곰이 생각해야 하는지 모르겠어요. 사랑의 감정

은 너무나 선명하고 특별해서 그냥 느껴지고 알 수밖에 없는걸
요……."

성준은 거침없는 은수의 말에 놀랐지만 일단 들어 보려고 잠
자코 있었다.

"올봄에 이승규가 미국에 왔었어요. 그 사람이 도착해서 나를
부르는 목소리를 듣고, 비로소 알게 됐어요. 내가 얼마나 그 사
람을 그리워하며 기다렸는지를……."

"이승규가 미국엘 갔었다고? 그럼, 너랑 이승규가 같이……."

성준이 화를 누르며 묻는 말이 뭘 뜻하는지 은수도 알았다.

"중요한 건, 내가 그 사람을 아주 많이 좋아한다는 거예요."

"은수야, 제발 이성적으로 생각해. 이승규는 너와 어울리는 부
류가 아니야. 그런 사람과 엮이면 얼마 못 가 후회하게 될 거라
고. 이승규가 너에 대해, 또 너의 연주에 대해 뭘 얼마나 알 것
같아?"

"나도 농구에 대해 아무것도 몰라요. 그래도 난 그 사람과 그
의 농구를 좋아하는 데 아무런 문제도 느끼지 않아요. 우린 서로
의 일과 시간을 존중하면서 지금의 이 마음을 지켜나갈 거예요."

"마음을 지켜나갈 거라니, 그런 들척지근한 감정 놀이나 하면
서 연애만 하겠다는 거야? 그놈이 그렇게 말하든?"

"우리의 변치 않는 마음이 무엇보다 중요하다는 말이에요."

"언제부터 네가 그런 연애 지상주의자가 됐는지 모르겠구나.
그럼 넌 연애 감정이나 즐기면서 결혼은 안 하겠다는 거야?"

"결혼은, 가족과 함께 일상생활을 할 수 있을 때 하려고요. 그

게 바른 결정 같아요."

"그래, 네 생각은 알겠어. 알겠는데, 지금이 네 장래가 걸린 중요한 시기라는 건 너도 알고 있지? 연애 감정에 휩쓸려 너를 탕진할 때가 아니란 말이야. 그러니까 한 번만 이승규와 거리를 두고 냉정해졌으면 해. 객관적으로 너의 상황을 바라볼 시간이 정말 필요해 보여서 하는 말이야."

그러나 은수는 손을 씻고 오겠다며 일어나는 것으로 대답을 거부했고, 예상보다 심각한 은수를 보면서 성준의 불안은 더 커졌다. 그래서 하면 안 되는 걸 알면서도 테이블 위에 놓여 있던 그녀의 휴대폰을 열고 이승규의 전화번호를 알아냈다.

이건 그냥 넘어갈 문제가 아니야. 그 망나니가 애를 망치고 있다고. 연애만 하겠다니, 누구 좋으라고…… 미친 새끼!

집으로 가는 차 안에 앉은 은수와 성준은 서로 다른 생각을 하고 있었다.

"독주회 마칠 때까지만이라도 이승규와 거리를 두고 연습에만 몰두해 봐. 마음을 다스리는 데 도움이 될 거야. 나도 네가 제자리를 찾을 수 있게 힘껏 도울 테니까."

하지만 은수는 그녀에게서 나는 샤넬 향에 갇혀 승규를 생각했다.

승규가 떠나고 다음 날, 은수는 R 호텔 프런트에서 선물을 찾아왔다. 그가 맡긴 비닐 백에는 샤넬 향수 No.5, No.19와 세 가지 빛깔의 립스틱이 들어 있는 똑같은 상자 두 개가 들어 있었다.

면세점에서 립스틱을 골라 본 사람이라면 수많은 립스틱 중에 자신과 맞는 색을 고른다는 게 얼마나 어려운지 알 것이다. 하물며 그것이 남에게 줄 선물이라면, 일일이 손등에 발라 보며 그 사람과 어울릴지 고민하다 선택해도 만족스럽기는 쉽지 않다. 그런데 승규가 사 온 립스틱은 놀랄 만큼 잘 어울려 은수는 기쁜 마음으로 문자를 보냈다.

〈선물은 다 마음에 들어요. 특히 립스틱 픽은 감동! 그래도 6개는 과해요. 잘 쓸게요!〉

승규와 원기는 사우나를 하고 나와 휴게실 안마 의자에 앉았다.

"아~ 사우나 하고 안마를 받아도 도통 개운하지가 않아. 넌 어때?"

"형도 서 박사님 찾아가서 물리치료 받아 봐요. 난 받고 나면 훨 낫던데."

"훨 낫단 말이지……. 그럼, 나도 서울 가면 가 봐야겠다. 근데 너 지난주에 극장엘 갔더라. 그럴 시간이 없었는데, 참~ 재주도 좋아!"

"극장? 뭔 극-. 어! 근데, 형이 그걸 어떻게 알아요?"

"뻔하지 새끼야, 갤러리에 네 사진이 올라왔으니까 봤지. 어두워서 분명하진 않았지만, 그 영어 선생 같던데, 맞지?"

"…… 아~ 그 근처에서 우연히 만났는데, 간만에 보니까 반갑더라고요. 그래서……."

"내 보기엔 그 영어가 더 감격한 것 같던데, 뽀뽀까지 한 걸 보면."

"뽀뽀요? 누가- 했다는 건데요?"

"그 선생이 너한테 달려들어 뽀뽀하는 사진이던데."

승규는 무슨 말인지 모르겠다는 표정으로 벌떡 일어났다.

"뭐지? 일단 사진부터 봐야겠는데요. 아니, 뽀뽀를- 왜 했다는 거지……."

방으로 온 승규는 노트북을 열고 그 사진을 찾아보았다. 정말 승규 뺨에 뽀뽀하는 은수의 모습이 누군가의 카메라에 잡혀 올라와 있었다. 다행히 은수는 반쯤이 승규에게 가려져 있었지만, 사진 속에 녹아 있는 두 사람의 친밀감은 숨겨지지 않았다. 예상 못 한 애정 표현에 승규도 놀랐던 순간의 사진은 오해의 소지가 있어 보였고, 역시나 사진 밑에 달린 수십 개의 리플은 하나같이 은수에 대해 적대적이었다.

〈10/6. PM12: 47, 강남시네마. 승규 오빠의 몰래데이트〉

〈오빠! 쫌…….〉

〈급 키스하는 이 여인은 또 누구?〉

〈하여간 가만두질 않네.〉

〈오빠, 이런 여자는 제발 멀리하세요.〉

〈전혀 안 생긴 눈이, 주제 파악 좀 하지.〉

〈3년만 기다려 줘요. 내가 훨 예쁘니까.〉

승규는 누군지도 모르는 그들에게 화를 내며 거칠게 노트북을 닫았다. 6년 전, 승규에게 처음 스캔들이라는 게 터졌을 때, 그의 생각과 진실은 가려진 채, 흥미 위주 여론몰이에 시달렸던 기억이 고개를 들면서 은수에 대한 걱정으로 이어졌다. 승규는 홍보실 직원에게 카페에 올려진 그 사진 삭제를 부탁하고 왔지만, 불안한 마음은 쉽게 가시지 않았다.

06. 두 남자

"뭐 하던 중이었어요?"

"전화 받고 있잖아."

"말고, 정말로."

"감독님한테 깨지고 열 식히던 중. 그건 왜요?"

"내가 안 좋을 때 전화했나 봐요. 나중에 다시 할게요."

은수는 미안해하며 말했다.

"이봐요. 최은수 씨, 안 좋은 걸 알았으면 풀어 줄 생각을 해야지, 끊겠다니."

"기분이 나아지려면 어떻게 해야 해요?"

"그걸 나한테 물어보면 어떻게 해."

승규는 아이 같은 은수 반응이 귀여운지 계속 투덜댔다.

"그럼, 옆에 다른 커플들은 어떻게 하는지 말해 줄래요?"

"걔들 애인은 바람같이 달려와서 안아 주고, 먹여 주고 뭐든 다 해주는 것 같던데 뭐. 몰라~ 내 애인은 코빼기도 못 보는데, 걔들이 뭘 하든 알아서 뭐 하게."

은수가 어찌해야 할지 몰라 듣고만 있자, 승규는 '내가 좀 심했나?' 싶었다.

"…… 그냥 해본 말이에요."

"그냥 아니에요. 옆에 동료들 보면서 부럽고 속상한 게 당연해요."

"아냐~ 장난친 거라니까."

"어쨌든, 난 승규 씨한테 미안하고 마음 쓰이고 그래요……."

"아이고~ 뭐가 미안해……."

"……."

"말 안 할 거야? 솔직히, 나도 무지 보고 싶지! 그런데 요즘처럼 그리워하며 만난 날 기다리는 것도 나쁘지 않더라. 아~ 이걸 얘기해야 하나……. 옛날에 딴 놈들이 이런 말 하면서 히죽거리면 약 먹은 놈이라고 생각했거든. 근데, 이게 묘한 맛이 있더라고. '저기 서울에 세상에서 제일 이쁜 여자가 눈 빠지게 나를 기다리고 있겠구나'라는 생각을 하면, 바로 심장이 뛰고 후끈해지니까 미안하단 말 하지 말아요. 미안한 거로 치면 내가 더하지. 난 기분 꿀꿀할 땐 테트리스 하면서 터는데, 게임 뭐 좋아해요?"

"옆에서 하는 거 보기만 해도 지치던걸요."

"후후~ 난 게임 좀 하는 편인데. 오늘도 늦게까지 연습했어요?"

"오늘은 일찍 나왔어요."

"왜?"

"누가 저녁 먹자고 해서."

"누가, 남자가?"

"…… 그러네요, 남자였네요."

"……."

"승규 씨, 승규 씨? 왜요~ 별일 아니었는데."

"별일 아니라고? 내 여자가 딴 새끼랑 저녁 먹고 돌아다니는데, 별일이 아냐?"

"저녁 먹고 돌아다니긴요, 학교 앞에서…… 정말 아무 일도 아니었어요. 다른 남자랑 있으니까 승규 씨 생각만 더 났단 말이에요……."

"됐고, 흠— 이번 달엔 아랫동네 경기뿐인데……."

승규는 답답한지 한숨을 내쉬었다. 그 마음을 아니까, 은수는 아무 말도 할 수 없었다.

"최은수 씨, 쫌 조신하게 기다릴 순 없는 거야? 지난주에 안양 경기였는데, 오라는 말 안 했단 말이야. 괜히 밤길 오가게 될까봐. 근데 은수 씬 다른 새끼랑 밥 먹고 다녀도 되는 거야? 너 그 새끼랑 얼굴 맞대고 술도 마셨냐?"

"술이라뇨? 학교 앞에서 저녁만 먹었어요."

"여하튼, 나 기분 안 좋거든……."

거친 숨소리뿐, 그는 말이 없었다.

"내가 생각이 짧았어요. 이제 그런 일 없을 거니까 화 풀어요."

"며칠만 기다려. 음— 일곱 밤만. 그럼 내가 갈게. 가서, 아~ 밤에 딴 새끼랑 왜 밥을 먹냔 말야."

승규는 다시 생각해도 분통이 터지는지 또 그 얘기를 했다.

"시간 아까우니까, 공항 근처에서 봅시다. 그날, 저녁 열 번

사 줄게. 쫌만 기다려요. 또 한눈팔면, 죽는다. 약속!"

"약속해요."

성준은 2009~2010 프로 농구 경기 일정표를 검색한 후에 승규에게 전화했다.

"안녕하십니까? 홍성준입니다. 작년 봄에 장충동에서 뵌 적이 있는데요…….."

"아~ 그런데 어쩐 일로?"

"이승규 씨와 만나 할 말이 있는데, 시간 좀 내주시죠."

"시간이야 낼 수 있지만, 다음 달 중순까지 서울 경기가 없을 건데요."

"그럼, 제가 창원 숙소로 가겠습니다. 이번 일요일 경기 끝나고, 괜찮을까요?"

"괜찮습니다. 그날 보죠."

창원에서 보기로 한 날, 유니콘스는 연장전까지 가서 패하고 말았다. 기다리던 성준은 약속 시각보다 50분이 지나고서야 버스에서 내리는 승규와 만날 수 있었다.

"홍성준입니다."

"본의 아니게 기다리게 했습니다. 1층 커피숍에 가 계세요, 옷만 갈아입고 가겠습니다."

그리고 얼마 지나지 않아 성준이 있는 자리로 승규가 왔다. 성준은 왜 늦었는지 안다는 뜻으로 연장전 얘기부터 꺼냈다.

"결국, 연장전까지 갔더라고요."

"네, 초반에 압도하지 못했던 게 패인이었어요."

"피곤할 텐데 시간 내줘서 고맙습니다."

"매일 하는 건데요 뭐. 한데, 할 말이라는 게……."

성준은 생각을 정리하려는 듯 손가락을 만지작거리다 본론을 말했다.

"이승규 씨와 은수에 관한 얘기를 해야 할 것 같아서 이렇게 왔습니다."

짐작한 대로 은수 이름이 나왔고, 승규는 긴장했다.

"이승규 씨가 어떤 마음으로 은수를 만나는 건지 알고 싶고, 두 사람이 함께 있는 그림을 떠올리며 들었던 내 생각도 허심탄회하게 말하고 싶어서요."

하~ 이런 얼빵한 새끼를 봤나…….

"그걸 내가 왜 홍 선생한테 말해야 합니까? 그리고, 난 그쪽 생각 관심 없어요."

"그래도 난 이승규 씨의 생각을 들어야겠어요. 그럴 자격 충분하다고 생각합니다."

"자격? 뭔 자격? 은수가 땅에 떨어진 돈이야? 먼저 봤다는 걸로 자격 운운하게. 그딴 소리 할 거면, 난 일어날랍니다."

"그럼, 내 얘기라도 들으세요. 은수를 먼저 봤다는 걸로 하는 말이 아닙니다. 나는 오랫동안 은수 음악 공부에 길잡이가 돼 주었고, 앞으로도 그 애의 재능이 만개할 수 있게 물심양면으로 지원할 겁니다. 인생의 동반자로서도요. 그래서 이승규씨도 나와 같은 생각을 하고 있는지 궁금한 겁니다."

갑작스러운 질문에 승규는 머뭇거리다가 임시방편의 답을 할 수밖에 없었다.

"아직 구체적인 계획은 없지만, 하려고 들면, 그게 뭐든 잘될 겁니다."

"이승규 씨가 이렇게 낭만적인 분인 걸 미처 몰랐네요. 은수가 이승규 씨와 묶이고도 꿈을 이루고 꽃길을 걸을 거라 이렇게 당당하게 확신하다니……. 생각이라는 걸 한다면, 그런 망상으로 전도유망한 아티스트를 지금처럼 망가뜨리고 있진 않겠지요."

"말씀이 선을 넘네요."

"나는 은수가 졸업하면 바로 외국으로 나가 국제무대의 문을 열 수 있게 전력을 다할 겁니다. 명망 있는 콩쿠르에서 수상할 수 있게 모든 면에서 적극 지원할 거고, 명문 교향악단과 협연하고 음반도 낼 수 있게 나의 인맥과 경험을 백분 활용할 겁니다. 아는지 모르겠지만, 이건 오랫동안 꿈꿔온 은수의 간절한 소망입니다. 이 모든 걸, 이승규 씨는 눈 한번 질끈 감고 덤벼들면 다 이룰 것처럼 말하네요."

승규는 성준의 자신감 넘치는 말을 들으면서, 임신이 유일한 해결책이라며 은수를 방으로 이끌려 했던 자신의 처사가 생각났다. 그는 대단한 결심이라도 한 것처럼, 임신과 육아의 족쇄를 채워 잘 먹이고 보살피겠다고 호기롭게 말했었다.

승규는 은수를 사랑하고 그 사랑을 지키고 싶었다. 그러기 위해서는 분명 해결해야 할 구체적인 계획과 노력이 있어야 한다

69

는 것도 알고 있었지만, 막상 궁리하다가 드는 생각은 맨땅에 헤딩이었고, 골치만 아파 다음으로 미루기만 했었다. 그러다 홍성준과 마주 앉은 지금에서야 승규는 진심이라고 믿었던 자신의 사랑에 의구심이 들면서 당당함마저 슬금슬금 빠져나가는 것 같았다. 성준은 귀신같이 그걸 간파했고, '지금이 이놈을 은수에게서 끊어낼 때'라는 걸 직감했다.

"아, 이 얘기도 만났을 때 해야겠군요. 얼마 전에 유니버설교향악단을 맡고 있는 선배한테서 전화가 왔었습니다. 유희선이라는 스포츠 잡지기자가 찾아와 은수에 대해 꼬치꼬치 물었다고 하더군요. 대학 주변에도 은수에 관해 묻고 다니는 사람들이 있다고 들었습니다. 기자들이 왜 이렇게 은수의 뒤를 밟는지 말 안 해도 알 겁니다. 상황이 이러면, 두 사람 얘기가 기사화되는 건 시간문제겠죠. 허접한 사람들 구미에 맞게 형편없는 시나리오가 만들어질 테고, 두고두고 씹어 댈 겁니다. 그걸 은수가 견뎌낼 수 있을지, 솔직히 난 두렵습니다. 이건 우리 집 얘기입니다만, 혹여 부모님께서 이 일을 아시게 될까 봐 늘 불안합니다. 두 분 모두 무척 은수를 아끼시지만, 어른들은 이런 일에 절대 너그럽지 못하시거든요. 이걸 문제 삼는 게 비단 우리 부모님뿐이겠습니까? 이승규 씨와 스캔들 기사가 난 여자를 어느 집안에서 이해해 줄지……. 이승규 씨는 이런 일이 별거 아니겠지만, 한번 터지면 일파만파로 번져 나갈 텐데, 까딱하다 만신창이가 될 수도 있는 은수와 그 애의 장래를 생각하면 불안해서 난 잠이 안 옵니다. 이런데도 은수는 이승규 씨와 함께 있었다는 걸 숨기려

하지 않았어요. 은수는 그런 아이입니다. 영악하고 계산 빠른 요즘 여자들과는 달라요. 그래서 누구보다 깊은 상처를 입고 빨리 망가질 겁니다. 미국으로 찾아가서 은수를 연애 지상주의자로 만들어 놓았더군요! 어떻게 그럴 수 있는지, 그 몰염치와 탁월함에 놀랄 따름입니다. 총명과 순수를 함께 지닌 그 아이가 무척이나 특별해 보였을 겁니다. 하지만 그 특별함은 지켜 줄 때 빛난다는 걸 지금쯤은 이승규 씨도 알 것 같은데요. 뭐, 그 일은…… 아무래도 좋습니다. 난 은수가 아직 여물지 못해 치른 실수쯤으로 넘겼으니까요. 이 자리를 빌려 내가 정말 말하고 싶은 건, 은수가 이승규 씨와 같이 가야 할 사람인지 치우치지 않은 마음으로 봐 달라는 겁니다. 그 애가 바이올린을 버리고 연애 감정에 취해 이승규 씨와 호텔을 전전해야겠습니까? 그게 이승규 씨가 바라는 은수의 모습인가요? 최은수는 그렇게 묻혀서는 안 될 음악계의 재목입니다. 부디, 그 애가 합당한 길로 갈 수 있게 재고해 주세요. 부탁드리겠습니다."

이렇게 생각했던 말들을 쏟아 내고 나서 성준은 담배를 꺼내 물었다. 깊게 빨아 드린 연기를 느긋하게 내뱉고 있는 성준과 달리 승규는 돌처럼 굳은 얼굴로 왼쪽 다리를 계속 떨어 댔다. 지금 승규는 허접한 기사로 은수가 다칠 수 있다는 두려움에 다른 건 아무것도 생각할 수 없었다. 번듯한 부모와 다른 집안들까지 들먹이며 협박하는 홍성준과 세상이 무서웠고, 기자들까지 뒤쫓고 있다는 말에 그는 자신을 몰아대기에 급급했다.

은수가 꿈을 이룰 수 있다면, 그 길로 그녀를 보내 줘야 한다.

71

그 시기가 좀 빨리 왔을 뿐, 예상했던 거잖아······.

승규는 이 말을 반복하며 자신을 설득했고, 홍성준의 탄탄대로로 그녀를 보내 주는 것이 그가 주는 마지막 선물이라는 결론에 도달했다.

은수를 만나서 이별을 고하려 했지만, 그러다가 같이 있는 장면이 사진 찍히거나 누군가의 눈에 띄게 될까 두려웠던 승규는 이대로 끝내자고 마음을 정했다.

"몇 번 만나 밥 먹은 걸 갖고 기자까지 붙었다고 하니, 발 뺄 때가 된 것 같네요. 이런 기사가 터지면, 이런저런 잡소리 들어야 하는 나도 그닥 유쾌하진 않거든요. 이 일은 잠잠해질 때까지 잠수 타는 거로 마무리 짓죠. 그리고, 오해가 있어 하는 말인데, 나랑 은수, 아무 일도 없었습니다. 오랫동안 봤다면서 은수를 그렇게 모르시나? 어떤 스킬에도 안 넘어와서 아무 짓도 못 했다고요. 그러니까 이쁘고 매력 쩌는 그 아가씨, 홍 선생이 많이 웃게 해주세요. 아니면 누가 압니까? 또 채갈지······. 먼저 일어나겠습니다."

앞으로 가 계산을 마친 승규는 수줍게 종이를 내미는 학생에게 사인을 해주고, 천천히 계단을 올라갔다.

07. 실연

 연습실 구석에 전기히터가 켜져 있지만, 은수와 혜연은 곱아 드는 손가락을 입김으로 녹여 내야 했다.

"105마디 스모르잔도(smorzando)부터는 보면서 맞춰 나가자."

"OK." 혜연은 악보에 표시하고 나서 다시 피아노를 시작했다.

피아노 멜로디를 한 박자 뒤에서 따라가다가 박자를 놓친 은 수가 바이올린을 내리고 말했다.

"미안! 잠깐 쉬자. 아, 핫초코 있는데, 마실래?"

"야~ 그런 게 있으면 벌써 말했어야지……."

빨갛게 된 손끝을 주무르며 혜연이 말했다.

"깜박했어. 뜨거우니까 조심해."

은수는 가방에서 보온병을 꺼내 혜연에게 주고, 휴대폰을 찾 았지만 보이지 않았다. 아침에 승규 전화를 기다리며 들고 다니 다가 집 어딘가에 놓고 온 모양이다. 어쩔 수 없이 혜연의 전화 를 빌려 번호를 누르고, 손에 땀이 나 바꿔 드는데 승규가 전화 를 받았다. 그녀는 황급히 밖으로 나와 통화를 했다.

"무슨 일 있어요? 통 연락이 안 돼서요. 문자 남겼는데, 봤어요?"

73

"…… 어……."

뭣 때문인지 그는 말을 아꼈다.

"지금 전화 받기 어려워요?"

"아니……."

"그런데 왜……."

처음 느끼는 냉랭함에 은수는 왠지 겁이 났다.

"글쎄…. 말하고 싶지가 않네……."

그가 귀찮은 듯 말을 해 은수는 "그럼, 편할 때 전화 주세요"
라고 말하고 어렵게 연결된 전화를 끊어야 했다. 경기 중에 문제
가 있었거나 가짜 뉴스로 문의가 폭주할 때 그는 외부와 연락을
끊고 말을 아끼는 것 같았다. 은수는 이번에도 그런 일이 아닐까
생각하고 연습실로 와 바이올린을 집어 들었다.

무슨 일이지? 또 인터넷 검색해서 알아봐야 하나……. 연인의
근황을 기사를 통해 알아야 하는 내 처지를 누가 알겠어…….

은수는 찜찜했던 의문을 풀기 위해 집에 오자마자 인터넷을
연결했다.

유니콘스는 주말 울산 경기에서 홈 어드벤티지를 등에 업은 하
이랜드를 가볍게 제압했다. 이날 이승규는 21점을 올리며 팀 승
리에 제 몫을 다 했다.

기사 내용만 봐서는 주말 경기 때문인 건 아닌 것 같은데…….

은수는 경기 영상까지 보면서 그에게 일어날 수 있는 언짢은 일들을 하나하나 짚어봤다.

혹시 선수들과 문제가 있는 걸까? 아니면 감독과? 체력이 떨어지면 예민해진다고 하던데, 요즘 기력이 떨어져서일까? 그것도 아니면, 그새 결혼하고 싶은 여자라도 만난 거야⋯⋯?

이 생각을 하다가 은수는 웃음이 났다.

너무 이상하게 구니까, 이런 생각까지 하게 되잖아. 대체 무슨 일일까? 아까 그 느낌은 결코 가볍지 않았는데⋯⋯.

"은수야, 성준이 전화야."

방 밖에서 엄마가 노크하며 말했다. 성준은 민정과 대화를 하기 위해 집 전화를 이용하곤 했는데, 은수는 때때로 이런 번거로움이 성가셨다.

"오늘도 저녁 연습했니? 요즘이 애매할 때라 연습실이 추웠을 텐데⋯⋯."

"피아노랑 맞춰 보느라고요."

"이번에도 네 반주 많이 하는 그 친구랑 하는 거야?"

"네, 혜연이요. 선배, 시간 되면 와서 모차르트 좀 들어봐 줄래요?"

"언제 맞출 건데?"

"다음 주 화요일 5시부터 중강당을 쓸 수 있거든요."

"알았어. 그날 갈게. 저녁은 먹었니?"

"지금 먹으려고요. 전화한 용건이 '저녁 먹었니?'였어요?"

"후후~ 그래, 어서 밥 먹어."

은수는 식탁에 앉아 수저만 들고 있다가 서둘러 방으로 왔다. 요즘 듣고 있는 주커만의 모차르트 CD가 돌고 있었지만, 그 소리는 하나도 들어오지 않았다. 연주는 밤새도록 반복되었고, 그의 전화는 끝내 오지 않았다.

이렇게 시작된 은수의 기다림은 그 후로도 한 달 넘게 계속됐다. 생각해 보면, 일곱 밤만 기다리면 온다고 했던 일주일은 센티한 기분에 젖어보려고 해도 설레고 달콤했던 기억만 떠오르던 행복한 시간이었다. 그다음 일주일은 '사련의 연인'처럼 그의 사진과 녹음된 음성을 들으면서 애틋한 그리움에 젖을 수 있어 괜찮았다. 하지만 세 번째 주말이 지나면서 기대와 실망이 혼재된 하루는 길고 지루했다. 점점 잦아지는 한숨과 문득문득 고개 드는 불안함에 하던 것을 놓고 나와 하염없이 걸었다.

은수는 '지금은 받을 수 없다'는 말만 반복하는 그의 전화기에 절망하면서 다시 문자와 음성을 남기고 연락을 기다렸다. 그렇게 또 한 달을 보냈지만, '한눈팔면 죽는다'라고 했던 승규는 프로 농구를 중계 방송하는 TV에서만 볼 수 있었다.

겨울바람을 가르고 터미널에 온 은수는 부산행 버스에 몸을 실었다. 여행 목적은 영찬이네 부산 레스토랑 오픈 행사로 했다. 엄마는 급히 귤을 담아 가방에 넣어 주며 "겨울 바다도 보고 우리 은수 좋겠네!"라며 배웅해 주었다.

승규가 그리울 때, 은수는 종종 그를 찾아 떠나는 상상을 했다. 눈감고 그려보는 그 여행이 아련하게 위로가 됐던 건, 여행길 끝에는 늘 그 사람이 기다리고 있었기 때문이었다.

하지만 지금 은수는 불안함을 안고 아무도 기다리지 않는 길을 가고 있다. 그녀의 지치고 쪼그라든 마음은 오직 승규만이 펴 줄 수 있기에 그를 볼 수 있는 경기장으로 가야 했지만, 정작 그녀의 발길이 향한 곳은 유니콘스 숙소인 그랜드 호텔이었다. 갑자기 찾아간 그녀를 반길지 자신할 수 없었고, 그래서 승규가 불편한 마음으로 경기를 뛰게 될까 봐 은수는 호텔 맞은편 찻집에 자리를 잡았다. 그래서일까…. 식은 찻잔을 앞에 두고 밖을 살피는 그녀의 모습은 너무 춥고 작아 보였다.

6시 30분이 지나자, 낮 경기를 마치고 호텔로 들어서는 주황색 구단 버스가 보였다. 승규의 핸드폰은 여전히 꺼져 있어, 은수는 고민 끝에 같은 팀 선수 형일에게 문자를 했다.

〈저는 영어를 강의했던 최은수입니다. 혹시 기억한다면 전화 좀 받아 주세요.〉

"어쩐 일이세요. 전화를 다 주시고…… 번호가 바뀌었더라고요."

"오랜만이에요. 전화 받아 줘서 고마워요. 난 기억 못 할까 봐 걱정했거든요."

"문자 받고 좀 놀래긴 했어요. 미국 갔다고 하던데, 정말 어쩐 일이세요?"

"전화통화가 안 돼서요, 이승규씨랑……"

"승규 형이요? 쫌 전에 경기가 끝났거든요. 아직 켜 놓질 않았나 봐요. 제가 형한테 전화하라고 전할게요."

사람 좋은 형일의 목소리에 은수는 잠시나마 마음을 녹일 수 있었다.

"저는 지금 그랜드 호텔 맞은편에 있는 찻집 〈잎새〉에 있어요. 여기서 기다린다고 승규 씨한테 전해 줄래요?"

"네, 그렇게 전할게요."

말을 전해 듣자마자 그 사람은 달려올 거야……. 그럼, 달려올 거야…….

이렇게 되뇌며 기다렸지만 1시간이 지나도 그는 오지 않았다. 그래도 은수는 피치 못할 사정 때문일 거라고 자신을 달랬다. 달랬지만 이미 그녀를 점령한 불길한 예감은 두 다리를 사시나무 떨듯 떨게 했고, 무릎 위에 가방을 올려놓고 아무리 힘을 줘도 소용없었다. 어느새 어두워진 거리를 가로등 불빛이 밝힐 때쯤, 문을 열고 들어온 형일이가 급히 은수 앞으로 왔다.

"많이 기다렸죠? 배고프실 테니 나가서 저녁부터 먹고……."

"전 괜찮아요. 승규 씨는요?"

"그게~ 형은, 늦을 것 같아요."

"왜요? 이승규 씨한테 무슨 일이라도 있나요?"

"아-아뇨. 그런 건 아니고 오늘 경기 내용도 좀 그랬고, 답답했나 봐요. 부산에 와 있는 형들 만난다고 나갔거든요. 내일 경기가 없어서 아마 늦을 거예요."

"그게 몇 시쯤일까요……?"

"1시 넘을 것 같으니까 저녁 식사부터 하고……. 참, 숙소는

정하셨어요?"

"바로 올라갈 거예요. 피곤할 텐데 나와 줘서 고마워요. 난 조금만 더 기다리다 갈 테니, 형일 씨는 어서 가세요."

어쩔 줄 몰라 하는 형일에게 다음 경기 일정을 물었다. 그는 다음 주 화요일, 창원 경기장 낮 경기라고 말해 주고 돌아갔다.

은수는 찻집이 문 닫는 시간까지 승규를 기다리다가 호텔 앞으로 건너왔다. 창마다 밝은 불빛으로 채워진 호텔은 겨울바람 속에서도 전혀 추워 보이지 않았다.

승규는 그 호텔 방 창에 붙어 서서 길 위에 은수를 보고 있었다. 어쩌려는 건지, 그녀는 택시가 들어오면 뛰어가 살폈고, 술 취한 승객이 시비라도 걸라치면 얼른 물러섰다. 오늘따라 무릎까지 오는 까만 코트에 스타킹만 신은 채. 승규는 은수의 시릴 종아리를 생각하다가 다시 형일이를 찾아갔다.

"가서 쟤 좀 보내. 무조건 보내라고. 안 가겠다고 해도 니가 택시 잡아서 태워 보내. 자꾸 미안한데 부탁 좀 할게."

다시 은수 앞으로 온 형일은 그녀를 보내려고 이런저런 말을 둘러댔다.

"아직도 형 기다리는 거예요? 조금 전에 형한테 전화 왔었는데, 완전 취했더라고요. 그러니 오늘은 그만 돌아가는 게 좋겠어요."

"많이 취했다고요? 그럼, 어뜨…….'"

은수는 무슨 말을 하려다가 말고 가만히 형일을 바라보고 있었다.

형일 씨도 알고 있죠? 그 사람, 쓰러질 때까지 술 마시는 거.

이렇게 추운데, 길에서 쓰러지기라도 하면 어떡해요. 형일 씨, 어서 가서 그 사람부터 찾아 챙기세요.

"괜히 나 때문에, 미안합니다. 전 이만 갈게요."

추운 날 몇 번이나 나와 준 형일 때문이라도 빨리 떠나야 했던 은수는 앞에 서 있던 택시를 타고 터미널로 왔다. 서울행 티켓을 예매한 뒤, 창구 옆에 있는 간이매점으로 갔다. 주문한 우동을 들고 와 자리에 앉은 은수가 불현듯 두 손으로 얼굴을 가렸다.

나쁜 사람. 나쁜 사람, 나쁜 사람…….

이렇게 돌아선 그 마음인들 어찌 편하기만 할까? 그 마음을 움켜쥐고 경기를 뛰어야 하는 가엾은 사람. 잠깐이라도 보고 싶어 왔는데……. 아주 잠깐만이라도…….

은수는 끊임없이 흐르는 눈물로 국수엔 손도 못 대고 버스에 올랐다. 7분 뒤에 출발하는 버스 승객 대부분은 몸을 구긴 채 잠들어 있었다. 따뜻하게 데워진 의자에 앉은 그녀도 얼마 못 가 졸기 시작했다. 졸면서도 눈물을 흘리던 은수는 어느새 깨어나 물끄러미 창밖을 보고 있었다. 까만 밤길은 끝없이 이어졌고, 창 너머 보이는 대전역 네온사인이 그로부터 멀리 떠나왔음을 말해 주고 있었다.

승규는 침대에 누웠지만, 잠들지 못하고 뒤척였다.

대전쯤 갔을 것 같은데……. 꽁꽁 언 발은 이제 좀 녹았을까? 울고 있겠지, 지금쯤은 무슨 말인지 알았을 테니까…….

〈승규 씨 있는 곳에 가고 싶은데, 나 가도 괜찮아요? 보고 싶어서요.〉

겨울소나타   *80*

사흘 전에 남긴 은수의 문자를 생각하다가 승규는 참았던 눈물을 뿜어냈다.

은수야, 이제 나 찾지 마. 그냥 다 잊어. 잊어버리라고.

시간이 되자, 선수들이 체육관으로 모여들었다. 시합을 앞두고는 슛 감각만 갖추라는 한 감독 지침에 따라, 주전 선수들은 공을 패스하며 가볍게 뛰고 있는데, 승규만이 격렬하게 뛰어오르며 슛 연습을 하고 있었다.

"장 코치, 쟤 왜 저래?"

"이제부터 경기당 30점씩 내겠다더니, 진짠가 봅니다."

"30점? 됐고, 속이나 썩이지 말라고 해."

한 감독은 그렇게 말하면서 승규를 살펴보았다.

농구판 돌아가는 걸 누구보다 잘 아는 놈이, 농담한 거겠지. 근데 저 녀석, 왜 저렇게 무거워……. 어디가 안 좋은가?

"장 코치, 가서 쟤 좀 말려라. 지금 저렇게 힘 빼면 어떡해. 승규야! 그만하고 쉬어!"

감독의 말을 듣지 못한 승규는 계속 뛰어오르며 공을 던져 넣었다.

"야~ 승규야, 그만하라니까. 저−저러다 다치기라도 하면……."

급해진 한 감독이 큰 소리를 내고서야, 승규가 땀을 흘리며 감독 앞으로 걸어왔다.

"저 이제 막 감 잡았는데요."

"그 감, 내일 쓰라고. 너, 밥 먹는 게 시원치 않다고 하던데.

컨디션은 괜찮은 거야?"

"괜찮습니다."

"안 좋으면 바로 말하고, 알았냐?"

"네, 알겠습니다."

한 감독은 계속되는 경기 때문이지 싶어 승규의 어깨를 두들겨 줬다. 그리고 장 코치와 얘기를 나누다가 땀에 젖은 유니폼만 입고 밖으로 나가는 승규를 보고 황급히 불러 세웠다.

"승규야~ 승규야, 그러고 나가면 어떻게? 장 코치, 이 코트 쟤한테 갖다 줘라."

한 감독은 자신의 코트를 벗어 주면서 말했다.

"아이~ 저 새끼가… 얼른 그거 입지 못해?"

"지금 열불이 나 미치겠는데…… 정말 괜찮아요."

"너, 그러다가 감기만 걸려 봐. 가만 안 둘 거니까."

승규는 젖은 유니폼만 입은 채 12월 찬 바람 속을 걸어갔다. 바작바작 타들어 가는 마음처럼 그의 몸에서는 하얀 김이 피어올랐다.

예상대로 은수로부터 문자가 와 있었다.

〈내일, 경기 끝나고 숙소 정문에서 잠깐 봐요. 기다리고 있겠습니다.〉

휴우~ 그래, 제대로 끝내려면 한번은 봐야겠지.

〈6:20에 숙소 앞 APPLE에서 봅시다, 내일〉

선수들은 오늘 경기의 패인이 편파적 판정 때문이라며 숙소에 와서도 심판 성토에 열을 올렸다.

"지금 젤 열 받는 건 승규야. 2점 슛에 바스켓 포인트인 걸, 득점 인정도 안 하고 파울 처리했으니. 심판 그 개새는 우리하고 뭔 살이 껴서 그 지랄을 떠는 건지……."

하지만 이승규의 온 신경은 곧 직면하게 될 '은수 떨어내기'에 가 있었다.

걔하고 또 사진 찍히거나 말 나면 진짜 끝이니까, 오늘 칼같이 끝내야 해. 이쪽은 쳐다보기도 싫게, 독하게 독하게…….

승규는 은수를 바람 부는 길 위에 세워 두기 싫어서 카페 〈APPLE〉로 정한 거였다. 그런데 카페에 들어와 사람들의 쏟아지는 시선을 받고서야 실수였음을 인지하고 빠르게 대처했다. 그는 바로 은수 옆으로 가 천천히 실내를 둘러보다가 마치 시간을 잘못 안 것처럼 시계를 보면서 급히 밖으로 나갔다. 무슨 말인지 알아차린 은수도 카페에서 나와 앞서가는 승규를 따라갔다. 그의 뒷모습은 앞으로 어떤 일이 있을지 말해 주는 듯 차갑고 무례했지만, 은수의 표정은 담담했다.

두 사람은 호텔로 들어와 가로등이 켜져 있는 오른쪽 산책로로 걸어갔다. 사람들 발길이 뜸해진 겨울 빈터를 앙상한 나무들이 지키고 있었다. 이제껏 은수는 아랑곳하지 않고 걸어가던 승규가 그곳에 멈춰 섰다. 그는 눈조차 마주치고 싶지 않은지 호텔을 바라보며 말을 꺼냈다.

"이미 알 거야. 나~ 최은수 씨, 그만 보려고."

머리꼬리 다 자른 이 말투는 이승규다워 놀랄 것도 없지만, 직격탄을 맞고도 고요한 은수가 의외였다.

"이유는…… 이딴 일에 이유가 어딨어? 그냥 때가 된 거지."

그는 따분한 듯 발로 땅바닥을 비벼 대다가 말을 이었다.

"간만에 나 싫다는 여잘 보게 됐고, 색다른 맛에 공사 좀 친건데……. 어쨌든 두근대기도 하고 시작은 뭐~ 괜찮았어. 근데~ 니가 말랑말랑해지니까 시들해지더라고. 사방에 널린 게 들이대는 기집애들인데, 최 선생까지 그러면 굳이 볼 거 없잖아. 그렇다고 씨발~ 잘 대주길 하나. 석 달 넘게 연락 없으면 알아먹어야지."

"내가 미련하고 자만했다는 거 알아요. 많이 부족하다는 것도요. 그래서 늘 미안했어요. 하지만……."

끝까지 침착할 것 같던 은수가 울먹이기 시작했다.

"마음이 없어서 그런 건 아니었어요. 왠지 겁도 나고, 어떻게해야 할지 몰라서 그랬었지만, 이제부터 달라질게요. 승규 씨가마음 돌릴 수 있게 마음을 다해 노력할 거니까 기회를 주세요. 내가 잘할게요. 난 승규 씨와 헤어지고 싶지 않아요……."

은수는 마치 야단맞고 잘못을 비는 아이 같았다. 승규는 그런은수를 보면서 심하게 흔들렸지만, 더 아픈 말로 그녀의 가슴을할퀴었다.

"싫증 났다는데, 이 아가씨 참~ 말귀 어둡네. 나, 지금 만나는애한테 아무 불만 없으니까 더는 찾지 마. 귀찮아."

그는 짜증스럽게 바닥에 침을 뱉더니 종지부를 찍었다.

"아우 추워~. 얘기 끝났으면 그만 가자."

은수는 닦는 것도 잊은 듯 눈물을 떨구며 서 있었다. 원망도 눈물도 보이지 않을 거라 다짐했지만, 승규의 말 한마디 한마디는 심장을 후벼 파듯 쓰리고 아파 정신이 아득했다.

그랬군요…… 좋은 여자를 만났군요. 이렇게 빨리 마음 돌린 걸 보면 정말 마음에 드는 사람인가 봐요.

"그럴게요. 더는 귀찮게 하지 않을게요. 나에게 이승규 씨는 여전히 그립고 소중한 사람이니까……. 그동안 고마웠어요. 이 목걸이는 이제 돌려드릴게요."

겨우 울음을 누른 은수가 두 손을 목 뒤로 가져가며 이렇게 말했다. 그러자 승규는 냉담한 표정으로 그녀의 팔을 저지했다.

"그걸 가져다 얻다 쓰게. 어차피 준 거, 알아서 처리해."

은수는 싫다 하지 않고, 내린 두 손을 모으고 곱게 인사했다.

"잘 지내세요! 갈게요."

그리고 걸어왔던 길을 내려가 산책로 입구에서 멈춰 섰다. 그녀는 지나갈 수 있게 차를 막아 준 직원에게 감사를 표하고 정문으로 향했다.

승규는 은수의 그 모습 모두를 담고 싶은데 눈물이 앞을 가렸다. 손등으로 훔쳐내지만, 자꾸 차오르는 슬픔에 차라리 눈을 감았다.

은수가 사라진 후에도 그는 꼼짝하지 못하고 그렇게 서 있었다. 빈터의 나무처럼…….

08. 고통의 시간

"과학 이화의 꿈이 실현될 수 있도록 주님! 함께 역사하여 주시옵소서."

노교수의 설교는 다시 긴~ 기도로 이어졌다. 대강당 채플에 참석 중인 은수는 기도 대신 무릎에 놓인 책에서 북마크를 빼냈다. 거기에 〈가슴 아픈 것들은 다 소리를 낸다〉라는 글귀가 겨울 강가를 배경으로 쓰여 있었다. 은수는 그걸 보면서 밤새워 기다렸을 엄마가 생각났다. 새벽에 들어온 딸이 학교 간다며 문을 나설 때도 엄마는 고개만 끄덕였다.

엄마의 그 마음에선 어떤 소리가 날까?

비통하고 어수선해야 할 내 마음은 왜 이리 고요할까?

약속한 대로 성준이 와 있었다. 중강당 좌석에 눈감고 앉은 성준에게선 은수가 만들어 내는 음 하나도 놓치지 않으려는 세심함이 묻어났다.

"3악장 삐걱대는 거 둘 다 알고 있을 거야. 지금처럼 미세하게 어긋나는 건, 서로의 연주를 마음으로 느껴야만 들어맞을 거야.

그러려면 최소한 아이컨텍은 해야겠지?"

은수와 혜연은 꼭 필요했던 지적에 고개를 끄덕였다.

"이해한 것 같으니 다시 한번 들어 볼게."

혜연이가 피아노 파트를 연주할 때, 성준은 은수에게 피아노 쪽으로 이동하라고 알려 줬고, 은수의 위치는 성준의 손짓만큼 옮겨졌다.

연습이 끝나고, 성준은 두 사람을 스테이크 전문점으로 데려왔다. 처음 갖는 식사 자리였지만, 세 사람은 음악이란 공통 주제로 쉽게 어울릴 수 있었다. 모차르트 소나타에 대한 성준의 견해가 이어졌고 혜연이 경청 중이다. 성준과 함께하는 자리는 늘 이랬다. 성준의 음악적 식견은 세련된 화술과 더해져 사람들을 동화시켰고, 그는 그걸 즐겼다.

"어쩜⋯⋯. 귀에 쏙쏙 들어오는 거 있죠? 저 교수님 대학원 음악분석시간 도강할 거니까 눈감아 주셔야 해요."

성준은 언제라도 환영이니까 당당하게 들어오라고 했다.

"모차르트 바이올린 소나타는 바이올린과 피아노를 위한 소나타라고 해도 무방할 만큼 두 악기의 역할과 분량이 대등해서 혜연이 연주 증빙자료로도 손색없는 곡이야."

"김 교수님도 같은 말씀을 하셔서 대학원 원서 쓸 때 내려고 해요."

"좋은 생각이야. 두 사람 다 이번 모차르트, 정말 잘해야겠다."

"재작년 추계음악회 때 1악장을 했었기 때문에 이번에 전곡을 할 수 있는 거예요."

"그랬다며? 어쩐지 호흡이 잘 맞는다 했어. 우리 '환상의 듀오'를 위해 건배하자!"

"건배!"

"멋진 홍 교수님을 위하여 건배!"

"건배!"

세 사람은 스파클링 음료로 건배하고 자리를 마무리했다.

근처 지하철역에 혜연을 내려 주고, 은수 집으로 향했다.

"몸 컨디션은 괜찮은 거니?"

무슨 뜻이냐고 은수가 성준을 쳐다봤다.

"아까 보니까 먹는 것도 부실한 것 같았고, 얼굴빛도 안 좋아 보여서."

"난 잘 모르겠는데요. 독주회 때문에 그런가……?"

무덤덤하게 자신의 얼굴을 만지며 은수가 말했다.

"독주회는 잘 준비되고 있는데 뭐. 요즘도 이승규 만나니? 그 친구가 바쁠 때라 자주 볼 순 없겠지만, 그래도 한 달에 두어 번은 볼 거 아냐?"

"…… 안 만나요."

"왜? 그 친구가 바빠서? 아니면 안 보겠다고 네가 마음먹은 거야?"

"……."

"어쨌든, 안 만난다니 다행이다. 그런데 그 목걸이는 여전히 걸고 있네……."

겨울소나타   *88*

은수는 울음 같은 한숨을 삼키며 아무 말도 하지 않았다.

유니콘스는 2승 4패의 껄끄러운 팀과 원정 경기중이다. 한 감독은 경기가 풀리지 않자, 타임을 부르고 선수들을 질책했다.

"승규, 왜 그렇게 급해? 오늘은 다 지공이야. 적게 먹고 적게 줄 거니까 재들 공격을 줄이는 데 주력하라고. 기광이는 지현이가 맡아. 승규는 파울 관리 좀 하고. 괜찮아, 괜찮아~ 급할 거 없어."

다시 시작됐지만, 유니콘스는 계속 끌려다니며 2쿼터 5분을 남겨 놓았을 때였다. 상대 팀 기광이가 수비하던 승규의 얼굴을 내리치면서 시비가 붙었고, 제대로 얼굴을 맞은 데다 파울 뒤에 보인 기광의 무례한 행동이 싸움을 키웠다. 심판의 만류로 수습됐지만, 고의적 반칙인데 파울만 준 것에 승규와 유니콘스 벤치는 크게 반발했다. 격해 있던 승규는 자유투를 실패하고 욕설과 함께 공을 집어 던져, 그가 되레 테크니컬 파울을 받았다. 한 감독은 12점이 뒤진 상황이었지만 승규를 불러들이는 것으로 주의를 줬다. 하지만 그의 실책과 불필요한 수비는 3쿼터에서도 계속됐고, 파울 트러블에 걸린 유니콘스는 힘없이 무너졌다.

숙소로 돌아온 한 감독은 별도 지시 없이 나가 버렸고, 승규도 저녁을 거른 채 병나발을 불다가 토해내고 있었다. 옆방에서 그 소리를 듣고 온 형일이가 그에게 숙취 약을 내밀었다.

"니가 고생이 많다……. 이제 괜찮으니까 가서 자."

"형~."

"알았으니까, 가서 자라고."

승규는 멍하니 앉아 있다가 자동으로 휴대폰을 열었고, 답장 없이 이어지는 은수의 문자를 봤다.

〈국내선 항공편이 모두 결항인가 봐요? 시간 내기 어렵다는 거 알아요. 그래도 1일 1통화는 필수!〉

〈샤넬 립스틱을 발랐어요. 친구들이 입술 색이 곱다며 립스틱 넘버를 물어보던데, 그분은 얼마나 예쁜지 궁금하지 않은가 봐.〉

〈승규 씨, 나 왜 이럴까요? 자꾸 눈물이 나…….〉

〈오늘도 은행나무 사진을 스무 번 넘게 꺼내 봅니다. 뉘 댁 도령이 신지, 내 옆에 이 남자, 봐도 봐도 수려하네요.〉

〈아침부터 저녁까지 무엇을 하십니까? 전화를 기다리며 견딥니다.〉

〈나보다 더 예쁜 여자를 찾은 건가요? 그래요? 마침내 의부증 발병〉

〈승규 씨, 전화 좀 해 줄래요? 제발~〉

〈잘 먹고 잘 자고, 별일 없는 거죠? YES면, 점 하나만 찍어 보내 줘요.〉

〈이 공, 대화가 어려우면, 필담은 어떤지요?〉

〈승규 씨…….〉

〈무슨 일이 있는 거예요? 너무 독하게 구니까 화가 나려고 해. 제발 한마디만이라도 해 줘요. 나 반성하고 있으니까.〉

〈이승규! 전화 좀 받지~.〉

〈전화 씹으면 바람난 거라던데, 나 그냥 바람으로 믿어 버릴까 보다.〉

〈승규 씨 있는 곳에 가고 싶은데, 나 가도 괜찮아요? 보고 싶어서요.〉

그 립스틱을 맘에 들어 할 줄 알았으면 더 많이 사다 줄걸. 같은 립스틱을 두 개씩 샀다고 과하다 했지? 그거 내가 다 먹을 것 같아서 그랬던 거야. 그래 놓고, 나만 보라고 노래를 부르던 놈이 잠수를 탔으니, 니가 얼마나 기막히고, 절망했을지 알아. 그래도 은수야~ 이유 같은 거 묻지 말고 그냥 날 버려. 미친놈 그새 눈맞아 튀었구나 하고 뛰어가라고. 가서, 바이올린 공부 실컷 하고, 그렇게 원했던 훌륭한 무대에서 오케스트라 깔아 놓고 연주하고, 결혼도 하고……. 암튼, 좋은 일만 있을 너의 세상으로 훨훨 날아가. 뒤돌아보지 말고.

너무 봐서 이젠 다 외워 버린 은수의 문자를 보다가 승규는 잠이 들었다.

신혼의 은수는 퇴근한 남편 홍성준의 옷을 받으며 웃고 있었다. 성준은 그런 은수를 안고서 뭐 하며 지냈는지 물었고, 그의 아내는 수줍게 안겨 종알대다가 부부는 기다렸다는 듯 서로를 탐하며 뜨거운 베드신을 연출했다.

승규는 악몽을 꾸는 듯 소리 내며 팔을 휘젓다가 깨어났다. 수면 강박에 시달리고 있는 그는 시간부터 확인했다.

AM 1:48. 더 자야 하는데…….

내일 경기가 있어 숙면이 간절했던 승규는 수면제 대신으로 양의 머리를 세기 시작했다. 양 100마리, 양 99마리, 양 98마리, 양 97마리, 양 96마리…… 양의 숫자가 줄어들수록 꿈에서 본 장면이 떠오르면서 욕정이 꿈틀거렸다. 승규는 바로 은수를 발가벗겨 성적 흥분을 끌어올렸고, 절정에 이르러서는 가득 고인 애욕의 증거물을 쏟아 냈다. 그리고 찾아온 나른함에 기대 잠들었다가 다시 깨어났다. 그는 오늘도 성급했던 자신에게 화를 내고, 은수를 찾아와야겠다며 객기를 부리다가 창에 깃든 여명을 본다. 동이 트면, 그는 침대에서 나와 언 땅을 달리며 밤새 돋은 미련의 싹을 잘라냈다.

계속되는 불면이 승규의 심신을 갉아먹고 있었지만, 경기에 대한 집착은 어느 때보다 강렬했다. 경기하는 그때가 은수에게서 벗어날 수 있는 유일한 시간이었기에 승규는 어지럼증을 느끼면서도 결전의 시간을 기다렸고, 미친 듯이 코트 위를 뛰어다녔다. 마치 생의 마지막 날인 것처럼.

하늘은 흐리고 날씨까지 푸근해 눈이 오려나 했는데, 겨울비가 내리고 있었다.

은수는 비 오는 교정을 넋 놓고 바라보다가 가방을 챙겨 무작정 밖으로 나왔다. 그렇게 나선 발길은 비 내리는 신촌 거리를 걷고 걷다가 한 헤어숍 앞에서 멈췄다. 그녀는 미용실 앞에 붙은 샴푸 광고 포스터를 유심히 보고 있다가 문을 열고 들어갔다.

"어서 오세요. 회원이신가요?"

"처음입니다."

직원은 탈의실에서 손님의 겉옷과 가운을 갈아입히고 나서 세팅된 자리로 안내했다. 뽀얀 전구 빛에 둘러싸인 그곳의 거울은 숨김없이 손님의 모습을 보여주었고, 거울 속 옹색한 행색의 여자와 마주치자 은수는 얼른 고개를 돌려버렸다.

"제니 미용실을 찾아 주셔서 감사합니다. 정 실장입니다."

미용기구들을 장착하고 나타난 실장은 손님의 머리를 만지면서 거울을 통해 말했다.

"어떤 헤어스타일을 원하시는지 말씀 먼저 듣고 커트를 시작하겠습니다."

은수도 거울을 보면서 자신 없는 표정으로 말했다.

"그러니까- 여성스러우면서도 밝고 적극적인 이미지로 바꾸고 싶거든요. 저기 붙어 있는 포스터 모델처럼요."

"팬텀 포스터 말씀하시는 거죠? 그 모델은 긴 머리인데……. 음~ 전체적으로 굵게 웨이브를 주고, 뒷머리를 상큼하게 잘라 목선을 드러내면 밝고 여성스러운 분위기가 날 것 같은데, 어떠세요?"

"괜찮을까요?"라는 은수의 걱정에 실장은 "잘 어울리실 거예요"라고 답했다.

"그럼, 그렇게 해주세요."

손님의 두상을 한 번 더 확인한 실장이 정수리 뒷머리부터 가위질을 시작하자 잘린 머리카락들이 힘없이 바닥에 떨어졌다. 그걸 본 은수는 '그 사람의 손길과 입술이 머물렀던 것들인데……'라는 생각과 동시에 옆으로 나 앉게 됐다. 가끔 이런 손님을 봐 왔던 실장은 커트를 중단하고, 친절하게 말했다.

"아직 결정 못 하셨으면… 차 한잔하시면서 좀 더 생각해 보시겠어요? 헤어스타일 카탈로그를 참고하셔도 좋고요."

은수는 갑작스러운 자신의 행동에 미안한 생각이 들었다.

"…… 아―아뇨, 그대로 해주세요."

커트는 빠르게 진행됐고, 손질한 머리에 파마약을 발라 롤에 말아 놓고 기다려야 했다. 그리고 40분이 지나 샴푸를 하고 드라이어로 머리를 말리면서 보여 준 실장의 능란한 손놀림이 은수를 다른 모습으로 바꿔 놓았다. 흡족한 표정의 실장은 헤어 에센스로 마무리를 하고 나서 손님에게 물었다.

"어떠세요? 마음에 드세요? 저는 대만족입니다만."

"저도 마음에 들어요. 밝게 만들어 줘서 감사합니다."

거울에 비친 자신의 모습을 흥미롭게 바라보며 은수가 말했다.

그러나 변화가 준 즐거움은 그때뿐이었다. 은수는 미용실을 나와서도 가루비 내리는 거리를 배회하다가 신촌역 부근의 카페로 왔다. 전에 와 본 적이 있는 그곳은 변함없이 몇 안 되는 사람들이 섬처럼 앉아 있었다. 은수도 자리에 앉아 혼자라는 편안함에 젖어 있다가 조용히 흘러나오는 오보에 소리와 이어지는 노래를 듣게 됐다. 그녀는 빠르게 그 노래에 빠져들었고, 여가수의 애절한 외침은 가슴에 박혔다. 좀 전에 들렸던 오보에 소리는 세상을 향해 그 사람을 욕하지 말라고 소리치고 싶어 울려 댄 슬픈 팡파르였다는 생각에 왈칵 눈물이 났다.

그 사람 나에게 참 잘해 줬는데. 성격도 안 좋은 날 아껴 줬는데.
사랑이 무언지 모두 가르쳐 줬죠. 이제서야 여자가 됐죠.

"주문하신 위스키 샤워입니다."

은수는 젖은 눈가를 닦으며 웨이터에게 물었다.

"혹시, 지금 나오는 이 노래 제목 알아요?"

"그럼요. 왁스의 〈욕하지 마요〉입니다."

버림받은 여자라는 걸 뻔히 아는 웨이터가 정중한 척하며 말했다.

"다시 들을 수 있을까요? 같은 거로 한 잔 더 주시고요."

"그렇게 하겠습니다."

은수는 몇 번이고 이 노래를 들으며 이곳에 고립되고 싶었다. 그런데 반갑지 않은 전화가 울렸고, 얼마 지나지 않아 빗물 떨어지는 우산을 들고 성준이 들어왔다.

커피 한잔 마시고 갈 거라 했는데, 굳이 찾아온 성준은 깜짝 놀란 표정을 지으며 자리에 앉았다.

"여기 있을 건 생각도 못 하고 연습실마다 찾아다녔잖아."

"일찍 나왔어요."

"머리하려고? 잘했어, 너랑 잘 어울린다."

은수는 머리 한 걸 잊고 있다가 확인하듯 자신의 머리를 만졌

95

다.

"나, 머리 괜히 잘랐나 봐요. 남자들은 긴 머리를 좋아한다고 하던데……."

"지금 너무 예뻐서 그런 걱정은 안 해도 되겠는데."

"짧게 깎은 머리는 저항의 이미지로 보인다면서요?"

"우리 은수가 남자들 시선에 신경을 다 쓰고, 별일이네. 칵테일 효과가? 한잔은 아닌 것 같은데……."

성준의 말에 은수가 멋쩍게 말했다.

"그냥~ 남자들이 좋아하는 여자는 어떤 모습일까 궁금했거든요……. 선배, 남자들은 어떤 여자한테 매력을 느끼나요?"

"그걸 어떻게 일괄적으로 말할 수 있겠어? 사람마다 취향이 다 다른데."

"그럼, 선배 취향이라도 말해 줘요."

"난~ 은수 너처럼, 선이 곱고……."

"……. 안 들을래요. 알아서 뭐 하겠어요. 이미 머리를 잘랐는데."

다 부질없는 짓이었다.

"난 지금 네 모습이 너무 아름다워 눈을 못 떼겠는데……."

듣고 있던 은수가 고개를 숙였다. 성준은 그게 눈물 때문인 걸 알고 놀란 것 같았다.

"왜 그래, 은수야. 무슨 일이야?"

"아니……. 그냥~."

"그냥이라니, 뭔가 속상한 일이 있으니까 이러는 거겠지!"

"…… 눈 대신 내리는 겨울비도 저리 곱고 당당한데, 난, 21살의 난 왜 이렇게 못나고 초라한 걸까요? 가엾게시리……."

"…… 요즘 네가 많이 힘든 모양이구나. 얼른 가서 쉬어야겠다."

"아니, 난 여기 더 있고 싶으니까, 선배는 그만 가세요."

"여기 너 혼자? 안 돼. 오늘 길도 미끄럽고 너무 늦었어. 어서 집에 가자."

"난 더 있고 싶으니까 선배, 그냥 가 주면 안 되겠어요?"

"다음에 다시 오면 되잖아. 자~ 코트 입어야지. 오늘 우리 은수가 겨울비에 취했네. 하긴, 독주회 앞두고, 이렇게 긴장을 풀어내는 것도 나쁘지 않아."

은수는 외투를 입히고 이끄는 성준의 손에 잡혀 밖으로 나와야 했다.

살얼음판의 도로는 늘어선 차들로 주차장을 방불케 했다. 평소 이런 상황이면 짜증부터 났겠지만, 지금 성준은 은수와 속 깊은 얘기를 나눌 수 있겠다는 생각에 들떠 있었다. 하지만 기대와 달리 은수는 어떤 말도 없이 창밖을 보고 있었다. 리스트의 〈사랑의 꿈〉을 들으며 싱거운 말이라도 하면서 분위기를 띄워 볼까 했지만, 침잠의 겨울 같은 모습에 그는 침묵할 수밖에 없었다.

"한참 걸릴 것 같으니까 편히 기대 눈 좀 붙여."

그래도 은수가 순순히 등받이에 기대 눈 감은 것을 보고 성준은 다행이다 싶었다.

승규 씨~ 나, 남자랑 마주 앉아 술 마셨는데……. 이런 말을
해도, 난 더는 화내는 당신을 볼 수 없겠죠? 그렇겠죠……. 당신
은 이제 나랑은 아무 상관도 없는 사람이니까. 난 잊혀진 여자니
까. 그런 줄 알면서, 아직도 난 '왜 딴 놈이랑 술을 마셨냐'고 화
내는 당신이 이토록 그리운 걸까요. 화가 나면 말없이 숨만 몰아
쉬던 당신의 숨소리를 난 왜 잊지 못하는 걸까요.

오늘 미용실에 들러 머리를 했어요. 파마 한 번으로 이렇게 바
뀔 수 있다는 것에 놀랐고, 왜 진작 이런 모습을 당신에게 보여
주지 못했을까 후회가 됐어요. 그리고 이렇게 머리를 한 나를 보
고 당신이 무슨 말을 했을지 궁금했…… 솔직히 말하면, 당신이
말해 주는 '이쁘다!'가 듣고 싶었어요. 아닌 척했지만, 난 당신이
날 보면서 이쁘다고 할 때가 정말 좋았거든요. 알아요. 이제 난
당신한테 그 어떤 것도 기대하면 안 된다는 거. 그런데 승규 씨,
당신이 없으니까 난 뭘 해도 즐겁지가 않아……. 매 순간 잃어버
린 당신이 아까워서 미칠 것 같아……. 당신이 다른 여자를 안아
주고 예뻐할 걸 생각하면 난 숨을 쉴 수가 없어. 아무것도 모르
면서 좋은 여자 만나면 잘해 주고 결혼하라고 했던 내가 싫어서
아무것도, 정말 아무것도 할 수가 없어요. 다 그만두고 아기부
터 만들자고 했던 당신 말을 들었어야 했는데……. 당신을 그렇
게 힘들게 하면서 간직한 이 빛나는 순결은 누구에게 바쳐질 선
물일까요? 승규 씨! 당신이 보고 싶어 견딜 수가 없는데, 어쩌면
좋아요. 이제 난 당신을 볼 수도 없는데, 당신을 못 보는데…….
차라리 다 멈춰 버렸으면 좋겠어. 전부다…….

은수가 깰까 봐 조심 운전을 해야 했던 성준의 등줄기는 땀으로 축축했다. 그런 성준이었으니, 집이 보이자 내릴 채비를 하는 은수를 보고 화가 날 만도 했다.

"안 자고 있었던 거야?"

"…… 데려다줘서 고마워요. 길 미끄러우니까 조심 운전하세요."

결국, 성준은 상투적인 인사를 하고 맥없이 걸어가는 은수를 잡아 세웠다.

"너, 이렇게 시들하게 구는 이유가 뭐야? 또 이승규 때문이야? 그놈 못 보는 게 그렇게 힘들어?"

은수는 화내는 성준을 보면서 힘없이 말했다.

"잠을 못 자서 그래요. 독주회 날이 다가오니까 예민해지나 봐요."

"흠…… 그래, 가서 잠부터 자고, 얘기는 다음에 다시 하자."

은수는 독주회를 핑계로 댔지만, 씁쓸한 기분을 지울 수 없었던 성준은 차를 세우고 담배를 꺼내 물었다. 그는 빨아들인 담배 연기를 내뿜으며 그날 이승규가 그렇게 빨리 포기선언을 한 까닭에 대해 생각했다.

이미 헤어질 구실을 찾고 있었던 걸까? 그놈 말대로 구단의 눈치 때문이었을까? 아니면, 오로지 은수를 보호하고자 앞뒤 안 보고 내린 조치였을지도…….

그렇다 한들, 달라지는 건 없어. 내 여자를 훔친 건 그놈이니까. 난 내 걸 다시 찾아온 것뿐이야…….

요즘 JBS는 새로 영입한 용병의 활약으로 12연승을 달리고 있는 최강팀이다. 다음 주부터 JBS와 붙어야 하는 유니콘스 코치진은 긴장한 선수들을 독려하고, 막강용병 제이슨을 막아 낼 작전 구상으로 고심 중이다.

주가 바뀌고, 유니콘스의 인천경기 1차전이 시작됐다. 한 감독은 선수들의 사기진작을 고려해 적극적인 플레이를 지시했고, 42：43의 대등한 경기로 전반전을 마쳤다. 하지만 체력 손실이 컸던 유니콘스의 후반전은 원활하지 못했고, 지치지 않고 던져대는 제이슨의 중거리 슛과 노련한 경기 운영에 밀려 완패했다.

누군가가 퇴장하는 이승규를 불러댔지만, 기분도 체력도 바닥난 그는 무시하고 걸어갔다. 그러자 관중석의 그 사람도 승규를 따라 걸으며 큰 소리로 말했다.

"잠깐, 얘기 좀 할 수 있을까요? 전 최은수 동생입니다."

최. 은. 수. 동생……. 승규는 그제야 멈춰 서서 관중석을 둘러봤다. 눈이 마주친 짧은 머리 청년은 인사를 했고, 승규는 관중석으로 다가갔다. 그를 향해 뛰어 내려온 짧은 머리는 은수네 가족사진 속 그 청년이었다.

"체육관 뒤에 선수 출입문 앞에서 봅시다."

잠시 뒤에 두 사람은 선수들이 빠져나간 라커 입구에서 마주섰다.

"최은석입니다. 이렇게 뵙게 돼 영광입니다. 형이라고 불러도…… 되겠습니까?"

"어, 버스가 기다리고 있어서 온 용건부터 들을게."

"누나 때문에요. 이걸 누구와 의논해야 하나 걱정만 하고 있었는데, 지난번 외출 나왔을 때 누나랑 성준 형이 했던 말이 생각나 찾아오게 됐어요. 혹시 성준이 형을 아세요?"

승규가 고개를 끄덕였다.

"성준이 형은 뭣 때문인지 누나가 걸고 있는 목걸이를 못마땅해했어요. 네모 모양의 목걸이인데, 누나가 그걸 계속 걸고 있는 걸 이해할 수 없다고 했고, 누나는 내가 왜 선배한테 그런 말을 들어야 하는지 모르겠다며 다퉜어요. 그러다가 성준이 형 입에서 이승규가 튀어나왔고요. 제 짐작이 맞다면, 무슨 얘긴지 알거라 생각되지만…… 형이 모른다고 해도 뭐, 괜찮습니다."

승규는 은석을 직시하며 말을 재촉했다.

"누나 때문에 왔다면서, 무슨 일인지 말해."

그때, 구단 직원이 뛰어와 승규에게 서둘러 달라고 말했다.

"전화할게, 번호 불러 봐."

손에 전화번호를 적고 나간 승규에게서 전화가 온 건 5분도 지나지 않아서였다.

"은석아, 말해."

"휴가 나온 첫날, 밤 1시가 넘어 집에 왔을 때였어요. 식구들이 깰까 봐 조심하며 욕실에 들어가려는데, 누나 방에서 훌쩍거리는 소리가 나는 거예요. 그땐 별일 아니겠지 하고 지나쳤는데, 샤워를 끝내고 나왔을 때도 울고 있어 걱정되더라고요. 그래서 누나 방을 살피게 됐고, 새벽 3시쯤에야 잠잠해졌어요. 다음 날 아침, 평상시와 다를 게 없는 누나를 보고 별일 아니었구나 했는데, 그날 밤 또 우는 소리가 들리는 거예요. 그래서 노크도 없이 들어가 창문을 열고 밖을 향해 울고 있는 누나를 보게 됐죠. 무슨 일이냐고 물어도 누난 아무 말 없다가 나중에야 "걱정할 일 아니니까, 모르는 척해줘"라고 하더군요. 그다음 날, 누나는 내가 걸렸는지 밤늦게 외투를 걸치고 밖으로 나갔어요. 바로 따라 나가 뒤를 밟았죠. 눈물을 닦으며 정처 없이 걷는 게, 맘껏 울고 싶어 아파트 단지를 배회하는 것 같았어요. 그러더니 요즘은 이용하지 않는 오래된 수영장 쪽으로 가는 거예요. 외진 곳이라 설마 했는데, 누나는 빈 탱크 계단을 밟고 내려가 쪼그리고 앉았어요. 달빛뿐인 빈 수영장 구석에 얼굴을 묻고 앉아 있는데, 어찌나 짠~ 하던지……. 무슨 생각을 하는지, 땅이 꺼져라 한숨을 내쉬고 또 울더라고요. 훌쩍거리다 점점 서럽게 흐느끼는 누나를 보고 있자니 나도 눈시울이 뜨거워졌어요. 울다가 생각하다 다시 울던 누나는 발이 시려 동동거릴 때쯤 눈물을 닦고 일어나 집으로 향했어요. 근데, 이보다 더 기가 막힌 건 아침에 본 누나의 모습이에요. 누나는 평소처럼 식탁에 앉아 식빵을 뜯어 먹으며 영자신문을 보았고, 엄마에게 밝게 인사하고 학교에 가는 겁니다.

형이 아는지 모르겠는데, 일주일 뒤에 누나 독주회가 있어요. 낮에는 같이 수업도 듣고, 정신없이 연습했을 테지만, 혼자가 되면 감정 통제가 안 되는 것 같았어요. 난 이제껏 누나가 이러는 걸 본 적이 없어요. 정말 힘들겠다 싶은 일 앞에서도 늘 의연했거든요. 그래서 이런 누나가 너무 걱정돼요. 내색하지 않아서 누구도 누나의 아픔을 모를 겁니다. 저도 무슨 일인지 모르면서 엄마한테 말하기가 조심스럽고요. 흠~."

은석이 숨을 몰아쉬며 말을 끊었을 때도 승규는 침묵했다.

"100일 휴가 나왔을 때, 누나한테 팁을 하나 줬었는데, '1월 29일이 누구의 생일이다. 꼭 기억하고 챙겨라'라고요. 누나가 그걸 제대로 활용했는지는 모르겠어요. 그런데 이번에도 팁을 떨구게 되네요. 누나가 이러는 건 아마도 누군가를 무척 좋아하는데, 그게 마음처럼 안 되는 모양입니다. 형도 알 거예요. 우리 누나, 정말 아무것도 모르는 얼뜨기인 거. 누나가 얼뜨기인 건 분명한데, 간장 된장 분간 못 하고 혼자 좋아서 저럴 사람은 절대 아니거든요. 모르긴 해도, 누나의 저런 마음을 얻기까지 그 상대도 속 엄청 터졌을 겁니다. 누나는 백 번 이상 자신의 마음을 들여다봤을 거고, 천 번 이상 물어보고 확인했을 테니까요. 그러고 나서 저렇게 대책 없이 좋아하게 된 걸 텐데, 제 말이 맞죠?"

"어~." 승규가 희미하게 웃으며 답을 했다.

"난 우리누나 누구한테도 내주기 싫지만, 형이 진짜 부럽긴 하네요. 대체 어떤 무기를 장착했길래 누나를 저 지경으로 만들어 놨는지……. 무슨 일인지 모르겠지만, 누나를 사랑한다면 더는 울게 두지 마세요. 하나밖에 모르는 그 바보가 얼마나 암담하고 아프면 저러겠습니까? 내가 아는 누나는 어떤 경우에도 진심을 저버린 선택은 하지 않을 겁니다. 도움이 됐으면 좋겠네요. 이만, 끊겠습니다. 필승!"

쿵 소리 나게 머리를 얻어맞은 것처럼 눈앞이 하얘졌다. 승규는 몸에서 힘이 다 빠져나가는 걸 느끼며 의자에 기대앉았다.

그러라고 보낸 게 아니란 말야, 이 모자란 기집애야……. 보고 싶은 사람을 볼 수 없는 게 얼마나 견디기 힘든 건데…….

"승규야, 발목에 아이스 팩하고 있는 거지? 승규야~."

장 코치가 불러도 그는 못 들은 척 눈을 감았다. 눈물이 보일까 봐 이마에 손을 얹었지만, 꺼억꺼억 넘어오는 슬픔의 목울대는 감출 수 없었다.

은수야, 우린 어떡해야 하는 걸까?

09. 바보들의 사랑

　독주회를 닷새 앞두고, 은수가 정신을 잃고 쓰러지는 일이 발생했다. 다행히 챔버 멤버들과 연습 중일 때여서 바로 인근 응급실로 옮겨졌지만, 은수는 아직도 의식을 잃은 채 누워 있었다. 제일 먼저 달려온 은석은 상태 확인만 하고 귀대하였고, 민정 자매와 성준이 곁을 지켰다. 담당 의사는 과로와 영양결핍으로 인한 일시적인 쇼크라며 곧 깨어날 거라고 했다.

　"독주회를 한다고 할 때, 말렸어야 했는데…. 이렇게 말라서 온 애를 보고도 좋다고 부추겼으니……. 다 에미 잘못이다, 은수야. 제발 눈 좀 떠봐~ 아가……."

　끊임없이 딸의 팔을 쓰다듬는 엄마의 부름을 들었는지 은수가 천천히 깨어나고 있었다.

　"은수야! 정신이 드니? 민숙아, 빨리 가서 환자 깨어났다고 하고, 뭘 좀 먹여야겠다고 말해."

　민숙이 나간 자리로 온 성준이 은수를 살피며 말했다.

　"아침에도 말짱하던 녀석이 어떻게 그렇게 맥없이 넘어가? 물 좀 마실래?"

은수는 고개를 저으며 언제 퇴원할 수 있는지부터 물었다.

"잘 먹고 쉬면 내일 퇴원할 수 있다고 했어."

"다행! 오래 누워 있어야 한다면 어쩌나 했는데……."

은수는 안도하며 웃는 것조차 힘에 부쳐 보였다.

은수가 죽을 다 비우고 잠드는 것까지 보고 성준은 돌아갔다. 민정도 그제야 한숨 돌리고 혼비백산했던 하루를 정리했다.

그때, 자는 줄 알았던 은수가 "엄마!" 하고 민정을 불렀다.

"저런, 부스럭거리는 소리에 깼구나. 어디 불편한 데는 없니?"

은수는 다가온 엄마를 바라볼 뿐 아무 말이 없었다.

"야채주스 좀 먹어 볼래?"

"엄마도…… 내가 성준 선배랑 결혼하길 바라지?"

느닷없는 물음에 민정은 웃음부터 났다.

"자다가 홍두깨라더니…… 실신했다 깨어나서 한다는 말이 결혼이야? 왜, 엄마가 너희들 결혼 반대라도 할까 봐?"

"아니~ 그냥 엄마 생각이 궁금해서……."

"네 생각은 어떤데?"

은수는 답을 피한 채, 민정에게 물었다.

"엄마, 어떤 사람과 결혼해야 잘 살아 낼 수 있을까? 그 긴 세월을."

"글쎄~ 정답이 있을까 싶다만, 좋은 배우자를 만나 서로 봐주면서 살다 보면 무사히 그 여정을 마치지 않을까 싶은데?"

"어떤 사람이 좋은 배우잔데?"

"엄만, 선하고 성실한 사람을 꼽고 싶구나."

"눈으로 볼 수 없는 사람 속을 어떻게 알아보고? 설령, 보인다 해도 사람 마음은 변하는 건데, 후회 없는 선택이라고 단언할 수 있을까?"

"너부터 바르고 따뜻한 마음을 갖추고 상대방을 본다면 그 본심을 알아볼 수 있을 거다. 아무리 신중하게 내린 선택이라 해도 완벽할 순 없어. 그래서 서로의 빈 곳을 채워 주면서 눈높이를 맞추려는 두 사람의 노력이 필요한 거고."

"그런 배우자감에 가까운 사람이 성준 선배라서 다들 그렇게 후한 점수를 주는 거야?"

"다는 모르겠지만, 오랜 시간 성준이를 보면서 괜찮은 사람이란 생각은 했단다. 넌 그런 적 없었어?"

"결혼이 괜찮은 사람을 만나 성실과 노력으로 살아 내는 거라면, 굳이 해야 할 필요가 있을까? 난 감정적인 걸 빼고 보면, 결혼만큼 불확실하고 불편한 게 또 있을까 싶거든. 그럼에도 불구하고 묶이는 것은 함께하지 않고는 견딜 수 없는 두 사람의 간절함 때문일 거야. 엄마, 나는 그 절박함으로 결행하는 것이 결혼이라고 생각해. 세상 무엇과도 바꿀 수 없는 유일한 사람이니까……."

처음에 민정은 이런 생각을 할 만큼 언제 이렇게 컸나 싶어 코끝이 시큰했다.

"설령, 그 결혼이 실패로 끝난다 해도, 성실함으로 살아 낸 세월과는 다를 거야. 그 두 사람에게는 아주 특별하고 행복했던 순간들이 각인돼 있어 아무리 힘든 시간이 찾아온다 해도 자신이 소중한 존재임을 떠올리고 담담하게 이겨낼 테니까……."

마치 절절한 사랑의 경험자처럼 말하는 딸을 보면서 민정은 달라졌음을 감지했다.

"사랑의 오묘한 힘까지…… 우리 딸이 어찌 이리도 잘 알까?"

"그렇게 보였어?"

은수는 희미하게 웃다가 시선을 내렸다.

"응~ 꼭 경험담 같았거든. 겪어 보지 않고는 절대 알 수 없는……. 가만, 너 혹시…… 지금 엄마가 생각하는 게, 맞니?"

은수는 고개를 끄덕였다.

"맞아. 그 마음을 알게 됐어. 그렇지 않았다면, 선배 청혼을 받아들였을 거야."

"성준이가 청혼했니?"

"지난번 미국에 왔을 때. 하지만 난 안 할 거라서 엄마한테 말하지 않았어."

"안 할 거라니…… 왜?"

"음…… 그러니까 선배는 세상 그 무엇과도 바꾸고 싶지 않을 만큼은 아니거든."

민정은 이 말을 하면서 은수의 눈가가 붉어지는 것을 보았다.

"그럼, 그런 사람이 있는 거야?"

은수는 고개를 떨구고 아무 말도 하지 않았다.

"왜~ 엄마한테 하기 어려운 말이니?"

"그—그런 사람이 있었어. 지금은 없지만……."

민정은 놀란 가슴을 누르고 딸의 말을 기다렸다.

"지금 없다는 게, 잠시 떠나 있는 거야? 완전히 끝났다는 거야?"

"완전히……."

은수는 참았던 눈물을 흘리며 흐느끼기 시작했다.

"싫증이 났대. 내가 미련하게 굴었거든. 난…… 엄마, 그래도 그 사람이 밉지가 않아."

민정은 울고 있는 은수를 안고 토닥였다.

"하……. 그런 일이 있었구나. 너처럼 예쁜 아이를 몰라보다니……. 어떤 녀석인지, 그 멍청이 얼굴 좀 보고 싶구나……."

"내가 좋은 여자 있으면 놓치지 말고 결혼하라고 했거든. 그땐 내 마음 이렇게 아플지 몰랐어. 근데 그 사람이 가버리니까, 엄마, 난~ 숨을 쉴 수가 없어. 그 사람이 아까워서, 미련한 내가 너무 밉고 싫어서. 나 어떡해……. 난 그 사람이 너무 좋은데, 가버렸으니 난 이제 어떡해, 엄마……."

"그렇게 좋으면서, 왜 다른 여자랑 결혼하라는 말을 했어, 응?"

"지금까지 외롭게 살았거든. 그래서 난 엄마처럼 옆에서 챙겨주고 보듬어 주는 여자와 만나 그 사람이 행복하길 진심으로 바랐어."

"네가 그렇게 해주면 되잖아?"

"내가 어떻게……. 연주자의 일상이 어떤지 엄마도 알잖아. 그 사람을 또 외롭고 힘들게 할 게 뻔한데……. 난 나설 수가 없었어."

한동안 엄마에게 안겨 울먹이던 은수는 약 기운 때문인지 잠들어 있었다.

가엾은 것…… 요즘 네 얼굴이 왜 그렇게 까칠한가 했단다…….

민정은 눈물을 매단 채 잠든 딸의 얼굴을 보고 있다가 병실을 나왔다.

유니콘스 선수들은 장 코치 방에 모여 농구 경기를 보고 있었다. 경기가 없는 날은 지금처럼 다음에 붙을 팀의 경기를 보면서 매치 업 라인을 논의했다.

승규가 성훈이와 상대 팀 재호에 대한 수비를 얘기하고 있을 때, 문자가 왔다.

〈누나가 실신 입원 중. 신촌 세브란스 본 502호〉

은수가 쓰러졌다니…….

"성훈아, 감독님 방에 계셔?"

승규는 바로 감독의 행방부터 물었다.

"좀 전에 나가시던데, 감독님은 왜?"

"나 잠깐 나갔다 오려고. 나중에 얘기하자."

빨리 허락을 받고 싶어, 승규는 한 감독 방 앞에서 기다렸다.

뭣 때문에 입원까지 하게 된 걸까? 설마……. 아〜 안 되겠다.

그는 불호령이 떨어질 걸 알았지만, 8시까지 돌아오겠다는 문자를 남기고 병원으로 향했다. 느려 터진 병실 엘리베이터를 포기하고, 계단으로 뛰어 올라가 502호 문을 두드렸다. 기다려도

응답이 없어 문을 열고 들어갔더니, 잠든 은수를 지키는 건 천천히 떨어지는 노란 링거뿐 아무도 없었다. 승규는 힘없이 놓인 그녀의 손을 가만히 잡았다.

은수야, 어디가 얼마나 아픈 거야? 미안해……. 내가 널 이렇게 아프게 한 거 알아. 말없이 사라지는 걸 니가 얼마나 힘들어하는지 알면서…… 잘못했어.

은수의 손등을 문지르며 용서를 구하던 승규는 그녀가 흘리듯 내는 소리에 재빨리 귀를 갖다 댔다.

"뭐라고? 다시 말해 봐. 은수야~ 은수야~ 다시 말해 봐."

물음 끝에 그녀의 메마른 입술이 움직이며 "승규 씨~"라고 했다. 혹시 깨어났나 싶어 봤지만, 또르르 눈물만 흘릴 뿐 은수는 잠들어 있었다.

"나는 꿈속에서도 너를 울리는구나……."

그는 젖은 눈가를 닦으며 탄식했다.

그런 승규를 열린 문 사이로 보게 된 민정은 이유도 모른 채 복도로 걸음을 옮겼다. 당황한 나머지 사 가지고 온 물과 티슈를 그대로 들고서.

승규가 어떻게 알고 여길 왔을까? 은수를 그토록 애절하게 바라보던 눈빛은 뭘 말하는 걸까?

놀란 마음으로 이런 생각을 하고 있던 민정은 병실에서 나온 승규와 눈이 마주쳤다. 승규는 빨개진 눈가를 손등으로 누르며 민정이 있는 쪽으로 왔다.

"많이 놀라셨겠어요?"

"놀랐죠. 그런데, 여긴 어떻게 알고 왔어요?"

"은석이가 알려 줬어요. 은수, 어디가 아픈 거예요? 심각한 건 아니죠?"

"과로에 영양 부족으로 일시적인 쇼크가 왔던 거래요."

"그럼, 쉬면서 영양주사 맞고 그러면 괜찮아지는 건가요?"

"내일 퇴원하라는 걸 보면 그런 것 같아요. 그런데 이 선수는 건강 괜찮아요? 어째 얼굴이 예전만 못해 보여서."

"저—전 괜찮습니다."

말수가 적은 건 알았지만, 오늘따라 숫기가 없어 보이는 승규가 민정은 마음에 걸렸다.

"그런데 왜 이리 허해 보일까? 혹여 은수 때문이면 괜찮다니까 걱정 말아요."

"네~ 어머님도 건강 조심하세요. 전 이만 가 보겠습니다."

"기운 쓰는 사람이니까 이 군이야말로 건강 잘 챙겨요. 몸 따뜻하게 하고."

민정은 각별하게 여겨지는 청년의 팔을 토닥여 주었지만, 그는 서두른다 싶게 그 자리를 떠나갔다.

예정대로 은수는 퇴원했다. 집에 와 엄마가 차려 준 죽을 비우고 난 그녀의 얼굴은 발그레하니 보기 좋았다.

"잘 먹고 나니까 우리 딸, 꼭 복사꽃 같구나. 은수야, 〈사운드 오브 뮤직〉 봤다고 했지? 거기서 실연에 빠진 큰딸, 걔 이름이 뭐더라?"

"리즐."

"맞다. 실연한 리즐에게 마리아가 했던 말, 기억나니?"

"음~ '리즐, 슬프면 실컷 울어. 그러고 나서, 다시 뜨는 태양을 기다리는 거야.' 뭐, 이런 대화였던 것 같아."

"엄마가 너에게 해주고 싶은 말이야. 억지로 아닌 척할 필요 없어. 그냥 하루하루 너의 시간을 살다 보면, 아픔은 시간이 낫게 해줄 거니까."

"…… 엄마한테 속에 있는 말 다 하고 나니까 많이 편안해졌어."

"그래, 장하다. 참, 이경숙 선생님이 놀라서 전화하셨어. 일본에서 오늘 오셨단다. 걱정하시니까, 내일 학교에 가면 선생님부터 찾아봬. 그리고 연주복은 이모가 찾아서 갖고 온다고 했어. 네 푸른 드레스에 걸칠 케이프를 맞춘 모양이더라. 암튼 이모가 애 많이 쓴다."

"그럼, 겨울 드레스로도 손색없겠는데? 역시, 우리 이모 패션 센스는 못 따라간다니까. 연주복도 찾아오고……. 이제 정말 사흘밖에 안 남았네. 아~ 떨려!"

엄살을 피우며 이불 속으로 파고드는 딸을 보다가 민정은 방에서 나왔다.

은수를 보고 온 이틀 뒤, 승규는 부산에서 원정경기를 치렀다. 3연패 뒤에 건진 이날의 승리는 팀 분위기 쇄신의 계기가 됐고, 그걸 핑계로 선수들은 바닷가에 자리를 마련했다.

그들은 푸짐하게 차려진 상에 둘러앉아 연패로 괴로웠던 그간의 속내를 털어 내고, 싱싱한 생선 살로 배를 채우느라 떠들썩했다. 승규만이 매운탕 국물 몇 술을 뜨고 벽에 기대 졸고 있을 때, 휴대폰이 울렸다.

"안 들어오고 뭣들 하는 거야?"

한 감독 목소리에 정신이 든 승규는 늘 하는 말로 대처했다.

"지금 가려고 다들 신발 신고 있습니다."

"그놈의 신발은 언제나 다 신을 건지, 맨날 신고 있다는 말뿐이니……."

"바로 정리하고 복귀하겠습니다. 저~ 감독님!

"왜?"

"저는 속 좀 가라앉히고 가겠습니다."

"너만?"

"네, 오래 있진 않을 겁니다."

"흠……." 한 감독은 긴 숨을 쉬고 나서 말했다.

"…… 알았다!"

"감사합니다."

선수들과 헤어져 바다로 온 승규는 검푸른 어둠 속에서 엄마를 떠나보냈던 날을 생각했다. 그때, 12살이던 승규는 마음속에 품고 있던 엄마를 떠나보내면서 '사랑하는 사람을 지켜 내기엔 난 너무 어렸어'라고 스스로 위로했었다.

'그렇다면 다 큰 성인인 나는 왜, 무엇 때문에 은수를 포기했던 걸까……?'

그는 이 물음에 변명처럼 홍성준을 떠올렸다.

그날, 그 쉐끼가 뭐라면서 사람 순을 밟았더라? 인맥과 경험, 물심양면의 지원을 할 거라고…… 씨발~ 사랑이 뭔지 좆도 모르는 새끼가…….

승규는 격해져서 마음에 담아 뒀던 말을 소리치기 시작했다.

"사랑한다, 은수야! 쫌만 기다려. 데리러 갈게. 내가 데리러 간다고."

그러나 그 외침이 바다에 닿기도 전에 승규는 힘없이 모래밭에 주저앉았다.

병원에 다녀온 그날 밤, 승규는 은수를 데려오겠다고 마음을 굳혔다. 뜻은 그랬지만, 그것이 옳은 결정인지 확신할 수 없어 힘들어하고 있었다. 괜한 객기로 은수가 도약할 수 있는 골든타임을 놓치게 되는 건 아닌지 망설이게 됐고, 어설픈 결정이었지만 그대로 홍성준과 가는 것이 최선의 길이 아닐까 하여 그의 결심은 흔들렸다. 은수와 함께할 방안도 이리저리 생각해 봤지만, 자신의 한계만 깨닫게 될 뿐이었다.

도대체 은수를 위해 내가 할 수 있는 게 뭐가 있을까? 그것만 알 수 있다면, 난 기꺼이 해낼 건데……. 나한테 그걸 말해 줄 분, 누구 없나요? 은수를 위해 내가 할 수 있는 걸 좀 말해 달라고요…….

그렇게 한참을 애태우다가 승규는 마음속 깊은 곳에서 들려오는 소리를 마침내 듣게 됐다.

왜 그렇게 자신이 없어? 너 이승규야. 필요하면 언제든 취할 수 있는 준비된 남자!

그러니까 지금부터 제대로 해보는 거야! 니가 언제나 그랬던 것처럼.

준비된 남자라…….

승규는 모래밭에 엎드린 채 자신에게 무엇이 준비되어 있는지 꼽아보기 시작했다.

일단, 은수부터 데려오자. 그리고 나서 할 수 있는 걸 하나씩 실행하겠어…….

10. 겨울소나타

"4시 30분에 커피 차가 올 거니까, 다과 테이블 7개 정도 놓을 수 있게 공간 확보해 두고, 민서는 지금 나가서 교문 주변이랑 중강당 오는 길에 포스터 스무 장만 더 붙이자."

은수는 진행을 맡은 후배들에게 해야 할 것들을 말해 주고, 서둘러 의자 배열하는 곳으로 갔다.

주변에서는 은수가 자기 독주회의 부수적인 일까지 하는 것을 안쓰러워하면서도 그녀 곁에 홍성준 같은 남자가 있다는 건 몹시 부러운 눈으로 바라봤다. 그도 그럴 것이 성준은 포스터와 팸플릿 제작부터 피아노 조율, 중강당 조명과 난방까지 살펴보고 신속하게 보완했으며, 독주회 포스터가 나오자 학교와 시내 유명공연장 게시판에 붙을 수 있게 관계자와 통화했고, 음악계 선후배와 지인에게는 직접 쓴 편지와 함께 팸플릿을 우편으로 부쳤다. 그야말로 최은수 독주회 총괄 연출자 같은 움직임이었다.

은수가 챔버 연주자들과 무대 위치를 체크하고 있을 때도 성준은 그 맞은편에서 보일러실 관리자와 통화를 했다. 1시부터 리허설이 있으니 지금부터 난방을 넣어 달라 거듭 말하고, 그걸로는 안심이 안 됐는지 작곡과 사무실의 난로 2개를 직접 들고 내려왔다.

은수는 그런 성준이 고맙고, 미안하고…… 불편했다.

"벌써 12시네. 선배, 점심 먹으러 가요. 나 미용실에도 들러야 해서 서둘러야 해요."

"그럼, 일 보고 오면서 샌드위치나 사다 줄래?"

은수는 "오전 내내 뛰어다녔으면서 샌드위치 갖고 돼요?"라며 테이블을 펼치던 성준을 끌고 학교 앞 주먹밥 집으로 왔다. 즐겨 먹는 주먹밥과 우동을 주문하고, 두 사람은 물수건으로 손을 닦았다.

"24일 자 슈투트가르트 챔버 티켓을 예매했는데, 입원하게 될 줄 누가 알았겠어?"

"그 귀한걸! 용케도 쟁취했네요. 하지만 입원 안 했어도 난 못 갔을 거예요. 알잖아요, 콩쿠르나 연주 앞두고는 혼자 악보 붙들고 있어야 하는 거."

"항상 잘하면서, 지나치게 예민한 거야. 이번 독주회는 안 그랬으면 좋겠다. 진짜 완벽하게 준비했거든."

"선배가 완벽하다고 하니까 그 말만으로도 안심이 되네요. 난 이 주먹밥 없었으면 큰일 앞두고는 쫄쫄 굶고 다녔을 거예요."

은수가 막 나온 주먹밥과 겨자 간장을 성준 앞에 놔 주며 말했다.

"그러니까. 너의 쏘울 푸드지. 아, 이러면 되겠다. 독주회 끝나고, 유후인으로 여행 가자. 거기 잘 아는 료칸이 있는데, 네가 좋아할 음식에 주변이 숲으로 싸여 있어 심신 회복에 좋을 거거든. 어머니 허락은 내가 받을 테니까, 같이 가자. 그렇게 하자고, 빨리 대답해."

"지금 당장, 두 시간 후에 독주회를 해야 하는 나한테 료칸에 갈지 말지 답하라는 거예요?"

"후후후~ 좀 그랬나?"

"선배는 이제 집에 가서 쉬고, 저녁 공연 때 와요. 공연 도우미는 민서네가 잘할 거니까."

"그 극성파들이 나섰으면 걱정 안 해도 되겠다. 그런데 은수야……."

사람을 불러 놓고, 성준은 은수 얼굴만 유심히 보고 있었다.

"왜요~ 사람 민망하게……."

"너 요즘 지나치게 예쁜 거 알아, 몰라? 그래서 지난번 입원했을 때 미모 비책 약도 투여받았나 했거든……."

"아휴~ 난 미용실에 가야 하니까, 선배는 걱정 내려놓고 집으로 가세요."

"집엘 어떻게 가? 낮 공연 보면서 체크해야 할 게 얼마나 많은데."

싸락눈이 날리는 중강당 앞에 유난히 화려한 화환 두 개가 서 있었다. 하나는 성준의 아버지 K 통신 홍석현 대표이사가 보낸 거였고, 또 하나는 작곡과 홍성준이라고 쓴 리본을 달고 있었다. 조금 있다 장 교수가 보낸다는 커피 케이터링까지 도착하면……. 은수는 성준의 온 가족이 동원된 이 상황이 기쁠 수만은 없었지만, '모두 바쁘신 분들인데……' 하면서 감사하다고 온전히 받아들였다.

"박사님과 장 교수님께 감사드리고, 독주회를 위해 시종일관 애써 준 선배를 위해 〈사랑의 기쁨〉을 연주하려고 해요."

"오!! 그 마성의 〈사랑의 기쁨〉을 오늘 들을 수 있단 말이지?"

"후훗……. 마성은 무슨."

"12살 커트 머리 소녀가 〈사랑의 기쁨〉을 열애에 빠진 여인의 감성보다 더 농염하게 연주해 객석을 녹여 버렸는데, 마성이 아니야? 그날, 네 연주에 빠져서 '저 애는 머지않아 세계인의 마음도 홀려버릴 거야……'라고 나도 모르게 중얼거렸는데."

"오늘 저녁 공연 마지막 곡으로 연주할게요, 농염하게……."

"저를 위해 〈사랑의 기쁨〉을 연주해 주시겠다니 더없는 영광입니다, 최은수 씨!"

성준은 두 손을 가슴에 모으고 고개를 살짝 기울인 채 감동한 표정으로 말했다. 세련되고 적절한 제스처였다.

요란한 오토바이 소리가 멈추더니 택배기사가 엄청나게 큰 꽃바구니를 안고 중강당으로 들어왔다.

"이거 최은수 씨 앞으로 보낸 꽃인데요. 최은수 씨 되세요?"

꽃바구니를 의자에 내려놓으며 기사가 물었다.

"네, 그런데 누가 보낸 건지 알 수 있을까요? 꽃바구니에는 아무것도 없어서."

"여기에 사인부터 하시고, 바구니 안에 카드 있으니까 확인해 보세요."

은수는 수취인 사인을 하고 나서 안쪽에 꽂혀 있던 카드를 꺼내 들었다.

최은수 바이올린 독주회를 축하합니다. 이승규 드림

…… 이승규라니……!!!

"이거 어디다 놓을까요?"라고 묻는 기사에게 무대 중앙을 가리키는 은수의 손이 떨고 있었다.

그 사람이 내 독주회를 기억하고 있었다니. 이걸 어떻게 받아들여야 하는 거야, 어떻게 어떻게……. 그럼, 저 분홍 장미의 꽃말도 기억하고 있을까? 쉽게 잊힐 꽃말은 아니었는데.

은수는 두근거리며 상념에 잠겨 있다가 감탄사 같은 성준의 긴 휘파람 소리에 정신이 들었다.

"역시! 이모부가 보내셨구나. 저 꽃바구니가 올라가 있으니까 이제야 무대가 꽉 찬 느낌이야."

난 그 사람이 곁에서 내 연주를 보고 있는, 그런 기분이 들 것 같은데…….

은수는 그 상상을 하다가 "고마워요, 승규 씨!"라고 작게 말했다.

공연 30분 전, 중강당은 지금 한창 리허설 중이고, 독주회 준비는 모두 갖춰졌다.

출연자의 친구와 선후배들이 객석 대부분을 채운 가운데 〈최은수 독주회〉 낮 공연이 시작됐다. 미색 블라우스와 검정 와이드 팬츠를 입고 등장한 최은수는 열거한 곡들을 군더더기 없이 담담하게 연주했다.

3시 연주회가 끝나고 갖은 티타임에서 나온 평은 '심플하고 탄탄한 무대였다' 였다. 어떤 평론가보다도 까다롭고 인색한 객석인 걸 감안하면 꽤 괜찮은 시작이었다.

5시가 지나면서 주위는 빠르게 어두워졌고 기온도 따라 내려갔다.

은수와 출연자들은 저녁 공연까지 비는 시간을 근처 중식당 룸에서 때우기로 했다.

"오늘은 난방이 돼서 휠~ 낫더라. 3시 칸타빌레는 매끄러웠다고 생각하는데, 그대들 의견은 어때?"

형식상 묻는 영찬의 말에 4중주 팀원들은 '당연한 걸 뭘 물어?' 하는 표정들이다.

"이 독주회는 다 좋은데, 퍼포먼스가 제로인 게 문제야. 오늘 낮 공연이야 다 아는 사람들이니까 이해하고 넘어갔다지만, 일반 관객이었으면 외면당하기 십상이지. 그러니까 은수야, 저녁 공연은 비주얼에 신경 좀 쓰자. 그리고 너~."

은수 얼굴에 파운데이션을 펴 바르던 경미가 갑자기 목소리를 낮췄다.

"헌정 연주한다며? 반주 연습하는 혜연이한테 들었어. 코 반짝 쳐들고 까불더니, 드디어 항복선언 하는 거야? 기집애, 난 정말 널 모르겠더라. 아니, 홍 선배가 왜? 어디가 어때서? 나한테 그런 남자가 있어 봐. 예술의 전당 무대가 흔들리게 켜 젖히고, 모세가 홍해를 가르듯 객석으로 달려가 '이 남자가 내 남자요'라고 보란 듯이 꽈악~ 안아 주겠다."

"예술의 전당을 흔들어 놓겠다는 건 아주 괜찮은 생각이다만, 객석을 가르고 꽈악은 좀 그렇지 않니?"

"엔도르핀 과다 분비로 어쩔 수 없었던 거지."

언제나 여유 있고 유머 넘치는 친구가 곁에 있어 은수는 웃을 수 있었다.

"저녁 공연은 네 말대로 정성껏 메이크업하고, 분위기 돋는 드레스도 입을 거야."

"그렇지? 결국, 드레스 맞췄구나. 이렇게 되면 저녁 공연 기대되는데? 아이라인이랑 마스카라 두껍게 해야 하니까 다시 눈 감아 봐~. 이것 봐. 몇 번 더 해주니까 완전 달라 보이잖아."

"이모가 내 청색 드레스에 걸칠 케이프를 맞춰 줬어."

"어머, 그렇게도 해주는구나. 왠지, 바흐랑 어울릴 것 같은데? 빨리 보고 싶다."

"그래서 바흐는 케이프를 걸칠 생각이야. 모차르트는 그럴 수 없으니까, 드레스만 입고."

"아주 괜찮은 생각이야. 오늘, 네 독주회 요란하지 않으면서 다 갖춘 느낌이랄까? 리셉션 커피차도 '테라로사'더라."

"장 교수님이 보내 주셨어."

"그랬다며? 너무 멋진 시어머님 아니니? 이번에 널 보면서, 나도 독주회 하기로 마음먹었당~. 립스틱은 어떤 색으로 바를래?"

"그건 내가 바를게. 경미 너야말로 막강한 부모님이 계시는데, 뭘 망설여? 얼른 큰 무대 준비해서 우정 출연으로 꼭 불러 줘."

메이크업을 마치고, 은수와 친구들은 다시 중강당으로 왔다. 연주회장 앞에는 축하 화환들이 놓여 있었고, 강당의 청중들은 무대에 오를 주인공을 기다리고 있었다.

드디어 청색 드레스를 입은 은수가 스포트라이트를 받으며 걸어 나왔다. 짧은 웨이브 머리에 아이보리 케이프를 걸친 은수가 무대에 서자, 그 아름다움에 객석이 술렁거렸다. 왼쪽 케이프를 거둬 낸 연주자는 조용해지기를 기다렸다가 첫 곡, 바흐 무반주 소나타를 시작했다. 오롯이 은수 혼자 만들어 내는 바이올린의 청아한 소리가 강당을 채웠다. 붓점 음표의 느림으로 시작한 연주는 템포에 변화를 줬을 뿐, 깨끗하고 반듯하게 유지됐다. 관객은 절제된 소리에 집중했고, 연주가 끝난 뒤에도 여운을 음미하는 듯 한동안 고요했다.

두 번째 현악 4중주 연주는 세팅 시간이 필요했다. 4개의 보면대와 의자가 놓이고, 첼로 영찬이부터 비올라, 제1 · 제2 바이올린 주자들이 무대에 오르고 있었다. 그때, 문이 열리고 누군가 들어와 2층으로 가 앉았다. 바람처럼 움직였지만, 승규였다고 확신한 은수는 얼어붙은 듯 서 있었다. 그걸 본 경미가 재빨리 튜닝음 'a'를 소리 내 은수를 앉게 하고서야, 차이콥스키 현악 4중주 1번 1악장이 시작될 수 있었다. 몇몇 사람만이 알아챘을 이 작은 해프닝은 〈삼진 콰르텟〉의 숨 막히게 아름다운 연주로 조용히 묻혔다.

1부 순서가 끝나고, 인터미션이 주어졌다.

은수는 퇴장하자마자 무대 옆 커튼 뒤에 서서 2층에 앉은 승규부터 살폈다. 감색 양복에 진자주색 넥타이를 맨 그의 모습은 그녀가 기억하는 것보다 더 날렵했고 멋있었다.

승규는 그를 알아보고 온 사람들에게 사인을 해주면서 집게손가락을 입에 대곤 했다. 조용하잖은 뜻 같았다.

음…… 저 사람이 여기 왔다는 건, 의심의 여지 없는 화해의 시그널!

그럼, 난 어떻게 해야 할까…….

은수는 당장 달려가고픈 마음을 감추고 최대한 도도하게 버티다가 받아 주겠다고 마음먹었다가 저 성질 급한 남자가 그냥 가 버릴까 봐 불안해졌다.

혹시, 화해는 나의 바람이고, 이곳에 와야 할 다른 이유가 있는 건 아닐까?

질질 울면서 매달렸던 전 여친의 꼴이 궁금했던 걸까……? 그런 비열한 사람은 아냐. 그저 그 울보가 실수 없이 잘해야 할 텐데 하는 걱정 반 호기심 반, 그 정도……?

그것도 아니면, 요즘 만난다는 그 여자도 음악과 관련된 사람이 아닐까? 그래서 같이 오게 된 것일 수도 있잖아…….

이 생각을 하면서 승규 주변을 살펴봤지만, 그런 것 같지는 않았다.

그럼, 나를 계기로 이승규가 바이올린 연주 마니아가 된 건가?

글쎄~ 아무래도 그건 좀……. 그럼, 왜 온 거지? 어쩌면 말이야~ 독주회가 끝나고 무대 뒤로 찾아올지도 몰라. 와서는, 초췌한 얼굴로 '은수 너와 헤어진 건 내 일생일대의 실수였어. 그 여자랑은 이미 헤어졌고, 난 매일 반성하며 지내고 있으니. 이런 나를 용서하고 우리, 다시 시작하면 안 될까'라고 할지도……. 그럼, 난 어떤 표정을 지어야 하지……?

"은수야, 너 여기서 뭘 보고 있는 거니? 화장도 고치고, 가닥 나갔던데 활 정리 안 해? 그리고 아깐 왜 버벅댄 거야?"

경미가 쏟아 낸 질문에 은수는 그저 "응?" 하고 되물었다.

"너 왜 그래? 누가 왔길래 얘가 이런대, 아주 넋이 나갔어."

은수 시선을 따라 객석을 둘러보던 경미가 승규를 본 것 같았다.

"농구 선수, 맞지? 2층에 감색 슈트. 너 저 사람 때문에 이러는 거야? 난 또 뭐라고……. 얘, 난 저 선수는 아니라고 본다. 농구 선수가 훤칠한 맛이 있길 하나. 그저 날티에, 터픈지 뭔지 모를 저런 어색한 표정이나 지으면서. 저분은 딱~ 중딩 각이야. 얘~ 너 정신 안 차릴래? 빨리 가서 준비해야지."

경미 너, 진짜 남자 볼 줄 모르는구나. 어떻게 저 아우라를 날티라고 할 수가 있니? 저 남잔 그냥 섹시한 거야. 그리고 저 표정이 어때서, 너무 멋있기만 한데.

"7분 전이야. 쟤−쟤가 왜 저런데. 시간 없다니까."

보다 못한 경미가 은수를 돌려세우고 재촉했다.

"은수야! 6분 남았다고, 6분. 정신 좀 차리자~."

"어머! 나 물 좀……."

은수는 그제야 숙달된 손놀림으로 활을 정리하고 바이올린에 떨어진 송진 가루를 닦아 내며 혜연에게 말했다.

"혜연아, 먼저 나가. 튜닝은 무대에서 할게."

"너, 모차르트 소나타 전곡인 거 까먹은 건 아니지? 그것도 악보 없이. 그런데 이러고 있다가 무대에 올라가는 거야? 헐! 내가 무슨 생각이 드는 줄 아니? 모차르트에 빙의된 것 같단 말이야, 기집애야! 지금 너 하는 꼴이……."

그러자, 거울 앞에서 매무새를 점검하던 은수가 밝게 웃음을 터트렸다.

"어~ 점점, 웃음이 나와?"

은수는 "넌 참, 격려의 말도 거하게 한다. 걱정 마. 잘하고 올게"라고 말하고 무대로 나갔다.

도대체 무슨 일이지? 그렇게 My M! M! 거리더니 진짜 빙의된 거야……. 아니~ 쟤를 20년 가까이 봤지만, 오늘 같은 모습은 본 적이 없으니까.

경미는 달라진 친구의 뒷모습만 멍하니 보고 있었다.

스포트라이트를 받으며 등장한 은수는 피아노와 튜닝을 하고

나서 무대 중앙에 섰다. 기다리고 있던 수백 송이의 분홍 장미
와 그녀의 푸른드레스는 맞춘 것처럼 절묘한 조화를 이뤘고, 화
려한 조명까지 더해지자 환상적인 분위기를 만들면서 보는 이의
관심과 기대를 배가시켰다.

드디어 모차르트 바이올린 소나타 No.26, 1악장이 시작되었
다. 은수는 모차르트 특유의 맑고 탄력 있는 선율을 피아노와 대
화하듯 연주하였고, 긴 이야기를 들려주는 것처럼 2악장을 이끌
었다. 그리고 3악장 Allegro에 이르러서는 정교하고 화려한 테
크닉으로 피아노와 완벽한 조화를 이루며 마지막을 장식했다.
박수가 터져 나왔고, 연주자가 물러간 뒤에도 앙코르 요청이 이
어졌다.

은수는 다시 무대에 나와 관객의 환호에 답하고, 크라이슬러
의 〈사랑의 기쁨〉을 연주했다. 성준의 말처럼 사랑의 기쁨과 아
픔을 고혹적으로 연주하며 관객의 마음을 사로잡은 바이올리니
스트 최은수는 마치 음악의 연금술사 같았다.

앙코르 연주가 끝나자, 성준을 시작으로 기립박수가 이어졌
고, 복받친 감정을 귀엣말로 나누는 관객의 모습도 어렵지 않게
볼 수 있었다.

은수는 무대에서 내려와 자리해 준 교수님들께 인사했고, 그
분들은 창창한 앞날을 예고한 제자의 성장을 자기 일처럼 기뻐
했다.

이렇게 얼굴 볼 수 있을 때 기념 촬영이라도 해 두는 게 어떻

겠냐는 지도교수 정난영의 제안으로 모두 무대 앞에 섰다. 이경숙 교수는 그때 조용히 은수의 등을 두드려 주었다.

"연주도 훌륭했지만, 어쩜 이리도 예쁠까? 이 교수, 눈에 넣어도 안 아프겠어요."

"정교한 핑거링에 자신감 넘치는 보잉까지…… 은수가 좋은 소식을 전할 날도 멀지 않은 것 같네요."

"이제 국제대회에서 낭보를 전할 때가 됐지요, 그럼……."

여기저기서 건네는 덕담에 이경숙의 얼굴은 웃음이 떠나질 않았다.

엄마, 이모와 이모부, 성준과 그의 부모님, 학과장님, 이경숙 선생, 김순호 교수, 정난영 교수, 챔버 단원들, 피아노과 친구들, 유민 원장, 방학이라 한국에 온 영희와 종혁, 그 밖에 친지에게 둘러싸여 감사의 인사를 하는 은수에게선 그날의 아프고 초라했던 모습은 찾아볼 수 없었다.

먼발치에서 그 모습을 보고 있던 민숙이 다가온 조카를 격하게 안았다.

"오늘 내 새끼, 최고다! 너무너무 잘했고, 정말 아름답더라……."

"다 이모 덕분이지 뭐~."

민숙은 감정이 복받치는지 눈물을 보이며 말했다.

"이 좋은 날, 왜 이러는지 모르겠다. 그러니, 엄마 마음은 어떻겠니?"

"지금 엄마, 이경숙 선생님 붙들고, 눈물바다야. 저러다 선생님까지 울리지 싶어. 그래서 이모가 손님들을 모시고 〈석란〉으로 가야 할 것 같아. 식사 예약 시간이 다 됐거든."

"그럼, 서둘러야겠다. 그리고 무대 위에 저 큰 장미 바구니는 학교에 두는 게 어떻겠니? 내가 '축 최은수 독주회' 리본은 달아 놨으니까 많은 사람이 볼 수 있는 곳에 두는 게 의미 있고 좋을 것 같아."

"그럴게, 아주 좋은 생각이야."

"그럼, 난 〈석란〉으로 가니까 너도 빨리 정리하고 와. 차 보낼 게, 전화해."

민숙은 성준의 가족과 눈인사만 하고, 손님들이 모여 있는 쪽으로 바삐 걸어갔다.

"은수야, 오늘 독주회 너무 잘 봤다. 연주자가 예쁘니까 모차르트 소나타가 더 낭랑하게 들리더구나. 그리고 보는 내내 이렇게 잘 자라준 네가 자랑스러웠다. 당신도 그렇죠? 오늘 우리 은수가 정말 격조있는 무대를 보여줬어요."

오늘따라 장교수가 은수에게 각별한 애정을 보이며 동의를 구하자, 홍 대표도 흠잡을 데 없는 연주였다며 쌍엄지척을 해 보였다.

"보내 주신 화환과 커피차, 고맙습니다. 시장하실 텐데…… 선배, 두 분 모시고 〈석란〉으로 가세요."

"너는? 기다릴 게 같이 가자. 그리고……."

성준은 얘기를 하다가 연인처럼 은수 어깨에 팔을 두르고 다정하게 말했다.

"오늘 〈사랑의 기쁨〉은 진짜 탑이었어. 사람들도 너의 고감도 연주에 넋이 나간 것 같더라. 듣는 내내 너무 행복했고, 난 오늘 밤을 영원히 잊을 수 없을 거야."

은수는 그런 성준의 손에서 빠져나와 기분 나쁘지 않게 재촉했다.

"선배야말로 고생 많았어요. 시간이 늦었으니 얼른 가서 식사하세요. 나도 정리하고 갈게요."

때마침 영희와 종혁이 은수를 부르며 달려와 줘, 성준은 자리를 내줘야 했다.

"최은수, 너 정말 잘하더라. 여느 음대생이 아니었어. 독하게 연습할 때 알아봤어야 했는데. 그렇지만 너, 이렇게 소리소문없이 아름다워진 건 반칙이야, 알아? 처음엔 진짜 넌가 했다니까."

영희가 호들갑스럽게 얼굴을 들이대며 말했다.

"1년 동안 한솥밥 먹은 네가 그런 말을 하다니."

"그러게 말이야. 분명 내 친구 최은수가 맞는데, 지나치게 예쁘니까……."

"하하하~ 그 정도였어? 조명발 아니겠니? 머리도 바뀌었고."

"암튼, 오늘 연주복 입은 널 보니까 그분이 왜 금욕의 길을 걸어야 했는지, 알 것 같더라. 범할 수 없는 이 고결함! 그 사랑의 원 펀치는 왔니?"

종혁을 의식한 영희가 은수의 귀에다 작게 말했다.

"이 목걸이를 걸고 있는 걸 보니, 연애 전선 이상 없다는 건 알겠는데……."

은수는 그 말을 듣고 주위를 둘러봤다. 하지만 승규가 앉았던 자리는 비어 있었다.

"방문 때문에 성가시진 않았니?"

"아무 일도. 다만 왜 방문을 때려 부숴야 했는지 오늘 만나면 물어보려고 했는데. 경기 일정을 마음대로 할 수 있는 것도 아니고, 지금 그분 맘도 말이 아니겠다. 은수야, 우리도 후문 저녁 만찬에 합류하면 안 될까?"

"뭘 물어, 안 가면 섭하지. 종혁이랑 가서 저녁 먹고 있어. 금방 따라갈게."

조명이 꺼지고 관객이 빠져나간 뒤에 강당은 거짓말처럼 고요했다. 방금 전에 받았던 큰 박수와 환호에 들떠 있던 만큼 텅빈 객석의 쓸쓸함은 더 크게 느껴졌다.

그렇게 갈 거였으면서…….

연락을 받고 온 직원이 장미 바구니를 교무처로 옮기겠다고 했다. 은수는 그러라고 하고 대기실로 와 짐을 챙겼다. 전화하라고 했지만, 혼자 들고 갈 생각에 바이올린과 가방을 양손에 들게끔 짐을 꾸리고, 연주복이 든 가방은 어깨에 멨다. 나머지 외투는 가슴에 안고 나오다가 누군가의 발을 밟은 것 같았다. 은수는 앞을 못 본 자신의 잘못이라 먼저 사과하다가 앞에 서 있는 승규를 보게 됐다. 기절할 만큼 놀랐지만, 그녀는 그가 지나갈 수 있게 비켜섰다.

"먼저 가세요"라고 말했지만, 승규는 뚫어져라 바라볼 뿐이었다.

"그럼, 지나갈 수 있게 비켜 주시겠어요?"

"은수야~."

참 오랜만에 듣는 그의 목소리였다.

"얘기가 하고 싶은데……."

"말씀하세요. 듣겠습니다."

승규는 먼저 주렁주렁 매달린 은수의 짐을 의자에 옮겨 놓고, 그녀 앞으로 왔다.

"어쩌냐- 나 도저히 너 못 보내겠는데……. 내가 가자고 하면, 너 나랑 같이 갈 거야?"

그는 은수에게 손을 내밀고 이렇게 물었다.

"생각 잘해라. 이번에 내 손 잡으면, 다신 안 놔 줄 거니까."

은수는 잠잠했고, 강당은 적막이 흘렀다.

"기다리라고 해 놓고, 멋대로 연락 끊은 건 내가 아주 많이 잘못한 거야. 무릎 꿇고 너한테 용서를 빌게."

그러지 말아요, 승규 씨! 당신은 잘못한 거 없어요. 벌써 당신 손잡고 싶지만, 경망스러워 보일까 내가 얼마나 참고 있는데, 무릎을 꿇겠다니요…….

진심으로 빌고 용서받고 싶었던 승규는 은수의 부동을 '용서하지 않겠다'로 받아들였다.

"그럼, 어떻게 할까? 어?"

그의 안타까운 목소리는 빈 강당으로 퍼졌다.

"말해. 내가 어떻게 해야 니 마음이 풀릴지, 말민 해. 뭐든 할

게, 어?"

이 안타까운 외침에 은수는 잡고 있던 손을 풀고, 그의 손을 잡았다. 승규는 나비처럼 앉은 그 손을 꼬-옥 쥐고 있다가 은수를 품에 안았다. 행여 놓칠까 날아갈까 온몸으로 안고 있어 답답했지만, 은수는 그 긴 옥죄임이 좋았다. 어떤 말도 움직임도 없던 건 승규가 울고 있어서였다.

"아프게 해서 미안해……. 내가 잘못했어……."

울음을 삼키느라 뭉개진 그의 말을 은수는 다 알아들었다.

억눌렸던 그의 눈물은 괴이한 소리를 내며 터져 버렸고, 닦아도 닦아도 멈추지 않았다. 은수가 손수건을 가져오겠다고 했지만, 승규는 그럴 거 없다며 저만치 걸어가 등을 보이고 서 있었다. 은수는 들썩이는 그의 어깨가 잠잠해지길 기다렸다.

잠시 후, 돌아온 승규는 곧바로 은수의 얼굴을 두 손으로 감싸더니 미세한 걸 관찰하듯 보고 있었다. 코끝이 닿을 만큼 가까웠지만, 그의 진지한 눈빛에 압도된 은수는 아무 말도 할 수 없었다. 아직도 눈가가 붉은 승규는 어색하고 불편한 이 상태를 꽤 오랫동안 지속했다.

"지금 뭐 하는 거예요……?"

"좀 보게."

그는 이 말끝에 "못 본 새 더 이뻐졌어"라며 은수 입술에 입을 맞췄다.

눈앞이 하얘지면서 힘이 다 빠져나가는 것 같았던 은수는 승규의 손이 가슴에 닿자 정신이 들었다. 그리고 그 여자와는 어떻게 됐는지 궁금해졌다. 은수는 뒤로 물러나 승규와 마주 볼 수 있게 거리를 만들었다.

"얘기 좀 해요."

승규는 갑자기 싸해진 분위기를 느꼈는지 은수를 봤다.

"불만 없다고 했던 그 여자분은 어떻게 지내는지 궁금해요."

"어? 뭔 여자?"

은수가 뾰로통해서 한 발 더 물러설 때 그도 무슨 말인지 안 것 같았다.

"아~ 그거 그냥 한 말이야."

"그렇게 얼버무릴 일이 아니죠. 난 양다리는 이해 못 하니까 말해야 해요."

"양다리는 무슨. 빨리 정 떼라고 구라친 거니까 그만하고, 이리 와."

은수는 다시 물러서다가 무대에 막혀 더는 피할 수 없게 됐다.

"정을 떼다니, 그게 무슨 말이에요?"

"그만하재도. 여잔 없었어."

그는 급하게 말을 끊고, 은수 가슴에 집착했다.

"무슨 말인지 이해가 안⋯⋯."

"그만하자고. 근데 느낌이 왜 이래?"

승규는 은수의 몸을 갑옷 같은 코르셋이 막고 있는 것에 실망한 듯 말했다.

"아~ 오늘 연주복을 입어야 해서⋯⋯."

"니가 눌러 댈 게 뭐가 있다고. 지금 좀 벗을 수 없어? 이 옷은 어디로 들어가야 하는 거야."

그는 원피스 입은 은수를 훑어보다가 치마 밑으로 손을 넣었다.

"어머! 아—안 돼요. 여기서 이러면 안 돼요. 일단 나가서 얘기해요."

기겁한 은수가 치맛단을 움켜쥐고 그를 말렸다.

"누가 안 된대? 아~ 이렇게 좀 해봐! 뒤에 자크뿐인데, 이걸 내리면 니가 홀딱 벗어야 하잖아. 씨발~ 뭐가 이렇게 복잡해……"

그는 뜻대로 되질 않자, 짜증을 냈다.

"이승규 씨, 여기는 이화여자대학교 중강당이고, 예배를 보는 곳이기도 해요. 봐요. 바로 앞에 예수님 초상화가 걸려 있잖아요."

예수가 보든 말든 그는 은수 가슴에만 미쳐 있었다.

"안 돼요. 승규 씨, 제발~ 정신 좀 차려요. 여기서 이러는 거 난 싫어요!"

그래도 듣고 있었는지, 승규는 싫다는 은수 말에 그녀의 어깨를 잡고 심호흡을 했다.

"알았어. 알았다고……. 근데, 지금 내 맘을 젤~ 잘 아는 분이 저분이거든. 그래서 눈감아 주시겠단다."

그리고 예수 초상화를 힐끔 쳐다본 승규는 눈 깜짝할 새에 입을 맞췄다. 은수가 밀어내려 했지만, 이번에는 꿈쩍도 하지 않았다. 은수를 점령한 승규는 휴대폰이 울리며 방해할 때까지 놔 주지 않았다.

"알았어, 엄마. 지금 나가던 참이었어. 괜찮아, 내가 알아서

갈게."

은수가 전화를 끊고 서두르며 말했다.

"같이 가서 저녁 먹어요. 근처 식당에서 친지들과 축하 자리를 하고 있거든요."

은수 말에 그는 시계를 봤다.

"지금이 9시 17분. 10시까지 가야 해서 데려다만 줘야겠다. 얼른 갑시다. 어머니 기다리실 텐데……."

승규는 은수에게 외투를 입혀 주고 강당 출입문에서 그녀를 막았다.

"나오지 말고 있어. 차 갖고 올게."

은수가 차에 오르자, 승규는 웃옷을 벗어 그녀의 다리를 덮어 줬다.

"식당이 어디지?"

"후문 쪽이요. 우리 언제 볼 수 있어요?"

"음…… 1월 중순은 돼야 할 거야. 몸은 이제 괜찮아?"

은수는 아무 말이 없다가 식당이 보이자 "저기예요"라고 했다.

승규는 〈석란〉 주차장에 차를 세우고, 짐 챙기는 은수를 돌려 앉혔다.

"잠깐 나 좀 봐. 내 그림자놀이는 오늘까지야. 1월 중순에 휴가 나오면 어머님 찾아뵙고 제대로 인사드릴게. 그리고……."

그는 잠시 말을 끊고 은수를 보고 있었다.

무슨 말을 하려고 이렇게 뜸을 들이는 걸까…….

"넌 나랑 살 여자야. 어머님이 좋다 하시면 바로 데려갈 거니까 이 순간부터 내 여자인 거, 잊지 말라고."

그는 이렇게 청혼을 하고, 도장 찍듯 은수 이마에 입을 맞췄다.

"……."

"내가 데리고 살겠다는데, 뭐 불만 있어? 있으면 지금 말해."

"나랑 살려면 승규 씨가 아주 많이 불편할 텐데, 괜찮겠어요?"

"괜찮지, 그럼. 넌 내 마누라면 된 거야. 내가 죽는 날까지 맛있는 것만 먹일 거고 물리게 사랑할게. 얼른 대답해."

"……."

승규의 재촉에도 은수는 아무 말도 하지 않았다.

"왜? 다이아 반지 들고 무릎 꿇고 한 프러포즈가 아니라서 대답하기 싫어?"

아니라고 은수가 고개를 저었다.

"그럼, 왜애~? 나 속 타니까 빨랑 대답해."

"고마워서…… 나처럼 귀찮은 여자를 데려가겠다는 당신이 너무 고마워서……. 이렇게 돌아와 준 승규 씨가 너무너무 고마워서요……."

은수는 복받치는 눈물을 두 손으로 가린 채 울고 있었다.

"고맙다니~ 내가 지금 듣고 싶은 말이 '고맙다' 같아?"라며 승규는 우는 은수를 안았다. 그리고 기다림 끝에 그녀의 답을 들을 수 있었다.

"그럴게요. 승규 씨가 이끄는 대로 믿고 따를게요. 보고 싶었어요, 아주 많이."

"이러니…… 이렇게 이쁜 사람이니, 내가 안 돌고 배겨?"

승규는 그제야 짧게 키스하고 작별 인사를 했다.

"이 주 후에 봅시다. 갈게."

은수가 식당에 들어섰을 때는 식사가 끝나가고 있었다.

"늦어서 죄송합니다!"

"은수야, 여기 네 자리……."

은수는 옆자리를 가리키며 부르는 성준에게 그냥 엄마랑 먹겠다고 하고, 민정의 옆자리로 와 격앙된 얼굴로 말했다.

"엄마, 엄마, 그 사람이 왔었어! 글쎄, 내 독주회를 기억하고 오늘 보러 왔다고요."

"나도 봤다. 승규 들어오는 거……."

"엄마! 알고 있었어?"

민정은 대답 대신 고개를 끄덕였다.

"언제부터? 엄마, 언제부터야?"

"너 미국 가기 전에 집에 데려와 점심 먹은 날, 얼마 전 병실에서 직접 보기도 했고……."

"엄마가 봤다니, 무슨 말이야?"

"네가 병실에서 잠들어 있을 때 왔더구나. 은석이가 알려 줬다면서. 그날 승규가 눈가가 빨개져서 네 눈물을 닦아 주고 있었어……."

"엄마랑 은석이가 다 아는 것도 모르고……. 그런데 엄마, 성준 선배가 오늘 결혼 발표를 했으면 하던데, 어떡하지?"

"성준이와의 혼담을 덮기로 한 게 확실해? 은수야, 신중해야 해."

"엄마, 나 이승규랑 이미 약속했어. 함께 하기로⋯⋯. 1월 중순에 정식으로 인사 올 거야. 그러니까 난처한 일 생기지 않게 엄마가 꼭 막아 줘야 해."

"성준이가 양가 부모 허락 없이 일방적으로 그러진 않을 거다."

은수가 계속해서 엄마와 소곤거리는 걸 보고 있던 민숙이 눈을 흘기며 다가왔다.

"언닛, 맨날 보는 딸이랑 뭔 얘기가 그렇게도 많아? 애 배고플 텐데. 은수야, 정식 괜찮던데, 주문할까?"

"밥만 줘. 반찬은 여기 많이 있네."

은수는 자리를 뜨는 손님들과 인사를 하고, 성준 가족이 있는 자리로 갔다.

"식사는 어떠셨어요? 차는 뭐로 드시겠어요?"

"우린 맛있게 다 먹었다. 엄마랑 차나 마실까 하고 기다렸는데, 오늘은 너무 늦었다 싶어, 그치?"

은수는 친구들과도 짧게 인사를 나누고, 영희네 테이블로 왔다.

"왜 이렇게 늦었니? 할 말이 있어서 기다렸는데."

"미안, 이제 왔으니까 말해."

"우리 언약식 했어."

"어머! 이영희, 최종혁, 진심으로 약혼 축하해."

"애는~ 종혁아, 우리 그냥 약혼했다고 할까? 맞잖아."

두 친구는 은수의 축하 말이 무척 마음에 든 것 같았다.

"너흰 언제 밝힐 거야? 설마, 기사 통해 알게 하지는 않겠지? 그러면 넌 친구도 아냐."

"그럴 리가 있니? 하늘을 봐야 별을 딸 텐데, 그 하늘 보기가 왜 이렇게 어려운 거니? 그래도 매일 하늘바라기 하고 있으니까, 곧 무슨 소식이 있지 않을까?"

민정은 친구들과 담소 나누며 밝게 웃는 은수를 보면서 감사의 기도를 했다.

민정과 은수는 마지막 손님까지 배웅하고, 기다려 준 성준 가족과 마주했다.

"대표님, 바쁘실 텐데 와 주셔서 고맙습니다, 장 교수도. 성준이한테는 뭐라 말할 수 없게 고맙고, 네가 정말 애 많이 썼다."

"그래서 저 큰 선물 받았잖아요. 오늘 마지막 곡 〈사랑의 기쁨〉은 은수가 저를 위해 연주한 거였어요."

"민정아, 애네들 좀 봐라, 꼭 영화 속 주인공들 같지 않니? 난 애네들 사는 모습이 너무 부러워……. 오늘은 너도 피곤할 테니 푹 쉬고, 이른 시일 내에 우리 만나자. 해야 할 얘기가 많잖니?"

"그래, 전화할게. 잘 들어가~."

"은수야, 쉬면서 연말에 하고 싶은 거 다 생각해 놔. 내일 전화할게."

"조심해서 들어가세요."

모두 돌아간 식당 앞에서 민정은 비로소 은수를 안았다.

"수고 많았다! 우리 딸. 어서 가서 쉬자꾸나."

"엄마가 힘들었찡~. 내 병치레까지 하느라. 그래도 독주회 끝낸 기분이 괜찮거든. 엄마, 나 오늘 어땠어?"

"오늘 모차르트는 막혀 있던 벽을 깨부순 연주였다랄까? 역대급이었어. 무대에 선 모습도 의젓했고……. 우리 은수가 아픈 만큼 성숙한 건가?"

"나도, 눌리는 거 없이 뭐랄까…… 자유로웠던 것 같아."

"음! 축하합니다, 최은수 씨!"

모녀는 팔짱을 끼고 경수네 가족이 기다리고 있는 주차장으로 걸어갔다.

11. 가족이 된다는 것

차에 실어 온 축하 꽃들로 은수네 거실은 꽃내음이 가득한 화원으로 변했다.

"우리 언니 실컷 꽃 볼 수 있어 좋겠네. 은수야, 뭐 좀 마시자. 따뜻한 거로."

민숙은 은수를 내보내고, 민정 앞에 다가앉았다.

"언니, 장 교수가 뭐래? 언니 보려고 기다리는 것 같던데."

"얘, 급한 일 아니면 다음에 하자. 곧 12시야. 나 서방 기다린다."

"나 서방이 애야? 지금 이 집 지붕에 불 떨어졌는데……. 아까 식당에서 장 교수가 '민숙아, 은수랑 성준이 저렇게 보고만 있을 거야? 이모가 돼서는' 하면서 내 어깨를 꼭 쥐더라고. 그게 무슨 뜻이겠어? '이제 혼삿말이 오가야 하겠으니, 네가 좀 나서다오' 이 말이잖아. 그래서 말인데, 언니……."

민정이 평소 같지 않게 동생의 말을 자르고 들어왔다.

"그게, 문제가 좀 생겼어. 정식으로 인사라도 오간 뒤에 말하려고 했는데……. 네가 일 벌이기 전에 말해야겠다."

143

"상견례 날짜 정했구나. 그럼 내가 나설 거 없지 뭐. 잘 됐다, 언니."

"민숙아, 은수가 말이다…… 성준이와 결혼할 마음이 없다는 구나."

"……아니, 이게 무슨 소리야?"

민숙이 놀라며 민정에게 물었다.

"어려서부터 가깝게들 지내다 보니, 남녀 간의 정을 못 만든 모양이야. 그러니까 암말 말고 지켜보고 있어."

"언니, 얘 따로 만나는 사람이 있는 거 아냐? 그러니까 성준이 는 아니다 딱 잘라 말하는 거 아니냐고?"

민정이 대답을 미루는 사이 은수가 유자차를 준비해 방으로 왔다.

"이모, 차 드세요. 오늘 보는 사람마다 연주복 예뻤다고 해 서……."

"알아. 그 연주복 입은 너 때려 주고 싶을 만큼 예뻤어. 근데 너, 성준이와는 왜 결혼을 못 하겠다는 거야? 얘가 복에 겨워 깨 방정을 떨고 있어. 괜히 한번 뻗대 보고 싶은 마음은 알겠는데, 그러다 귀한 혼담 삐그러질 수 있어."

그러자 은수가 웃으며 고개를 저었다.

"그런 거 아냐, 이모. 나 정말 좋아하는 사람이 있어."

"좋아하는 사람? 그게 누군데?"

"…… 이승규."

"얘-얘가? 어머~ 기막혀! 언니도 얘 말하는 거 들었지?"

"들었어. 승규라고 하지 않든?"

"뭐야, 언니도 '그래, 좋다' 한 거야? 설마 설마 했는데, 이 모녀가 결국 일을 내고 마네. 그럼, 성준이한테는 뭐라고 할 건데? 어~ 말도 안 돼. 그 집에선 이미 은수를 자기 집 며느리로 생각하는 것 같던데. 그러니까 콧대 높은 장 교수가 이경숙 교수 손을 잡고 우리 은수 잘 부탁한다고 인사했겠지…….."

동생의 걱정을 민정이 모를 리 없었다.

"그래서 조만간 현정이 만나보려고. 은수야, 아깐 길게 얘기 못 했다만, 함께하기로 했다는 그 약속, 깊이 생각하고 결정한 거야? 그 녀석이 또 싫증 났다고 가버리면 어쩌려고? 엄마가 네 말을 다 받아들인 거로 생각했다면 그건 아냐. 더 지켜볼 거야."

말은 이렇게 했지만, 민정은 딸의 마음을 알기에 반대할 생각이 없었다. 내놓고 나니까 그 남자가 아까워서 숨을 못 쉬겠다는데, 더 무슨 말이 필요할까? 다만 승규가 이런 은수를 아끼고 헤아려 주는 속 깊은 사람이길 바랄 뿐이다.

"엄마, 서로 아껴 주면서 우리 잘살게요. 그 사람도 틀림없이 그럴 거야."

"어머! 이 분위기 어쩔 거야…….. 그럼, 말 나온 김에 묻자. 너 이승규 여자 문제는 어떻게 해명할래? 결혼할 거면 이 문제만큼은 확실하게 집고 가야 해."

"이런저런 말뿐이었지 사실로 밝혀진 건 없었잖아. 승규가 능력 있고, 또 인물도 그만하고 미혼이다 보니 나온 말일 거야. 앞으로는 그런 루머조차도 들리지 않게 단속할 거니까 이모도 우리 이승규 예쁘게 봐 주시와요."

"언니~ 얘 말하는 것 좀 봐! 내가 괜히 이러니? 그 잘난 인물로 네 속 뒤집을까 봐 걱정돼서 그러지. 암튼~ 난 성준이를 왜 마다하는지 이해 못 하겠으니까 다시 생각⋯⋯. 어휴~ 언니까지 저 모양이니, 아~ 나도 모르겠다. 어찌 됐든 성준이랑은 마무리 잘해야 해. 서로 등지지 않게⋯⋯."

은수는 마음이 무거울 엄마 때문에라도 뭔가 신나는 얘기가 하고 싶었다.

"이모, 우리는 송년회 안 해?"

"송년회는 왜? 넌 네 애인이랑 보낼 거잖아."

"가족과 함께할 거야. 이모가 연말 계획이 있다고 하면 묻어갈까 했거든."

"그럼, 뭉치는 거로 할까? 언니, 맛있는 저녁 먹고, 근사한 라이브 카페, 어때?"라는 말에 민정도 그러자고 했다.

"식당 예약되는 대로 장소 알려 줄게. 근데, 예약될까 모르겠다."

"안 되면 집에서 먹지, 뭐. 케이크는 젤 맛있는 거로 제가 준비하겠습니다."

"그래 민숙아, 예약하기 힘들면 말해. 장 봐다가 집에서 해 먹으면 되니까."

"알았어. 경수 때문에 그냥 지나갈까 했는데, 잘됐다. 스트레스 만땅이었는데."

은수는 이모를 배웅하고 오는 길에 승규의 문자를 받았다.

〈연주회를 봤으면, 관전평이 있어야 하잖아. 모르는 사람이 봐도, 엄청 잘하는 선수구나! 그냥 알겠더라. 거기다 그 긴 걸 악보도 없이 어떻게 그렇게 잘하는지…… 우리 천재, 수고 많았어. 피곤하겠다, 어서 자.〉

〈붕 떠 있어서 몰랐는데, 이젠 자꾸 하품이 나네요. 오늘은 왠지 단잠을 잘 것 같아…… 참, 축하 꽃바구니 고마워요. 자랑하고 싶어서 내 이름표 붙여 요즘 제일 바쁜 교무처에 두고 왔는데, 잘했죠? 밤이 늦었어요. 승규 씨도 잘 자요!〉

"형, 잘 지내고 있지? 병원 따까리 면했다면서, 어째 아우 사랑은 이전만 못 한 것 같아. 혹시~ 여자 생긴 거 아냐? 그런 것 같은데."

"새끼, 귀신이네."

"맞아? 흐흐~ 어떤 분인데?"

"우리 병원 닥터, 이제 넉 달쯤 됐나?"

"충분하잖아, 어때?"

"음~ 볼수록 괜찮은 것 같아."

"곧 국수 먹겠는데. 그래도 동생은 좀 챙겨라. 형, 시간 낼 수 있어?"

"주말은 야간 근무라 어렵고, 주중엔 될 것 같아. 왜? 형 볼일 있어?"

"어~ 이번 주부터 안양경긴데…… 좀 보자. 뿅 쎈 놈으로 챙겨서."

147

"왜, 너 어디가 안 좋구나?"

준규는 찰떡같이 알아들었다.

"요즘 좀~ 딸리네. 형, 낼 저녁 경기 때 약발 좀 받고 싶은데, 안 될까?"

"알았어. 낼 오전 중에 갈게."

준규는 승규 팔에 링거 바늘을 꽂고 떨어지는 양을 조절하면서 동생을 살폈다.

"너 안색이 왜 이래? 움직이지 마, 맥박 재게."

"얼마 전까지 잠을 못 자서 그럴 거야. 근데 지금은 괜찮아졌어."

"귀만 대면 자는 녀석이 못 자다니? 그럼, 말을 했어야지. 너 여태 말 안 하고 쌓아 두는 버릇 못 고친 거야? 무슨 일인데, 어?"

"그보다 형, 내가 장가간다고 하면 어떨 것 같아? 그럴 생각 진짜 없었는데. 먼저 해도 형 괜찮겠어?"

"형편 따라 하는 거지, 누가 먼저인 게 문제가 돼? 너 지금, '결혼하겠다', 그 말 한거잖아?"

"어~ 꼭 같이 살고 싶은 여자가 있거든⋯⋯."

"어떤 여잔데?"

"대학에서 바이올린을 공부했고, 올해 졸업이야. 엄마랑 살고 있고, 군대 간 남동생이 하나 있어. 암튼 진짜 이쁘고 착하고 똑똑해. 처음엔 나도 어울릴 것 같지도 않고, 엮기면 뭔가 복잡할 것 같아서 끊으려고 했는데, 그게 맘대로 안 되더라. 그 여자가 없으면 안 될 것 같고, 잊으려고 계속 버티다간 진짜 갈 것 같아서 마음 정했어. 형, 나 걔랑 잘 살게……."

준규는 나지막이 말하는 동생을 찬찬히 보고 있다가 물었다.

"얼마 전에 무단이탈했던 것도 그 여자 때문이었어? 정리되면 말하겠다던?"

"뭐~ 암튼, 난 걔 아니면 안 돼."

"그쪽 집에서도 알아? 결혼 승낙은 받았고?"

"아직 정식 인사는 못 드렸지만, 그 어머니가 날 싫어하는 것 같지는 않았어. 신년 휴가 때 인사 갈 건데, 그날 형도 같이 가는 거, 어때?"

"그보다, 네 눈에 콩깍질 씌운 그 여자랑 사귄 지는 얼마나 됐는데?"

"나 혼자 좋아하다가 만난 지는 얼마 안 돼. 처음 본 건 재작년 4월이고."

"네가 제대로 보고 이러는 건지 그 여자부터 만나봐야 할 것 같다. 아니면 괜히 어른들까지 볼 거 없잖아."

"나도 그러고 싶은데, 다음 달 13일까지 경기가 있고, 5일 쉬고 바로 올스타 소집돼서 일본에 가야 하거든. 갔다 오면 플레이오프 직전이라 시간이 없어. 그래서 그날 같이 보자는 거야, 형 승낙도 받고 싶으니까. 형식 그딴 거 따지지 말고 같이 가자, 형~. 밖에서 만나다가 기자라도 붙으면 피곤해진단 말야. 은수도 힘들어질 거고. 아~ 최은수야. 이름 이쁘지?"

"이 새끼, 아주 맛이 갔네. '내가 쳐 돌았어, 한 여자랑 평생 잡혀 살게?' 했던 새끼가 누구시더라?"

"이런~ 개념 없는 쉐끼. 형, 누군지 말해. 쌍판 좀 보게."

"에라이~ 아직 모르겠지만, 아무리 네가 좋아 죽고 못 산다 해도, 네 짝이 아니면 난, 이 결혼 승낙 못 해. 너도 알 거야. 형이 이제껏 네 사생활에 관여하든? 주변에서 어떤 말을 해도 '잘난 놈이니까' 하고 터치 안 했어. 하지만 결혼문제는 달라. 형이 반드시 살펴볼 거고, 네 상대가 아니면 결혼은 안 되니까, 너도 각오해. 근데 왜 하필 음악 하는 여자야……."

"왜? 음악 하는 게 어때서?"

"형석이네 보니까, 첼로 하는 와이프 손 다칠까 봐 생활에 제약이 많던데. 아무튼, 사람부터 보고 나서 얘기하자. 그날 나도 같이 가서 만나볼 테니까, 넌 휴가 받으면 몸부터 추슬러. 이래서 어디 장가가겠다. 지금 맥박도 빠르고, 체중이 많이 빠져서 며칠 더 지켜봐야 할 것 같아. 내일 다시 올게. 밥맛은 어때?"

"지금은 잘 자고 잘 먹어."

"약 들어가려면 3시간쯤 걸리니까, 졸리면 자. 영양제 새 병 갖다 났으니까 챙겨 먹고. 회복하려면 잘 먹어야 해. 나가면서 감독님 뵙고 말씀드릴 거지만, 흡수 잘 되는 고단백 음식으로 자주 섭취하고 충분히 자야 해. 게임 그만하고."

승규는 매번 듣는 형의 잔소리가 자장가인 양 곤히 잠들어 있었다.

장현정과 만나기로 한 날, 민정의 마음은 내내 무거웠다. 그래도 딸자식 혼사와 관련된 자리여서 민정은 세심하게 차려입고 집을 나섰다. 약속 장소에 도착한 두 사람은 한갓진 자리에 앉아 차를 시키고, 늘 하던 대로 동창들의 근황 얘기로 시간을 보내다가 본론을 꺼냈다.

"너도 같은 마음일 거야. 이젠 아이들 결혼 얘기를 해야 할 것 같아 보자고 했어. 애들 마음이야 알고 있었지만, 요즘 들어 성준이가 부쩍 애가 단 게 보이더라고. 그럴 때도 됐지, 뭐. 그 애들이 알고 지낸 지가 얼마니?"

현정 역시 하고 나온 장신구며 핸드백과 구두에서 신경 쓴 테가 보였다.

민정은 그런 현정의 얘기를 들으며 자신도 모르게 마른침을 삼켰다.

"10년 넘게 오누이처럼 지냈지. 둘 다 음악을 하다 보니, 봐야 할 일도 많았고. 그래선지……."

민정이 말을 하다 말고 앉아 있자, 현정은 답답한지 다그치듯 물었다.

"애는, 왜 말을 하다 말아? 뭔데 그래, 무슨 말인데?"

"오누이처럼 지내선지, 결혼 얘기가 나오면 은수가 난색을 한다……."

"그게 무슨 소리야? 난색이라니, 난 공표만 안 했지, 지들끼리는 장래 계획까지 다 짜 놓은 거로 알고 있었는데……."

"은수 입장에서 생각해 보면, 어려서부터 가족끼리 왕래하며 지냈잖니? 성준이가 친오빠처럼 은수를 챙겼고. 그래서 은수 감정이 그렇게 굳어진 게 아닌가 싶어. 성준이를 좋아하지만, 이성으로는 아닌 모양이야. 그러니 이 일을 어쩌면 좋니……?"

"하하~ 성준이 이 녀석은 애 마음 하나 못 잡고 이제껏 뭐 하고 있었던 거야. 네 말을 듣고 보니 이해는 된다만, 우리 성준이는 보기 좋게 딱지를 맞을 판이니, 나야말로 이걸 어떡하니?"

장현정은 상상도 하지 못한 이 상황이 당황스럽고 몹시 불쾌했다. 그동안 장현정에게 은수는 내키는 며느리감이 아니었다. 늘 성준이가 좋아서 쩔쩔매는 듯한 둘의 관계도 탐탁지 않았고, 연주를 잘한다고는 하는데 뭔가 애매한 구석이 있었으며, 집안 배경 역시 성에 안 차 내심 뒤로 빼놓고 있었다. 그랬던 장 교수가 혼담을 서두르게 된 건 최은수 독주회를 보고 나서 생각이 바뀌었기 때문이다. 그날 은수는 모든 면에서 장현정의 기대와 욕심을 충족시킬 만큼 괜찮아 보였다.

게다가 내심 기다렸을 혼삿말을 우리 쪽에서 먼저 해줬으니 감지덕지 받아들일 거로 생각하고 나왔는데, 난색이라니…….

너무 기가 막히고 괘씸해서 입도 뻥끗하고 싶지 않았지만, 장현정은 '한창 날리던 그때의 자존심이 남아서겠지'라고 생각하고 구슬리듯 말했다.

"민정아, 시간을 두고 네가 은수 마음을 돌려 봐, 엄마잖아. 성준이는 빨리 결혼해서 데리고 나가고 싶은 모양이야……."

"장 교수, 이 문제는 시간이 필요할 것 같아. 은수 마음을 돌리는 게 간단할 것 같지 않거든…….."

무슨 말인지 알아들은 장현정의 표정이 점점 굳어졌다.

이건 우리 집 청혼을 에둘러 거절한 거다. 그렇다면 필시 이유가 있을 건데…….

"혹시, 은수한테 다른 남자가 있는 건 아닐까? 그럴 수 있잖아. 그래서 우리 성준이는 들어설 자리가 없는 것일 수도……."

이렇게까지 말이 나온 마당에 민정도 더는 비켜 말하고 싶지 않았다.

"그럴지도 모르겠다……. 아무튼 이런 말을 하게 돼서 마음이 그렇다. 서운하고……."

그날 두 친구는 서로의 생각을 확인하고 서먹하게 돌아서야 했다.

새해 스무날인 오늘은 승규 형제가 오기로 한 날이다. 민정은 지난주부터 이날 점심 메뉴를 고민하다가 출장요리사를 불러 요리 몇 가지를 더 준비했다.

형제가 도착했다는 말에 경수가 제일 먼저 달려 나갔다. 가족들은 승규 옆자리도 그런 경수에게 기꺼이 양보했다. 식사에 앞서 가진 상견례가 끝나고도 준규는 은수를 살펴보고 있었고, 성준을 밀고 있던 민숙 부부는 뜨악한 얼굴로 앉아 있었다. 하지만 정성껏 준비한 음식을 나누어 먹으면서 양가 사람들의 마음도 차츰 열리고 있었다.

"제가 먼저 찾아뵀어야 했는데, 첫인사를 이렇게 드립니다"라며 준규 옆으로 온 은수가 다소곳이 인사를 했다.

"어디인 게 뭐가 중요하겠습니까? 이렇게 만났고 반가우면 된 거죠."

준규는 먹기 바쁜 동생에게 OK 사인을 보냈고, 승규는 어깨를 한번 으쓱했을 뿐이다.

식사 자리가 거둬지고 다과상이 차려질 때, 승규와 경수는 따로 나와 앉았다.

승규는 자신에 대한 관심과 사랑이 유별난 경수와 금세 마음이 통했다.

"경수야, 형 그만 좀 괴롭혀. 지금 그 형이 너랑 농구 얘기 하고 싶겠니?"

"그래, 오늘은 그쯤 해두자."

승규는 어른들의 만류로 머쓱해진 경수의 어깨를 두드리며 다음에 올 때 자신의 유니폼을 갖다주겠다고 했다.

"형, 기왕이면 안 빤 거로 부탁드려요. 진짜 땀 냄새 쩌는 걸로요……."

경수네 가족이 돌아가고, 은수네와 승규 형제만이 안방에 마주 앉았다.

승규는 민정 앞에 무릎을 꿇고 정중히 결혼 허락을 구했다.

"어머님, 부족한 제가 은수를 사랑하고, 함께 가정을 이루고 싶습니다. 책임지는 어른이 될 것이고, 은수를 제 몸처럼 아끼면서 살겠습니다. 부디 저희 결혼을 허락해 주세요."

"심사숙고해서 내린 결정이겠지만, 난 대사를 두고 서두르는 것 같아 염려된다네."

"저희는 서로의 확고한 마음을 알았고, 미룰 이유가 없다고 생각해. 어머니께서 허락해 주시면 시즌이 끝나는 5월에 결혼식을 하려고 합니다."

"5월? 어이쿠야~ 얘네들이 서두른다고 걱정했더니 아예 날겠다고 하네. …… 은수, 너도 승규와 같은 생각이니?"

"네, 저도 같은 생각이에요. 염려하는 엄마 마음 덮일 수 있게 저희 잘살게요."

민정은 말은 안 했지만, 지금처럼 승규만 바라보는 은수 때문에 한숨 내쉬는 날이 많아졌다.

"부디, 그 마음 변치 말고, 두 사람 잘살아야 한다."

"명심하겠습니다. 어머니, 감사합니다!"

민정은 준규에게 와 줘서 고맙다고 말하면서 준비해 둔 두툼 떡 상자를 건넸다. 준규가 차를 빼고 있는 사이 승규는 배웅 나온 은수 볼에 입을 맞추고, 손을 번쩍 들어 보였다.

승규 형제를 본 민정은 흡족해했다.

"승규가 훌륭한 형을 두었더구나. 몸가짐이 바르고 언행에 믿음이 가는 게, 승규에게 좋은 본보기가 되겠더라."

"잠깐 들었는데, 승규한테는 부모님 같은 형인 것 같았어."

"그러니까 찾아뵙고 인사드려야지. 승규 있을 때, 어서 날 잡아."

"그럴게."

"그…… 성준이 하고는 그 뒤로 얘기 좀 해 봤니? 정초에 성준이가 안 온 게 이렇게 걸릴 수가 없구나. 유학 갔을 때 빼고는 매년 세배하러 왔었는데……."

"…… 시간이 좀 걸리겠지만, 예전처럼 지낼 수 있을 게 내가 노력할게……."

은수는 유니버설 송년회도 그랬고, 만나자는 성준의 말을 번번이 거절했던 게 생각났다. 거기다 민정이 직접 장 교수를 만나 청혼을 거절했으니, 지금 그 마음이 어떨지 짐작조차 할 수 없어 그녀의 마음은 무거웠다.

하지만 그 마음 한켠에는 일곱 빛깔 무지개가 펼쳐져 있었다. 드디어 승규 형제와 가족이 만나 두 사람의 결혼을 확정했으니 피어나는 기쁨을 숨길 수 없었다.

은수는 이제 승규의 피앙세이고, 푸르른 5월에 그의 신부가 될 것이다.

12. 둘만의 시간

은수는 떠지지 않는 눈을 비비며 울어 대는 핸드폰을 열었다.

"네~."

은수와 만날 생각에 버튼부터 눌러 버린 승규는 막 잠에서 깬 목소리를 듣고서야 이른 시간임을 알았다.

"아, 미안~. 미안한데, 이미 깨웠으니까 정하자. 몇 시에 볼까?"

"음~ 오늘 뭐 할 건데요?"

"하고 싶은 거 있어?"

"승규 씨 보는 거……."

"9시 30분까지 갈게, 준비하고 있어. 어머님은?"

"엄마는……. 부엌에서 뭘 만드시나 봐."

"그럼, 됐어. 옷 따뜻하게 입고 이따가 봅시다."

승규가 은수를 태우고 가는 곳은 당숙뻘 되는 친척이 종중 전답을 지키며 사는 경기도 광주의 작은 마을이다. 승규의 아버지 이대석은 방학이면 두 아들을 데리고 이곳을 찾았다. 승규와 그 집 남매가 냇가에서 잡아 온 망둥이 매운탕을 안주로 두 홀아비는 술잔을 기울였다. 밤늦도록 아내와의 추억을 얘기하던 그때만큼 대석의 얼굴이 훈훈했던 적은 없었다. 그래서 승규 형제는 아버지의 유해를 주저 없이 이 마을 언덕에 모셨다.

"야~ 날씨 봐라!"

햇빛을 마주하며 달리던 승규가 더운지 점퍼를 벗어 주며 말했다. 그렇게 은수 무릎에 놓인 그 점퍼는 특별한 향을 풍기며 2년 전 기억 속으로 그녀를 이끌었고, 귓가에는 어느새 빗방울 떨어지는 소리가 아련히 들려왔다.

은수는 승규를 폭우 속으로 내몬 것 같아 내동댕이친 우산을 펴들고 그를 따라갔다. 미안한 마음에 승규 쪽으로 기울여주었던 우산이 바람에 휘둘리면서 공교롭게도 그의 머리를 치고 말았다.

어떡해, 어떡해……. 엎친 데 덮친 격이 됐으니…….

"미안해요. 난 우산을 씌워 주려던 거였는데……. 아팠죠?"

화를 낼 줄 알았던 승규는 아무 말 없이 그녀 손에 있던 우산을 뺏어 들었다. 은수는 얼른 옆으로 가 보조를 맞춰 걸으려 했지만, 거친 비바람에 뒤집힌 우산은 요동쳤고, 서 있기조차 힘들었다. 승규는 길을 따라 세워진 담 밑에 은수를 두고 그 비바람을 온몸으로 막아 냈다. 사정없이 후려치는 빗줄기에 젖은 옷자락은 낙하산처럼 부풀어 올랐다 내렸다 하며 그를 흔들어 댔다.

"후우~ 지랄 같은 이 비만 피했다 갈 거니까 이러고 쫌만 있어요."

승규는 빗물이 흐르는 얼굴을 손으로 훑어 내며 떨고 있는 은수를 안심시키려 했고, 그녀는 그의 가슴에 가려진 채 미안한 마음을 전했다.

"내가 이승규 씨를 너무 힘들게 하네요. 미안하고, 고맙습니다."

"비 좀 맞는 거 갖고 뭐. 난 이렇게 있어 주는 선생님이 눈물 나게 고맙구만……. 이제 거의 다 왔어요."

그 사람은 이렇게 폭우를 헤치고 성큼성큼 내 마음으로 들어왔다.

"따뜻하게 입으랬더니 중무장을 했어. 혹시, 스키장 가는 줄 알고 옛 추억에 젖어 있던 중이었나? 뭔 생각을 하길래 한숨까지 내쉬는 거야?"

"음~ 한 남자와 그의 옷에서 나던 냄새에 어린 기억."

"남자 냄새~애? 얘가 점점……."

은수는 차창으로 얼굴을 돌리고 웃음을 눌렀다.

"어떤 새낀지 빨랑 말해라."

"누구겠어요? 이승규지. 그리고 지금 승규 씨한테서 나는 냄새."

승규가 바로 몸 여기저기에 코를 대 보고 나서 은수를 쳐다봤다.

"이 냄새가 어쨌다는 건데?"

"폭우가 내렸던 날, 버스정류장에서 입혀 줬던 추리닝에서도 똑같은 냄새가 났었거든요. 그날 그걸 입고 버스에 앉아 있는데,

이 냄새가 폴삭폴삭 코로 들어오는 거예요. 난 청량한 향에 땀 냄새가 더해진 그 냄새를 찬찬히 맡아 보고 싶었지만, 잘 모르는 남자 옷에 코를 댄다는 게 남부끄러운 짓 같아 참고 있었어요. 그런데 자꾸 궁금한 거야."

"그래서 어떻게 했어?"

"…… 가까이하고 맡고 말았죠. 호기심을 이기는 품위는 없으니까."

"그랬더니?"

"…… 믹스업 된 그 향이 나쁘지 않았어요."

실은 뭔가 세련된 남자의 향기 같아 괜히 가슴까지 콩닥거렸는데…….

"헐~ 데오드란트라고 땀이랑 냄새를 막아 주는 스프레이 냄새야. 그래서 지금도 데오드란트향 땜에 민감해져 있다는 거야? 아~ 이미 고속도로 탔는데, 어쩌냐……."

다시 시선을 앞으로 옮기고 승규가 말했다.

"민감하니까 생각났는데, 너, 자다가 전화 받지 마. 잠이 덜 깬 니 목소리 들으면 민감해지니까. 오늘 아침에도 나 말고 딴 놈이 니 전화 받고 꼴…… 그랬어 봐……."

듣고 있기가 거북했던 은수는 얼른 얘기의 방향을 틀었다.

"지금 나, 늦잠꾸러기라고 지적받은 거예요?"

"잠꾸러기 맞잖아. 미인이니까……."

"남의 치부를 언급했는데, 나도 그런 거 열 개는 말할 수 있어요."

"내 껀 말할 거 없고, 다 아니까."

"알아요? 그럼 두 개만 말해 봐요."

"바꿀 생각 없으니까 그만해."

"모르는 것 같은데, 뭐……."

"뭘 몰라~ 물 마실 때 우걱우걱 헹구면서 마신다. 입이 터질 듯 처넣고 먹는다. 뭐든 옷으로 닦는다. 삐딱하게……."

"됐어요……."

"나도 구린 거 알아. 알지만 생겨 먹은 게 그런걸, 뭐~."

농담으로 한 말에 그가 의외의 모습을 보여 이쯤에서 그만해야 했다.

"우리 정말 어디 가는 거예요? 얼음 테이블에 앉아 커피를 내려 마신다는 이글루 체험? 아니면 눈썰매장인가요?"

"곧 볼 거니까 기다려 봐."

"그런데, 이승규 씨 말이 많이 짧아졌네요."

"너도 그러든지."

"…… 아야, 어즈께까지 슨생님 하던 놈이 이딴 식으로 겨 오르면, 넌 으떨 거 같냐?"

"야! 야! 넌 그냥 이쁜 말 써."

그는 질색하며 그녀 입을 막았다.

은수가 밖을 살펴보다가 이번 휴게소에서 쉬어 가자고 했다.

차에서 내려 커피와 사과를 사 갖고 오는 길에 승규가 은수를 불러 세웠다.

"그 열 개 중에 극혐 두 개만 말해."

"왜요?"

"하지 않으려고."

"난 열 개를 안다고 했지, 싫다고는 말하지 않았는데요."

"꼭 말로 해야 아냐? 너 싫잖아."

"아닌데. 난 승규 씨 그런 모습 좋아하는데…… 바보!"

은수가 폴짝 뛰어올라 부루퉁한 그의 볼에 입을 맞췄다.

"니가 싫어하는 짓 하기 싫으니까 빨리 말해."

"열 개는 뻥이고, 혹시 셔츠로 땀 닦는 거 안 하겠다는 거면……?"

말이 나오기 무섭게 승규가 말했다.

"껄쩍지근하지? 내가 뭐든 옷으로 닦으니까, 형이 그랬거든."

"아니~ 멋있어. 난 그렇다고요."

"애쓸 거 없어." 그는 멋쩍은 듯 딴 곳을 보며 말했다.

"경기 중에 여과 없이 나오는 승규 씨 그런 모습은 전혀 흉하지 않아요. 오히려 멋있다면서 흉내 내려고 할걸요. 운동선수가 음식을 듬뿍 떠서 먹는 게 왜 흉이 되죠? 또 말씨가 좀 투박하면 어때요. 농구 선수가 문자 쓰면서 시를 읊을 것도 아닌데. 난 승규 씨가 말해 주는 '이쁘다'보다 더 강력한 미사여구는 없다고 생각해요. 그 '이쁘다' 한마디면, 난 세상에서 내가 제일 예쁘다고, 딱 믿으니까. 하지만 어떤 경우에도 하지 않았으면 하는 몇 가지가 있긴 해요."

"그게 뭔데?"

"승규 씨가 그렇다는 게 아니라, 누구라도 하면 안 되는 행동을 말하는 거예요."

"글쎄, 그게 뭐냐고?"

"음식 먹을 때 쩝쩝 소리 내는 거, 수시로 코에 손을 갖다 대고 냄새 맡는 거, 입 안에 침이 고인 상태로 말하는 거, 대화할 때 상대방의 눈을 보지 않고 이리저리 시선을 돌리는 거, 다리를 계속 떨어 대며 있는 거, 마지막으로 몸을 씻지 않아 악취가 진동하는 그런 사람과는 두 번 다시 마주하고 싶지 않을 거예요."

금기의 행동을 듣고 그의 표정이 굳어 있어, 은수는 괜한 소리를 했구나 싶었다. 그래서 달래려는데 승규가 아이 같은 얼굴로 말했다.

"…… 쌩큐! 기억할게."

은수는 기쁜 나머지 "그래 주면, 쌩큐 베리마취죠"라고 말하고, 들고 있던 사과를 덥석 베어 물었다.

"그렇게 맛있어? 잘 먹으니까 이쁘다. 자~ 이것도 먹어 봐."

승규는 자기가 먹으려고 산 빅소시지를 은수에게 권했다.

"지금은 이걸로 충분해요. 우리 1월 29일에 뭐 할까요? 특별히 가고 싶었다거나 하고 싶은 거 있어요? 말해 주면 내가 준비할게요."

"29일? 어~ 그날 일본에 있을 거야. 이번 한일 올스타 경기가 도쿄에서 열리거든."

"왜 하필 그날이래……. 아~ 기운 빠져……."

"내 생일은 매번 그럴 거야. 생일뿐만 아니라 시즌 중에는 늘 그럴 거니까, 최은수가 익숙해졌으면 좋겠다."

"알겠어요. 승규 씬 내 생일 언젠지 알아요?"

승규가 대충 찍어 5월이라고 말했더니 날짜도 맞춰 보라고 했다.

"내 생일은 5월 15일이에요. 스승의 날, 기억하기 쉽죠?"

"5월 15일, 넌 어떻게 생일까지 그렇게 이쁘냐! 그럼, 5월 15일을 우리 생일로 하고 따따블로 제대로 보내자고. 그땐 아무 문제 없으니까."

"내가 5월에 태어나 망정이지, 1월이나 2월이었으면 어쩔 뻔했어요……."

"그러게 말이야. 최은수, 서방 제대로 고른 거 맞아? 지 마누라 생일을 이제야 안 새낀데……."

광주군 도척리는 지금도 예전의 모습을 담고 있었다. 서울 근교에 있지만, 문명의 바람이 비껴간 듯, 그곳은 한적하고 평온했다.

"저기 보이는 언덕에 부모님 묘가 있어. 부모님 묘라고 했지만, 아버지가 갖고 있던 엄마 골분 목갑을 함께 묻은 거야. 그리고 여기는 내 어릴 때 추억이 남아 있는 곳이기도 해."

두 사람은 그의 얘기를 들으며 언덕 중턱에 안치된 무덤 앞까지 왔다. 승규는 주머니에 넣어 온 국산 양주와 담배 한 갑을 꺼내 놓았다. 술병을 열어 그 뚜껑에 따라 놓은 술과 불붙인 담배 한 개비를 석상 위에 놓고, 승규와 은수는 나란히 절을 했다.

"아버지, 둘째 며느리 은수예요. 좀 약해 보여 걱정되시겠지만, 내가 튼튼하게 만들 거니까 이 술 받으시고 이쁘게 봐 주세요."

승규는 술을 뿌리며 무덤가를 돌다가 다시 담배 한 개비에 불을 붙여 놓았다.

"아버지는 담배를 물고 사셨어. 그런다고 잔소리하는 사람도 없었으니까. 엄마가 병을 앓다가 돌아가셨거든. 그래서 아버지는 틈만 나면 말했지. '니들은 몸 약한 여자는 쳐다보지 마라. 식구는 그저 튼튼한 게 제일이다'라고."

"알겠어요. 이제부터는 잘 먹고 더 튼튼해질게요. 승규 씨는 두 분 중에 누굴 더 닮았어요? 아버님? 어머님?"

"엄마를 닮았다나 봐. 어쩌다 보면 아버지가 나를 한참 동안 바라보곤 했는데, 엄마 생각을 했던 것 같아. 참네~ 그때마다 그 아들 기분 어땠을 것 같냐?"

"왜요? 엄마를 닮아서인데. 어머님이 미인이셨나 봐요. 이런 아들을 만드신 걸 보면. 그죠?"

"몰라~ 사진으로밖엔 못 봤다니까."

"아무튼 난 이렇게 잘난 아들 낳아 길러 주신 두 분께 깊이 감사드려요. 좀 전에 '아버님이 이 사람 보살펴 주신다는 거, 저 알아요. 고맙습니다!' 하고 절 올렸거든. 꼭 듣고 계신 것 같았어요."

"그만해라."

승규는 빨개진 눈으로 하늘을 보며 말했다.

"승규 씬 담배 안 피우죠? 아닌가? 본 것도 같은데."

"안 피워. 같이들 있을 때 가끔 한 모금 하는 거고."

"음~ 대동단결의 의민가?"

"뭐~. 저기 길 건너에 파란 기와집 보이지? 이제 우리가 갈

곳이야."

언덕에서 승규가 가리켰던 파란 지붕 집 앞에는 길이 나 있었는데, 그곳 버스정류장 이름이 '청기와 집 앞'이라고 했다.

"여기야. 근데, 연락을 안 하고 와서 아저씨가 계실지 모르겠네."

문을 열고 들어갔더니, 인기척은 없고 누렁이 한 마리가 뛰어와 승규에게 코를 비벼 댔다.

"이놈은 암튼……. 어쩌다 와도 어떻게 나를 기억하는지……."

승규는 앞발 들고 매달리는 누렁이를 대견해 하며 턱을 긁어 줬다.

그때, 한 아낙이 대문을 밀고 들어왔다.

"안녕하셨어요? 저는 이준규 선생 동생인데요……?"

아는 분인지 승규가 인사를 했다.

"알죠. 모르겠어요? 공터에 차 서 있는 거 보고 온 거예요."

"아 네~. 근데, 아저씨가 안 계신 것 같네요……."

"선생님 동네 분들이랑 중국 여행 가서 사흘 뒤에나 오세요."

"네~ 혜경이는 아직도 서울에서 직장생활 하나 보죠?"

"갸야 서울여자 다 됐죠, 뭐. 근데, 같이 온 분은…… 의사 선생님도 그렇고, 손님을 모시고 온 건 처음이라……."

아까부터 궁금했던 은수를 보며 아낙이 말했다.

"참, 저와 결혼할 사람입니다."

"갑자기 와서 폐를 끼치네요. 최은수라고 합니다."

"예에……. 부모님께 인사드리러 왔구먼요."

"네. 점심 먹고, 쉬었다 갈까 했는데, 어쩐다……."

"그럼, 나가서 구경 좀 하다 올래요? 내가 얼른 아랫방에 불 피고, 점심 준비할 테니까……."

"그럼, 부탁 좀 드릴게요."

"저~기 은곡사랑 용머리로 해서 한 바퀴 돌고 오면 되겠네요."

"네, 그럼 다녀오겠습니다."

승규가 부엌에 들어갔다 나오며 지갑을 넣는 거로 봐, 아낙에게 돈을 주고 오는 것 같았다.

승규와 은수는 꽁꽁 얼어붙은 흙길을 걸었다. 매운바람뿐인 시골길에 보이는 거라곤 나무 끝에 매달린 쪼그라든 감 몇 개와 빈 하늘을 돌며 울어 대는 까치뿐이다.

은수가 그걸 보고 반가운 표정으로 말했다.

"까치밥이네요. 까. 치. 밥. 이름도 귀여워. 난 저걸 보면 기분이 좋아져요."

"왜?" 승규가 물어봐 줘 은수는 신이 났다.

"조상들의 넉넉한 마음 때문일 거예요. 팍팍한 삶이었을 텐데, 그분들은 겨울에 날아들 새와도 음식을 나눴다는 게, 마음을 따뜻하게 하잖아요. 우리는 외롭게 매달린 저 감만 봐도 '자연과 더불어 살라'는 선인의 말씀을 들을 수 있는 거죠. 까치밥이라 부른 건 길조인 까치가 날아들길 바라서였을 거예요, 그죠?"

듣고 있는 건지 또 딴생각 중인지, 그는 먼 산만 보며 말이 없었다. 은수는 그런 승규 팔에 살그머니 팔짱을 꼈다.

아무렴 어때……. 이 사람이 이렇게 내 옆에 있으면 된 거지.

"저 끝에 매달린 감을 무슨 수로 따. 날개 달린 새한테 인심 쓰는 게 속 편하지."

"따려고 하면 왜 못 따겠어요. 장대로 따면 되지!"

"참~ 애쓴다. 암튼 듣는 조상님들은 기분 좋으셨겠어. 왜~ 아무 말도 안 해?"

조용히 걷고만 있는 은수를 보며 승규가 말했다.

"귀담아듣지도 않으면서, 뭐~."

"뭔 소리야? 다 듣고 있으니까, 말해."

그들은 이런저런 얘기를 나누며 승규가 이곳 아이들과 헤엄치며 놀았던 용머리 내에 도착했다. 그는 감회가 새로운 듯 그 주변을 삥 둘러봤다.

"그땐 용머리처럼 생긴 저 바위 위에서 다이빙하듯 뛰어내렸는데. 여름에는 비가 많이 와 꽤 깊었거든."

지금은 개구쟁이 셋이서 꽁꽁 얼어붙은 빙판에서 썰매를 지치고 있었다. 녀석들은 빨갛게 언 귀와 손을 내놓고도 마냥 즐거워 보였다.

"내가 꼭 저랬어. 아무리 추워도 어둑어둑해질 때까지 안 가고 놀았지."

승규가 빙판을 향해 "얘들아~" 하고 부르자, 아이들은 옷소매에 콧물을 문지르며 뛰어왔다.

"안 추워? 귀 떨어지게 생겼는데……."

동네 아이들은 입을 모아 "안 추워요" 하면서 고개를 저었다.

"안 춥긴. 배도 고플 테고."

"빵 사 주세요. 배고파요. 호빵 먹고 싶어요."

아이들은 기다렸다는 듯이 졸라댔다.

"저기~ 가게에 가서 호빵 사 먹고 와. 썰매는 아찌가 보고 있을게……"라며 승규가 지갑에서 만 원을 꺼내 주자, 아이들은 "네~"하며 좋아서 뛰어갔다.

"우리는 고구마나 감자를 갖고 와서 불 피우고 구워 먹었어. 불이 있으면 손발도 쬐고 신발도 말리면서 오래 놀 수 있거든. 갈 때는 바지 내리고 누구 오줌발이 센가 내기하면서 불을 껐는데, 냄새가……."

"상상만으로도 너무 좋았을 게 느껴져요……."

"운동 시작하고 합숙 훈련 땜에 갈 수 없게 되니까, 여기 생각이 진짜 많이 나더라……. 은수야! 모자 푹 쓰고, 앉아 봐. 썰매 태워 줄게."

승규는 썰매에 달린 줄을 다시 묶고 나서 은수를 태웠다. 어설프게 만들어져 탈 수 있을까 했는데, 썰매는 끄는 대로 곧잘 나갔다.

"자아~ 간다. 꽉~ 잡아!"

승규가 달리기 시작하자, 은수는 무섭다며 몸을 움츠렸다.

"무서워? 그만할까?"

"그래도 쪼금 재밌었어~."

썰매 끈을 짧게 잡은 승규가 다시 달리자, 목도리 속으로 잔뜩 움츠리고 은수가 비명을 질렀다.

"재밌다고 했으니까 이번엔 날아가 볼까? 우~ 우~."

"아~ 너무 빨라. 무서워. 아─ 하─."

"알았어. 알았어. 하하하~ 천천히 갈게. 우~ 떨어져도 난 몰라, 꽉 잡아야 해~."

개구쟁이처럼 장난기 가득한 목소리와 즐거운 비명은 조용한 냇가로 퍼져 나갔다가 메아리 되어 그들 곁으로 돌아왔다.

지금도 아궁이에선 장작이 활활 타고 있지만, 오랫동안 비워 놨던 방은 좀처럼 데워지지 않았다. 그나마 이불을 깔아 놓은 두 뼘만큼의 아랫목은 따뜻해 거기 앉아 점심을 먹었다. 은수는 뚝배기 된장찌개와 봄동 무침을 맛있게 먹었고, 승규는 고추장에 볶은 돼지고기와 들기름에 지져낸 두부를 묵은지에 싸서 먹었다.

커피와 곶감을 챙겨 온 아낙은 간식거리까지 일러주고 인사를 했다.

"부엌에 밤 갖다 놨으니까 이따가 입 궁금할 때 구워 먹어요. 그때쯤 아궁이 장작이 숯으로 쓰기 좋을 거예요. 그럼, 난 가 볼게요."

"오늘 정말 감사했습니다. 덕분에 잘 쉬다 갑니다."

승규는 대문까지 나가 아낙을 배웅했다.

"저분도 친척이세요?"

"여기는 다 한 집안처럼 사는 것 같아. 친척 아저씨도 혼자 아들딸을 키울 때, 이웃들이 돌아가며 봐 준다고 했거든."

"이곳에 종종 오나 봐요."

"형이 봄가을로 와서 무료 진료하고 산소도 돌보지, 난 거의 못 와 봤어."

얘기를 나누던 은수가 눈을 비비다가 하품을 했다.

"넌 나랑 있으면 하품부터 하더라. 봐주니까 남자로도 안 보여, 어?"

"추웠다가 따끈한 바닥에 있으니까 눈이 감기네요."

"그럼, 누워."

은수가 망설이다가 외투를 벗어 베고 눕자, 그는 그걸 밀어내고 "자, 전용 베개"라면서 팔을 내주었다.

"어머, 얼마나 귀중한 팔인데, 베개로 써요?"

"그냥 좀 써 주시죠. 어떻게 안 하니까, 눈 감고."

은수 목까지 이불을 덮어 주며 그가 말했다.

낡은 창호지를 통과한 뿌연 빛과 바람에 우는 창틀 소리뿐인 아랫방을 둘러보며 승규는 혼잣말처럼 중얼거렸다.

"야~ 불을 저렇게 때도 이 모양이니, 겨울나기 힘들겠어. 보드 대고 한 겹 더 쌓으면 훨~ 나을 텐데. 아이고~ 그럼, 뭐 해…… 문짝이랑 천장도 저 모양인데……."

"승규 씨, 지금……."

"지금 뭐……? 말해."

"어떻게…… 하고 싶어요?"

그는 못 알아들었는지 조금 뒤에 답했다.

"……. 왜? 하고 싶다면, 해 주려고?"

은수가 고개를 끄덕였다.

"얘가, 졸다 말고— 왜 이런대?"

"나 많이 후회했어요. 승규 씨가 뭘 원하는지 알면서 모르는 척했던 거. 이제 그러지 않으려고요."

"내가 원하다니, 뭔 말이야?"

"창원에서 만났을 때……."

"또 그 얘기야?"

그 얘기가 나오자 은수는 일어나 앉았고, 그걸 본 승규는 매듭을 지어야겠다고 생각했다.

"내가 그날 못된 말만 하느라 다 기억 못 하니까 니가 들은 대로 말해. 여자애긴 빼고."

하지만 은수는 그날을 떠올리는 것만으로도 가슴이 메는지 "못하겠어요"라며 고개를 떨궜다. 그래서 승규가 직접 말해야 했다.

"이젠 특별하지 않다며 싫증 났다고 했어. 또 안 해 준다고 뭐라 했고……. 후~."

승규는 민망한지 손에 생긴 굳은살을 뜯으면서 말했다.

"지난번에 말했지? 니가 빨리 정 떼고 갔으면 했다고. 그래서 일부러 그런 말만 한 거니까 마음에 두지 마. 나한테 니가 어떤 사람인지 다 표현할 순 없지만, 난 널 무—지 좋아해. 그니까 그 날 했던 말은 제발 잊어, 어? 나한테서 얼른 도망치라고 한 말이라니까."

그는 할 수만 있다면, 은수 머리를 열고 그날 자신이 내뱉은 그 엿 같은 말들을 모조리 씻어 내고 싶은 심정이다.

"그리고 그동안 내가 너한테 껄떡댔단 말 같은데……. 아~ 진짜, 이딴 말까지 하고 싶지 않은데……."

"그럴 때면 내 마음도 편치 않았어요. 힘들게 하는 것 같아 미안했고……."

"아!…… 그게, 그러니까 그게 말야. 씨발~ 돌아버리겠네……."

승규는 뭔가를 말하고 싶은데, 그 말 꺼내기가 몹시 힘든 것 같았다.

"아~ 니가 괜한 걱정을 하는 것 같아 솔직하게 말할게. 그-그래! 나, 너랑 미치게 하고 싶어. 그래서 나 혼자 벗은 널 상상하면서 만지고 빨고 하고…… 나 그랬어. 근데 난, 내 여자가 아무 때나 벌리는 거, 싫거든. 그 상대가 나라고 해도 말이야. 내가 이런 말 하는 게 웃기긴 한데, 난 강단 있고 단정한 니가 마음에 들었어. 그래서 그 모습 고대로 첫날 밤까지 갖고 가고 싶거든. 잘될지 모르겠지만……. 그리고 말했지, 나한테 여자는 너밖에 없다고. 딴 여잔 그냥 사람일 뿐이야. 그니까 내가 구라 쳤던 그 말은 싹 다 잊고, 다시는 꺼내지 마. 이런 마음으로 제대로 살아 보려는 남자를 앞에 두고, 뭐? 지금 어떻게 하고 싶어요? 이게~ 정숙한 여자가 입에 담을 소리냐? 내 이번 한 번은 덮고 가지만, 다음엔 절대 안 봐줄 거야."

은수가 웃음을 터뜨리는 바람에 그의 다음 말은 들을 수 없었다. 웃음을 참는 게 어려운지 그녀는 이불에 얼굴을 묻었다.

173

"그런 생각을 하는 줄은 몰랐어요. 앞으론 내가 정말 조심할게
요."

겨우 웃음을 누르고 은수가 말했다.

"승규 씨, 물어볼 게 있어요."

"어딜 묻고 싶은데."

"왜, 없는 말까지 하면서 날 보내려고 했는지 그 이유가 알고
싶어요."

"…… 그만 하자니까."

"그것만 말해 줘요. 그럼, 그날 일은 두 번 다시 입에 올리지
않을게요."

간단 명확한 이유를 대야 했던 승규는 잠시 벽에 기대앉았다.

"…… 그쯤에서 널 보내야겠다고 생각했어. 너랑 나, 둘 다를
위해서. 하지만 잘못된 결정이었다는 걸 알았고, 지금은 이렇게
같이 있잖아. 잠깐 생각을 잘못했던 거야, 됐냐?"

"…… 왜 그랬는지 알 것 같아요. 나도 그랬으니까. 우리는 소
중한 것을 지키려다가 낯선 상황을 만나게 됐고, 그래서 길을 잃
었던 거예요."

"뭐- 그랬던 것 같다."

은수는 가만히 승규의 팔을 잡고 말했다.

"승규 씨! 이제 그런 생각은 다신 하지 말아요! 승규 씨가 없으
니까 난 숨 쉬는 것도 힘들었어요. 모든 걸 잃어버린 것 같았으
니까. 어떤 경우에도 우리가 떨어지는 건 생각도 하면 안 돼요.
약속해 줘요!"

"그래, 알았어! 이제 눈감아. 졸리다면서⋯⋯."

승규가 은수를 눕히고 머리를 만져 주자, 눈 감은 그녀는 몽글몽글한 목소리로 말했다.

"어쩌면 이렇게 조용하죠? 서울에서 멀리 떨어진 곳도 아닌데⋯⋯. 어렸을 때, 시골 할머니 집에서 보내는 방학을 상상하곤 했어요."

"어떤 상상을 했는데?"

승규는 졸음 묻은 달콤한 목소리가 듣고 싶었다.

"하늘에선 하얀 눈이 펄펄 날리고, 방안 화로에는 딱딱한 인절미가 올려져 있는 겨울밤, 솜이불 속에 누워 할머니의 옛날얘기를 듣는 게 너무 좋았어요. 우리는 무섭다며 할머니 품을 파고들면서도 이야기가 끝나면 또 해달라고 졸라댔죠.

여름마다 할머니 집 담장 밑이 붉은 건, 내 손톱에 봉숭아 물을 들여 주려고 할머니가 꽃씨를 받아 뒀다 하악~ 심었기 때문이에요. 할머니는–– 백반과 이파리를 넣고 으깬 봉숭아 꽃물을– 다섯 번이나 들여 줘, 방학이 끝나고– 친구들과 대– 보면– 언제나– 내 손톱이– 제–일–– 빨, 갰⋯⋯ 어⋯⋯ 요⋯⋯."

결국, 은수는 잠이 들었다. 승규는 베개를 가져와 받쳐 주고 마당으로 나왔다. 누렁이와 둘러본 아저씨 집은 일을 밀어 놓은 티가 여기저기에서 보였다.

"이 양반이 중국 간다고 들떠 계셨구만⋯⋯. 누렁아, 내 말이 맞지?"

승규는 마당에 쓰러진 채 얼어붙은 일년초 잔재들을 모아 포대에 담고, 구석에 나뒹구는 나무 둥치들을 도끼로 쪼개 창고에 쌓아 두었다. 그것만으로도 마뜩해진 마당을 둘러보던 승규는 배고플 누렁이에게 점심때 남은 고기를 씻어 사료와 섞어 주고, 마당을 쓸었다. 사람이 그리웠던 누렁이는 비질하는 승규를 따라다니며 발자국을 만들어 놓았다.

싸리비 쓸리는 소리에 깨어난 은수가 장지문을 열고 승규를 불렀다.

"승규 씨, 이제 그만하고 들어와요. 감기 들겠어."

"일어났어? 금방 들어갈게, 문 닫아. 바람 들어간다."

방으로 와 은수 뒤에 앉은 승규한테서 겨울 냄새가 났다. 은수는 이불 밑에 두었던 손으로 빨갛게 언 그의 귀를 감싸 주었다.

"귀 떨어지겠어. 이렇게 되도록 뭘 했어요?"

"누렁이랑 놀았지. 배고프지? 나가서 저녁 먹자. 근처에 수육 잘하는 국밥집도 있고, 아는 형이 하는 고깃집도 있거든……."

은수 어깨에 턱을 올려놓고, 그는 답을 기다렸다.

"여기서 밤 구워 먹고, 저녁은 우리 집에 가서 먹어요. 군밤 먹으면 서울까지 갈 수 있을 것 같은데……."

"늦은 시간에 어머니께 폐 끼치는 거 아냐?"

"벌써 준비해 놓고 계실 거예요. 가면서 전화하면 돼요."

두 사람은 방 아궁이 숯을 화로에 담아 부엌으로 왔다.

승규는 부엌 언저리를 돌고 있는 누렁이를 불러 화로 옆에 앉히고, 칼집 낸 밤을 불 위 망에 얹었다. 은수는 승규가 벗어 놓은 목장갑을 들고 와 그에게 주었다.

"이 장갑 끼고 해요. 이렇게 칼집을 내야 튀지 않겠어요."

"그렇지. 빨리 익기도 하고."

그들은 연기 자욱한 부엌에 앉아 칼집을 만들며 밤이 익기를 기다렸다. 그리고 맛있는 냄새를 풍기며 껍질 여는 밤이 보이자, 승규는 익은 것부터 가져와 노란 속살을 빼내 은수 입에 넣어 주기 바빴다.

"이건, 승규 씨 먹어요. 너무 달고 맛있어요."

뜨거운 밤을 식혀 그의 입에 넣어 주며 은수가 말했다.

"여기 밤이 달더라고. 이렇게 많은데 구워서 어머니 갖다드려야겠다."

"그럴까요? 엄마가 좋아하겠어요."

군밤을 까서 먹느라 입 주변과 손은 숯 검댕이 천지였지만, 두 사람은 신경 쓰지 않았다.

"참, 대학원은 어떻게 됐어? 시험은 잘 봤어?"

"어~ 원서 안 넣었어요………."

"원서를 안 넣다니? 공부 계속해야 한다면서?"

뜻밖의 말에 긴장한 승규와 달리 은수는 당연하다는 표정으로 끄덕였다.

"그랬죠. 그랬는데, 내 인생 목표가 수정 불가피해졌거든요."

"왜?" 1초의 기다림도 없이 승규가 되물었다.

"정말 몰라서 묻는 거예요?"

"어, 뭔 말을 하는 건지 모르겠어. 바이올린 연주자, 그것만 바라보며 살아온 니가 갑자기 목표 수정이라니…….”

“그게, 곰곰이 생각해 보니까 유치한 경쟁심 때문이었어요. 이런 나 하나 빠진다고 대한민국 음악계가 어떻게 되는 것도 아니고. 이제 나한테 중요한 건 이승규예요. 승규 씨 곁에는 내가 있을 거고, 남의 손 빌리지 않고 건사할 거예요.”

은수는 칭찬받을 걸 아는 뿌듯한 표정으로 기다렸지만, 승규는 잠자코 화로만 뒤적였다.

탁! 탁! 밤 익는 소리가 익숙해진 누렁이는 편안하게 졸고 있었고, 파란 기와집의 겨울밤은 조용히 깊어져 갔다.

중부고속도로 상행선으로 진입할 즈음에 은수는 민정에게 전화했다.

“지금 가는 중이에요. 도착하려면 1시간 더 걸릴 것 같으니까, 엄마 먼저 저녁 드세요. 우리는 가서 먹을게. 아냐 괜찮아, 좀 전에 간식 먹었거든.”

“더 일찍 출발할 걸 그랬다. 어머님 혼자 계신 걸 생각 못 했네.”

“은석이가 있으면 얼마나 좋아…….”

“은석이는 언제 제대지?”

“10월일 거예요. 그런데 은석이랑은 어떻게 알게 된 거예요? 난 두 사람 인사시킨 적 없는데……. 경순가?”

“좀 됐어. 암튼 빨리 봤으면 좋겠다. 잘 통할 것 같았거든.”

“우리는 많이 싸우면서 컸어요. 속으론 누구보다 의지하는 동생 누나였지만, 아주 사소한 것으로도 다퉜어요. 그게 다 연년생 은석이가 나를 제 동생처럼 대했기 때문이에요."

"정말? 그 쉐끼, 안 되겠구만."

"중학생 때가, 나는 안멸(안경 쓴 멸치), 은석이는 C감(다중인격 C사감)이라고 부르며 서로 한치도 안 지려 했던 대치의 정점기였어요."

"친구 같고 부럽네. 나하고 형은 나이 차도 있고, 우리 형 알잖아, 쓸데없이 무게 잡는 꼰대인 거."

"후후~ 생각해 보니까, 두 살 아래 경수까지 셋이서 소꿉놀이, 병원놀이, 학교놀이를 진짜 많이 하면서 놀았어요."

"남자들 앞에서도 기세등등했던 이유가 있었어."

기다리고 있던 민정이 저녁 식탁에 앉은 두 사람에게 물었다.

"어디들 갔다 온 거야?"

"아버지 산소에요. 아~ 군밤 드세요. 거기서 구워왔어요."

"어쩐지~ 들어오는데 불 냄새가 나더라니. 아무튼, 인사 올리고 왔다니 정말 잘했네. 은수야, 내일은 승규 네 가서 정식으로 인사드려. 내일 몇 시가 좋을지, 형한테 전화해서 정하게."

승규는 바로 전화를 걸어 준규와 상의했다.

"내일 5시까지 올게. 형이 저녁을 사겠다니까, 집에서는 차나 마셔야 할 것 같아."

"준비하고 있을게요."

"어머님, 가 보겠습니다. 늦은 시간에 죄송합니다."

"이젠 그런 인사치레 할 거 없어. 식구가 때 돼서 숟가락 얹고 밥 먹은 게 뭐가 죄송할 일이야. 지금 밥 먹고 피곤할 테니까 천천히 조심 운전하고."

다음 날, 약속 장소에 온 승규와 은수는 준규가 기다리는 방으로 안내됐다.

단정하게 차려입은 은수가 "초대해 주셔서 고맙습니다"라고 인사했다.

"다시 뵙게 돼서 반갑습니다. 오는데 길은 괜찮았어요?"

"빵빵 뚫리길래 우리가 기다릴 줄 알았는데, 형이 먼저 와 있었네."

"미리 살펴보려고 일찍 나왔어. 참! 식사 내 오라고 해야겠다."

주문한 음식들이 적당한 간격을 두고 상에 올랐다. 준규는 손이 많이 간 음식이 나오면 은수 앞에 놔 주며 권했고, 승규는 음식을 안주로 자작하며 두 사람의 대화를 듣고 있었다.

"귀한 손님을 이렇게 모시게 돼 아쉽지만, 저희 마음이니 맛있게 드세요."

"나오는 음식마다 특색있고 맛있어서 잘 먹고 있습니다."

준규가 정한 한식집은 정갈했고, 도기에 담겨 나오는 음식들은 신선하고 맛깔스러웠다. 종업원들도 예의 바르고 정성스러워 은수는 이 모든 것을 형제의 마음이라 여기며 저녁 식사를 마쳤다.

그리고 찾은 승규의 집은 그곳에서 멀지 않은 곳에 있는 대단지 아파트였다.

전실을 지나 거실로 온 형제는 ㄱ자형 소파에 은수를 앉게 했다. 꽤 넓은 공간에 그녀가 앉은 소파와 맞은편 벽에 기대 쌓여 있는 책밖에 없어 집 전체가 휑하게 느껴졌다.

"잠깐 있어. 커피 가져올게."

준규가 통화하러 방으로 간 사이, 승규는 손님 대접을 하겠다며 부엌으로 갔다. 은수가 "파이는 내가 담을게요"라며 사 온 쿠키 상자를 들고 따라간 부엌도 단출하니 살림의 흔적은 찾아볼 수 없었다. 그래도 커피머신과 전기 포트가 있어 다행이다 싶었다.

"커피만 꺼내 주세요. 내가 할게요."

"손님은 앉아 있어. 내가 할 테니."

승규는 은수를 식탁 의자에 눌러 앉히고 나서 커피와 생수를 가져왔다. 커피머신에 커피와 물을 넣고 잔을 준비하는 그의 움직임은 실수하지 않으려는 조심스러움으로 더 위태로워 보였다.

"오늘 승규가 기분이 좋았나 봅니다."

그런 승규를 감싸 주듯 준규가 말했다.

"우리 집 진짜 휑하지? 이게 그래도 많이 나아진 거야. 얼마 전까진 그냥 빈집이었어."

은수는 이해한다는 표정으로 고개를 끄덕였다.

"전도유망한 바이올리니스트라고 들었는데, 앞으로 어떤 계획을 갖고 계신지 물어봐도 될까요?"

준규가 커피를 따라 주며 은수에게 물었다.

"제가 주부로서 할 줄 아는 게 없어서 집안일을 배우고 익히는 게 제일 급해요."

"집안일을 익히겠다면, 직접 살림을 하겠다는…… 말씀이세요? 그럼, 바이올린은……."

"결혼하면 제가 이 사람과 집안일을 돌보려고 합니다."

"그럼, 지금까지 쌓은 연주 실력과 그 공이 너무 아깝잖습니까?"

"저도 그런 생각을 했지만, 지금은 아닙니다. 제 힘이 닿는 만큼 이 사람과 가정에 충실할 겁니다."

"아하! 우리 승규가 이제야 스위트홈의 꿈을 이루나 봅니다. 넌, 좋겠다."

준규가 이런 말을 하며 동생의 어깨를 감쌌지만, 승규는 조용히 탁자만 보며 앉아 있었다.

"저희야 은수 씨가 가정에 충실하겠다고 하면 정말 감사할 일입니다만, 사돈어른께서는 너무 섭섭하시겠어요.…… 두 사람을 보고 있으면, 저희 부모님이 공들여 맺어 준 연분 같아 제 마음이 이렇게 좋을 수가 없습니다. 앞으로 상의할 일이 많을 텐데, 승규가 코트로 돌아가야 해서 걱정되시죠? 승규 대신, 제가 뭐든 할 테니까 언제든지 전화 주세요. 기다리고 있겠습니다."

"그렇게 하겠습니다. 그리고 은수라고 하고, 편히 대하세요."

"아닙니다. '제수씨' 아닙니까? 승규 방은 보셨어요? 주인 없이 비어 있는 방이지만 그래도 궁금하실 것 같은데."

이제껏 잠자코 있던 승규가 "궁금해? 그럼, 내 방으로 가자"라면서 자리에서 일어났다.

승규의 방은 침대와 TV가 있는 침실과 벽 사면이 선반으로 짜여 있는 옷 방으로 나뉘어 있었다. 은수는 침대에 걸터앉은 승규와 떨어져 벽에 붙은 그의 브로마이드 사진과 옷과 모자, 시계와 안경 같은 각종 액세서리, 운동화가 줄 맞춰 비치된 옷방을 천천히 둘러봤다.

"뭐 있다고 그러고 있어? 그만 보고 이리 와."

"운동화가 많을 거라 생각은 했지만 저렇게 많을 줄은 몰랐어요……."

"그런가……?"

승규는 다가와 앉은 은수 어깨에 팔을 두르고 어눌한 말투로 말했다.

"너, 바이올린 안 하겠다는 거, 나는 싫으니까 그러지 마! 그러지 마, 은수야~."

은수가 아무 말이 없자, 그는 그녀 얼굴에 뺨을 비비며 다시 말했다.

"니가 이러는 거, 나를 위하는 게 아니야. 잘못 생각한 거라고……."

"오래 생각하고 결정한 거예요"라고 말했지만, 승규는 고개를 떨구고 계속 중얼거렸다.

"그거 아냐~. 그러지 마, 은수야, 그러지 마. 어~? 그러지 말라고~."

승규는 취해 있었고, 은수는 그런 승규와 지금은 맞서고 싶지 않았다.

"알았어요. 더 생각해 볼게요. 승규 씬, 모레 들어가는 거예요?"

"어~ 올스타끼리 맞춰 보고, 27일에 도쿄로 가. 그러고 나면, 언제 보게 될지…… 휴-우! 또 막막~하게 되는 거고……."

그는 벌써 가슴이 막막한지 한숨을 내쉬고 힘없이 앉아 있었다.

"그럼, 내일밖에 시간이 없네요. 일찍 준비하고 있을 게 만나러 와 줄래요?"

"내일은 니가 와. 음~ 11시 반까지. 올 거지?"

"그럴게요. 그럼 푹 자고, 내일 봐요."

"나가서, 택시 잡자."

"오늘은 혼자 갈게요. 모르는 길도 아니잖아요."

"걱정 마. 너만 내려 주고, 돌아올 거니까."

다음 날, 승규를 찾아온 은수 손에는 케이크 상자와 종이 가방이 들려 있었다.

준규는 출근했는지, 땀에 흠뻑 젖은 승규가 문을 열어 주었다.

"운동 중이었어요?"

"끝났어. 밥은?"

"아침을 늦게 먹었지만, 승규 씨 안 먹었으면 나가요. 내가 점심 살게요. 그러고 나서 뭐 할지 정해요."

"있다가 코트에 가서 공 던져야 해. 4일을 놀았잖아……."

"그렇군요……. 그래도 생일케익 촛불은 켜요. 그냥 지나가기 섭섭하니까. 땀 많이 났는데 괜찮겠어요?"

"어~." 수건으로 땀을 닦으며 승규가 답했다.

은수는 얼른 생일 케이크에 초를 꽂고 불을 붙이며 조심스럽게 말했다.

"축가를 준비했어요. 시작할게요."

겨울에 태어난 아름다운 당신은 눈처럼 깨끗한 나만의 당신
겨울에 태어난 사랑스런 당신은 눈처럼 맑은 나만의 당신
……
Happy birthday to you! Happy birthday to you!

승규의 몸이 점점 은수 쪽으로 기울고 있었다. 축가를 부르던 그녀가 코앞까지 온 그를 보고 노래를 놓치자, 승규는 얼른 촛불 끄는 거로 어색한 상황을 덮었다. 그리고 하얗게 피어오르는 연기 사이로 환하게 웃는 은수를 보고 있었다.

"왜요……?"

"아니, 이 노래 제목이 뭔가 해서."

"〈겨울아이〉라고 아주 오래된 노래인데, 겨울 아이를 만나려고 난, 이 노래가 좋았나 봐요."

어떻게 하는 짓마다 저렇게 다 이쁠 수가 있을까……. 혹시, 요정 아냐…….

확인이 필요하던 그때, 요정 은수가 접시와 포크를 가지러 일어나 승규는 두 손만 비벼야 했다.

"케이크는 승규 씨가 나눠 주세요. 커피가 있으면 좋겠는데."

"있어 봐, 금방 만들어 줄게."

접시에 케이크를 담고 있는 승규 앞에 은수가 선물로 사 온 청바지를 꺼내 놓았다.

"지난번에 청바지 입은 모습이 보기 좋았거든요. 그래서 이걸로 골랐어요."

"근데, 허리가 큰 거 아냐?"

"32로 샀어요. 허벅지에 맞춰야 할 것 같아서……."

"이분 보게! 언제 내 허벅지까지……?"

"맘에 들어요?"

"딴청은. 맘에 들지 그럼. 잘 입을게."

"코트엔 언제 갈 거예요? 기다릴 게 같이 나가요. 조금이라도 더 보게."

"코트에 같이 가. 근데 지루할 수도 있겠다."

"…… 그래도 돼요? 아~ 내가 농구를 잘하면 이럴 때 얼마나 좋아. 연습파트너도 돼 줄 수 있고……."

"후후~ 그거 아쉽네. 피자랑 커피 내려놨으니까 먹고 있어. 샤워하고 올게."

푸른 정원으로만 기억하는 연수원에도 겨울이 찾아와 있었다. 그 많던 꽃과 새들이 앉아 재잘대던 나뭇가지에 오늘은 하얀 눈꽃이 피어 있었다.

체육관은 창으로 들어온 햇볕으로 훈훈했고, 은수는 2년 전 그 자리에 가 앉았다.

승규는 양손에 든 공을 튕기면서 걷는 거로 운동을 시작했다. 몸을 낮춘 상태로 밸런스를 맞춰야 하는 그 동작을 꽤 오랫동안 반복하고 나서야 레이업과 3점 슛을 쉬지 않고 던졌다. 흘린 땀만큼의 수분을 가져온 이온 음료로 보충하고 그는 다시 움직였다. 잠깐 사이에 수레에서 빠져나온 공들이 나무 밑에 떨어진 사과처럼 림 주위에 구르고 있었지만, 승규는 다른 수레에 담긴 공도 던지며 뛰어다녔다. 더 많은 공이 바닥에 떨어졌고, 그 공에 걸려 승규가 넘어질 뻔하자, 은수는 코트로 내려와 흩어진 공들을 주워 담기 시작했다. 그녀가 부지런히 안아다 수레에 담은 공들을 승규는 던져서 금방 흩뜨려 놓았다. 그럼 은수는 또다시 그 공들을 주워다 채웠고, 그는 모조리 던져 버렸다. 그렇게 7번을 반복하고 나서야 승규의 연습은 끝이 났다.

"승규 씨처럼 하려면 이렇게 연습해야 하는 거군요. 이러니 손이 다 망가지지."

메마르고 갈라진 그의 손을 쓸어 주며 은수가 말했다.

승규는 그런 은수를 보다가 그녀를 처음 이곳에 데려왔던 날이 떠올랐다. 그리고 너무 쌀쌀맞게 굴어 포기해야 했던 로망의 시간을 가져 보고 싶어졌다.

"은수야, 이 공 받아 볼래? 자아~."

뒷걸음쳐 저만큼 물러선 승규가 공을 던지자, 은수는 그날처럼 피하기에 바빴다.

"겁내지 말고, 두 팔을 저 림처럼 만들고 있다가 공이 날아오면 도망 못 가게 오므리면 돼. 눈 감지 말고~."

눈 감지 말라고 했지만, 은수는 공이 오면 눈부터 감고 움츠렸다. 그런데도 공이 품에 들어와 있는 게 좋은지 그녀는 신이나 말했다.

"어머~ 나 쫌 되는 거 같지 않아요? 승규 씨, 더 쎄게 던져 봐요."

"후후~ 이제 좀 되는 것 같아? 그런 사람이 왜 눈은 감아~."

"내가 눈을 감아요?"

공은 마술을 부리듯 어설프게 내준 그녀 품으로 계속 들어왔고, 은수도 이젠 제법 적극적인 자세로 공을 받고 있었다.

"그렇게 천천히 던지는 건 나도 할 수 있을 것 같아."

"그럼, 니가 던져 봐. 오~ 잘하는데. 또 던져 봐. 멀리 보면서……."

쉬울 것 같았는데, 공은 승규 앞에 가기도 전에 뚝 떨어졌고, 힘껏 던지면 엉뚱한 곳으로 튕겨 나갔다.

"난 왜 공이 똑바로 나가질 않죠?"

"그게~ 공 회전하기를 해주면 쉽거든, 자~ 봐봐."

승규는 은수 뒤로 와 공을 잡고 회전시켜 던지는 걸 보여 줬다.

"이게 스핀이라는 거군요."

"맞아~ 우선 스핀을 주면서 위로 던져 봐. 잘하네. 손바닥 말고, 이렇게 손가락으로 돌려 주면서."

"손가락만으로 공을 굴리는 게 너무 어려워요."

"그러게. 니가 드니까 공이 무지 커 보인다."

"커 보이는 게 아니라 공이 진짜 크네요. 이걸 자유자재로 놀리려면 손도 커야겠어요"라면서 승규 손에 손을 대 보던 은수가 놀라워하며 말했다.

"어머! 승규 씨 손 진짜 크다. 한 손으로도 공을 잡겠는데요?"

"뭐 대충…… 아이고~ 넌 18cm쯤 되려나? 요만한 손으로 그 엄청난 소리를 만들어 내는 게 진짜 신기해."

"첼로나 베이스처럼 큰 악기는 힘들었을 거예요. 농구 선수는 손이 커야겠어요."

"아무래도 그렇겠지."

"그러고 보니 발도 크네요. 몇이에요?"

"287. 넌~ 230밀리?"

"맞아요. 쉬워 보였는데 아무나 승규 씨처럼 던질 수 있는 게 아니었어요. 이것 봐. 난 자꾸 공을 떨어뜨리잖아."

은수는 떨어뜨린 공을 따라갔다가 그곳에 떨어진 공들을 주워 담았다.

"누구나 할 수 있으면 우린 다 굶어야지. 이제 그만해. 손 까지겠다."

승규가 말렸지만, 은수는 계속 공을 줍고 다녔다.

"은수야, 그만해. 힘들어."

승규는 일부러 그러는 것처럼 멀리 있는 공까지 주우러 간 은수를 꼼짝 못 하게 안고서 코트 바닥에 앉아 버렸다.

"힘드니까 그만하라고. 아! 이런 볼걸이 있으면 매일 밤새고 연습하겠다."

땀에 젖은 승규가 꼭 안아 은수 옷에도 땀이 배어들었다.

"또 가야 하는데 어쩌냐? 가방에 넣어 갈 수도 없고. 넌 나 없어도 괜찮아?"

"괜찮긴……. 그래도 참아야지. 엉엉 울면서 데려가라고 매달릴까요?"

"그러니 어쩌냐, 너 두고 가기 정말 싫은데……"라며 승규가 입을 맞췄다.

은수는 일어나려 했고, 승규는 그런 그녀를 놓아주지 않았다.

"우리, 그냥~ 하자. 내일 가면 석 달 뒤에나 볼 텐데. 하자. 어?"

이미 달아오른 승규는 그녀의 겉옷을 벗기려 했고, 은수는 최대한 몸을 웅크리고 그의 관심을 딴 곳으로 돌리려고 계속 말했다.

"승규 씨, 내 말 좀 들어 볼래요?"

"어……." 건성으로 대답은 했다.

"아니, 말할 땐 상대방의 눈을 봐야죠. 엄마도 밤이 정말 달다고 하던데, 거기가 밤이 잘 되는 토양인가 봐요. 승규 씬 밤 까 주느라 배고팠죠? 그날 밤 누렁이는 부엌에서 잤을까요? 밖은 너무 춥던데……. 그저께 말했던 굳은 결심, 변함없는 거죠? 승규 씨~ 잠깐만, 내 말 먼저 들어 봐요."

은수가 가위 모양으로 팔을 두른 채 이 말 저 말을 해 봤지만, 그녀의 스웨터를 들어 올리는 데 정신 팔린 승규에게는 들릴 것 같지 않았다.

"빨랑 팔 치워~."

"진심이에요? 정말이죠?"

"어~."

"그럼, 집으로 가요. 땀나고 여기서 이러다가 감기 들어. 기다리고 있을 게, 얼른 샤워하고 나와요."

들었는지 승규가 스웨터를 내리면서 확인하듯 말했다.

"가서 딴말하기 없기다. 후딱 하고 올 게, 잠깐 있어."

그리고 10분도 안 돼, 승규는 새 추리닝을 입고 나와 큰길로 차를 몰았다. 올 때는 분명 근처였는데, 일산대로 서울 방향으로 진입하는 걸 보고 은수가 물었다.

"올 때는 바로였는데…… 아직 멀었어요?"

"배고파. 저녁 뭐 먹을까?"

"…… 밥 먹을 거예요?"

"어~ 저녁 먹으러 가는 거야."

"그럼…… 괜찮은 거예요?"

"괜찮긴, 어떻게 괜찮아. 몸이 원하는 걸 못 하는데. 이러다 큰 병 나는 거 아닌지 몰라. 아까 감기 걱정하던데, 그런 거랑은 급이 달라."

귀까지 빨개져서 앉아 있는 은수를 보고, 승규는 더 낯 뜨거운 말을 늘어놓았다.

"며칠 보다가 얘 반응이 시원치 않으면 진찰받아 봐야겠어. 그리고 문제가 있다고 하면, 백퍼 책임져야 해."

"……."

"왜~ 싫어? 니가 싫고 좋고가 어딨어. 무조건이지."

"그래요. 내가 책임질 테니까 지금은 운전에 집중해요."

두 사람은 은수네 집 근처 중국요리 식당으로 왔다.

"여기 A 코스가 괜찮던데, 그걸로 먹자."

승규는 주문을 기다리는 종업원에게 "식사 A로 한 번에 다 주세요"라고 말했다.

훌륭한 음식들이 테이블 위에 차려져 있었지만, 이별을 앞둔 두 사람은 서로를 다독이는 것에 더 마음을 썼다.

"일본에서 돌아와도 플레이오프라 딴 건 신경 못 쓸 거야. 준준결승부터는 진짜 박 터질 텐데, 어쩌지?"

"어쩌긴? 결승에 올라가기 싫은 사람처럼 말하네요. 난 잘 지낼 거고, 매일 전화하고, 문자도 남길게요."

"거기다 한 가지 더……."

은수 손등을 만지며 승규는 말을 멈췄다.

"뭔데요. 네? 뭔데~?"

"바이올린 연습 빼먹지 말 것. 예전처럼 매일 열심히 하고 있어. 내 생각하면서."

이 엉뚱한 주문이 이상했지만, 은수는 고개를 끄덕였다.

"헛소리 아니니까 손가락 걸고 약속해. 자~."

은수는 '왜 그래야 하는데요?'라고 묻지 않고 손가락을 걸었다.

"돌아와서 해 보라고 할 거야. 자~ 도장!"

"하하하~ 지금 승규 씨, 우리 엄마 같았던 거 알아요? 어렸을 때 내가 연습 안 할까 봐, 엄마가 이렇게 하고 외출했거든요. 손가락 걸라고 하고……."

"이젠 다 컸으니까 오빠 속 그만 썩이고 연습해. 어머니께 인사드리고 가야 하니까, 그만 일어나자."

서로 다른 생각을 하느라 집으로 가는 차 안은 조용했다. 은수는 석연치 않은 그의 바이올린 연습 당부를 생각했고, 앞으로도 수없이 해야 하는 오늘 같은 이별에 승규는 침묵했다.

"어머니, 저 내일 들어갑니다."

"그래, 몸조심하고. 일본에서 언제 돌아오지?"

"5일 뒤에요."

"그때쯤 구단 사무실로 약 갈 거니까 따뜻하게 해서 먹어."

"네. 은수야, 여기서 인사하자. 추운데 나올 거 없어."

"왜–애~ 잠깐이라도 더 볼래요."

은수는 따라 나와 냉큼 그의 차에 올라탔다.

"이렇게 조금만 있다가 갈게요"라며 기대앉은 은수를 보며 승규가 말했다.

"잠깐 못 보는 건데, 뭘 그래? 사람 기운 빠지게……."

"내가 승규 씨 보러 경기장에 가면, 불편할까요?"

"어, 불편해."

"그렇구나."

은수는 고개를 끄덕였다.

"그럼, 숙소로 찾아가는 건요?"

"그것도. 남들이 멋대로 널 생각하는 게 신경 쓰여."

그녀 눈에 눈물이 고이는 걸 모르는 승규는 말을 이어갔다.

"말은 그렇게 했지만, 잘하면 잠깐 나올 수도 있어."

"확실한 건 아니잖아. 참아 보다가 그래도 보고 싶으면 그땐 어떡해요?"

그제야 은수가 우는 걸 본 승규가 속상해하며 말했다.

"아~ 니가 이러면 내 맘이 좋겠냐? 울지 마…… 너 울면, 나 진짜 힘들어……."

그제야 은수는 "음~ 내가 왜 이러지……"라면서 얼른 휴지를 뽑아 눈물을 닦았다.

"잘 지내고 있을게요. 바이올린 연습도 열심히 하면서."

승규는 현관 앞에서 손 흔드는 은수를 외면하고, 멀찍이 와서 야 차 미러로 그녀가 있던 곳을 봤다. 은수는 급히 나오느라 미처 가리지 못한 종아리를 내놓은 채 정문 앞까지 달려간 그를 향해 열심히 손을 흔들며 서 있었다. 그 모습이 왜 그리 아프고 예쁘던지……. 승규는 결국 차를 돌려 현관 앞으로 달려가 무슨 일인가 해서 뛰어온 은수를 번쩍 들어 자기 무릎에 앉혔다.

"뭐 빼놓고 갔어요?"

"손은 왜 계속 흔들고 서 있는 거야?"

그는 괜한 투정을 부리며 은수를 안았다.

"언제까지 그러고 있을 거였는데, 어? 다리는 다 내놓고……."

은수는 대답 대신 승규의 얼굴을 꼭 안았다.

"우리가 지금~ 예사롭지 않은 자세라 다들 쳐다보는데, 이제 너 어쩔래? 피아노 선생님네 딸 바람 났다고 동네에 소문 다 나게 생겼는데."

"그만 말하고, 나 좀 봐요."

"근데 얘가……."

은수 입술이 승규의 입을 막아 버렸고 긴 키스로 이어졌다.

……

"이 표정은 '너무 칭찬해!'인데요? 내가 키스를 누구한테 사사했는데……. 당연하죠. 승규 씨, 잘 먹고 마음 편히 지낼 거죠?"

"안 그럴 이유가 없잖아."

"그러니까. 그렇다고 내 생각을 안 해도 된다는 건 아니에요. 하루 한 번은 내 생각 꼭 해야 해. 약속~."

"그래, 약속."

승규는 은수 이마에 입술을 붙이고 말했다.

"이승규, 당신이 이 바닥 짱이야! 가서 모조리 물리쳐 버려요. 기다리고 있을게요!"

은수는 쪽 소리 나게 입을 맞추고 배웅을 마무리했다.

"진짜 간다!"

13. 신부 수업

아침 9시가 지나면서 출근길의 사람들은 빌딩 속으로 사라지고, 잿빛 거리는 꽁꽁 언 채 줄달음치는 자동차들의 물결로 일렁거렸다. 창가에 앉아 하염없이 거리를 보고 있는 은수도 어느새 그 잿빛에 물들어 있었다.

"언니, 쟤 여태 저러고 있다. 변해도 어떻게 저렇게 달라질 수가 있지……."

"누가 아니라니. 요즘 쟬 보면 우리 은수가 맞나 싶어. 사랑이 뭔지……."

"그러게. 그놈의 사랑이 뭔지……."

민숙은 언니 말에 장단을 맞추다가 축 처진 조카가 얄미웠는지 한 소리를 하고 말았다.

"너는 그 녀석 며칠 못 본다고 그렇게 티를 내야겠어? 옆에서 눈치 보고 있는 엄마랑 이모는 이제 안 보이니?

"눈치를 왜 봐~ 그냥 멍때리는 건데……."

여전히 창밖을 보면서 은수는 변명처럼 중얼거렸다.

"저러다가도 농구 중계 시작하면 생기가 돈단다. 은석이가 TV를 켜도 볼 게 없다고 툴툴거려 케이블을 신청한 게 얼마나 다행인지……. 그거 없었으면, 저 아가씨 전국의 농구 경기장으로 출근했을 거다. 늦게 배운 도둑이 날 새는 줄 모른다고, 그게 내 딸을 두고 한 말이 될지 누가 알았겠니?"

민정은 동생만 듣게 소곤거리며 나갈 채비를 마쳤다.

"은수야~ 엄마 나가니까, 식사 넘기지 말고 꼭 챙겨 먹어. 알았지?"

민정의 말대로 요즘 은수는 '승규에 의한' 삶을 살고 있었다.

기록 경신을 눈앞에 둔 이승규의 활약은 연일 기사화됐다. 그 기사와 사진을 스크랩 중인 은수는 편의점에서 스포츠신문을 사오는 것으로 하루를 시작했다. 유니콘스 경기를 챙겨 보는 건 당연했고, 농구 관련 뉴스와 다른 팀의 경기 관전평을 읽고, 도움이 될 만한 내용은 스크랩북에 남겼다. 잠들기 전에 이승규 팬카페 출첵도 잊지 않았다.

이러니 은수가 바이올린을 꺼내 드는 건 일주일에 두 번, 학원 꼬마 반 강습과 유니버설교향악단 연습 때뿐이었다. 이런 행태를 알기라도 하듯, 이경숙 선생이 불쑥 전화를 했다.

"곧 시험인데, 얼굴 한번을 안 비치고 대체 뭐 하고 있는 거니? 독주회 끝난 지가 언젠데, 시험 곡 준비는 하고 있는 거니? 내가 들어 봐야겠으니, 일간 집으로 오너라"라는 선생의 호통에도 꿈쩍 않던 은수를 움직이게 한 건 그녀의 무뎌진 손가락이었다.

단원들과 차이콥스키 교향곡을 연습할 때였다. 언짢은 표정을 짓던 지휘자는 바이올린 파트를 향해 부정확한 음을 내는 사람이 있다고 했고, 시정되지 않자 지휘대를 두드리며 "최은수 씨, 프랙티스! 프랙티스!" 하면서 짜증을 냈다.

이럴 수가······.

은수는 수치심보다 그런 지적을 들었다는 것에 충격을 받았다. 때맞춰 그날 저녁에 승규가 전화를 했다.

"오지 말랬다고 전화도 안 하기야?"

"무슨 시간인지 몰라 우물쭈물하다가 그렇게 됐어요. 그래도 승규 씨 경기는 다 보고 있어요. 통화 길게 해도 괜찮아요?"

"어."

"경기 볼 때마다 느끼는 건데, 승규 씨만큼 농구 유니폼이 잘 어울리는 선수도 없을 거예요. 그런 선수가 패스할 때 표정은 왜 또 그렇게 멋있는 거야! 눈에서 빔이 슝슝~ 나오는 게 압권이라니까. 음! 암만 봐도 이승규는 코트의 꽃이 맞아요. 우리는 아름다운 당신을 사랑합니다. WE LOVE YOUR GAME. GO. GO. GO. GO······."

승규는 전화로 들려오는 이런 말들이 낯간지럽지만, 왠지 어깨가 쫘—악 펴지는 이 기분이 싫지 않았다.

"아이고~ 난리 났네······. 옆에 누구 없냐?"

"엄마. 엄마도 승규 씨가 제일 멋있다고 했는데요, 뭐~. 우리 이모는 미쳤다고밖엔 설명이 안 되는 심각한 상태이시고."

"후훗, 이모님이 왜애?"

"이승규 광팬 윤민숙 님이 제일 먼저 한 작업은 관중 동원이었죠. 그래서 지금은 고정 관중만 여섯이 됐고요. 이모는 경기에 앞서 승규 씨 수상 경력과 활약에 대해 말하고, 아주 편파적인 중계를 시작해요. 상대 선수가 승규 씨를 밀쳤다 하면 바로 저 자식 좀 혼내 주라고 소리치고, 승규 씨에게 파울 준 심판은 이모의 저주로 그날 숙면은 어려웠을 거야. 또 승규 씨가 지쳐 보이면 선수 좀 교체해 주지 감독은 뭐 하냐며 불평불만이 끊이질 않아요. 엄마는 그 사이사이 점잖게 이모 편들어 주면서, 자매의 콤비 플레이가 볼만하답니다. 그렇게 경기가 끝나면, 이모는 찾아온 이웃에게 다과 대접을 해요. 그 타임에 다음 경기 날짜 알려 주면서 출석 압박도 잊지 않죠."

"껄껄껄~ 와! 이모님 진짜 짱이다, 껄껄껄~."

"그렇죠? 이 줌마팬은 이승규 씨의 특별 관리가 있어야겠죠?"

"껄껄껄~ 그러네."

승규는 배가 땅길 만큼 크게 웃으며 쌓여있던 스트레스가 스르르 사라지는 걸 느낄수 있었다.

"승규 씬 뭐- 해줄 말 없어요?"

"여긴 똑같지 뭐. 경기 열심히 뛰고, 없는 날은 쉬고."

"정말 그렇게 심플하기만 해요? 난 경기 중에 아쉬워하는 승규 씨 보면서 속 끓일까 걱정했는데. 그저께 경기도 23초 남았을 때, 파울로 끊었으면 이길 수도 있었는데…… 그런 날은 나라도 잠 못 잘 것 같아요."

"경기는 종료 휘슬 울리면서 다 잊어. 오늘 안 됐으면 잘 되는 날도 있을 거니까……. 공 하나 놓친 거로 잠 못 자면 이 짓 못 하지. 난 잘 지내고 있으니까 걱정 마. 너는 연습하고 있는 거지? 딴생각 말고 열심히 하는 거다."

"……."

"왜 대답이 없어?"

"하고 있는데~ 그러니까……."

"그래 알았어~. 그리고 곧 졸업식이잖아? 갈 순 없지만, 언젠지는 알고 있어야지."

"우리 학교 졸업식은 매년 2월 마지막 월요일, 올해는 2월 25일이에요. 사진 많이 찍어서 나중에 보여 줄게요."

"어, 졸업 선물은 뭐 받고 싶어?"

"음~". 대답이 늦어지자, 승규가 말했다.

"이틀 내로 말 안 하면 내 맘대로 할 거야."

"알았어요. 컨디션은 어때요? 약은 잘 먹고 있죠?"

"그럼, 그 장어 빨로 날아다니는 거 안 보이든? 어머니께 잘 먹고 있다고 말씀드려. 글고, 나 다음 경기부터 눈에 힘 빡 주고 패스하려고. 빔 왕창 날리게."

"아서요."

"왜~ 껄껄껄~ 압권이라며?"

승규가 시원하게 웃었다. 은수의 마음도 따라 웃는다.

"그러다 실수라도 하면 어쩌려고, 암튼 잘 있다니까 좋네요. 보통 언제가 전화 받기 편해요? 알고 있으면 좋을 것 같아서……."

"경기 없는 날은 오전 8~10시, 오후 3~5시 빼고 다 괜찮아."

"알았어요. 뭐 필요한 거 없어요? 보내 줄게."

"너……."

"나도. 보고 싶어……."

울컥해진 은수는 얼른 전화기를 막았다.

"…… 그만 끊자~."

"승규 씨 먼저……."

"그래~ 잘 지내고 있어."

왜 저렇게 내 바이올린 연습을 챙기는 걸까?

이유가 궁금했지만, 약속한 대로 바이올린을 꺼내 약음기부터 끼웠다.

많이 기다렸지……? 나도 그랬어.

은수는 활을 조이고 마지막으로 연습했던 바흐 Fuga를 시작했다. 한참을 쉬었음에도 지판 위에 손가락들은 저절로 제자리를 찾아 움직였고, 막힌 곳은 자동으로 반복했다. 마치 신기만하면 춤을 추게 하는 카렌의 빨간 구두처럼.

그렇게 시작한 연습은 안방에 불이 켜진 걸 보고 끝이 났다.

"언제 왔어? 엄마 오는 소리 못 들었는데."

"2시간 전에. 연습하고 있길래 조용히 들어왔지. 그래, 바이올린은 잘 있든?"

"완전 삐졌어. 얘, 목마를까 봐 엄마가 댐핏(바이올린의 건조를 막기 위해 f홀 안쪽에 적셔서 끼우는 줄. 주로 난방을 하는 겨울철에 사용) 끼워 놨더라……."

은수는 잘못을 무마하고 싶은지 어리광스럽게 말했다.

"너, 어쩔 셈이야? 승규만 있으면 다른 건 어찌 되든 상관없는 거야?"

"그건 아니지만, 지금은 그 사람이 먼저야. 그 사람 상황에 맞춰 아이들을 가르치든 그곳 교향악단에 입단하든 할 거야."

고민 하나 없이 말하는 딸을 보면서 민정은 말을 삼켰다.

"승규는 어려울 테고, 졸업식엔 이모랑 엄마나 가야겠구나. 친구들과는 어떻게 할 거야?"

"학교 친구들은 일정대로 다했고, 다른 학교 친구들은 다음 주에 합동 파티하기로 했어. 장소도 빌렸다고 하던데, 재미있을 것 같아."

"다음 주에? 시험은 어쩌고…… 너 정말 안 볼 거야? 연습해서 시험만이라도 보는 게 어떻겠니?"

"이미 늦었어. 괜히 봤다가 붙기라도 하면 어떻게 해? 난 안 다닐 건데……. 엄마, 많이 속상할 거 알아……."

"알아? 네가 뭘 안다는 거야. 여기까지 왔는데……."

민정은 하고 싶은 말이 많았지만, '그래, 지금 그 귀하고 가득한 사랑, 충분히 느끼고 누리렴. 그렇게 더 커진 마음으로 다시 정진할 거라 엄마는 믿고 있단다!'라고 마음속 축원을 했다.

"엄마, 학원 열쇠 좀 줘. 연습하려고."

"연습~? 승규 씨만 중요한 사람이 연습은 해서 뭐 하게……."

"내가 열심히 연습하면서 있는 게 이승규 희망 사항이거든. 손

놓고 자기만 기다리는 게 싫은가 봐. 어쨌든 그러겠다고 약속했
으니까 지키려고. 오랜만에 바이올린 만지니까 연습도 하고 싶
고. 이참에 에튀드를 할까 해."

"그럼, 지금 나가서 열쇠를 하나 복사해서 갖고 다녀. 그리고
5월에 결혼할 거면, 이제는 준비해야 하는데……. 승규가 무슨
말 없든?"

"그 사람 형이랑 상의하기로 했어. 엄마, 뭐부터 해야 할까?"

"요즘은 예식장에 다 연계돼 있다고 하니까, 친구들한테 예식
장에 대해 들어봐. 그− 가구랑 가전은 살 집을 정하고 갖춰야 하
는데……."

"돈 많이 들 텐데, 엄마 어떡해……."

"내 능력 내에서 할 거니까, 괜찮아. 그럼, 우리가 해야 할 것
부터 하자꾸나. 넌 부엌일을 익히려면, 엄마가 준 레시피 보면
서 한두 가지씩 자꾸 해 봐야 해. 실리콘 장갑 꼭 끼고 찬찬히 조
심해야 한다. 네가 건강해야 신랑 보필도 할 수 있는 거니까 일
찍 일어나서 식사 꼭 챙겨 먹고, 운동도 하고. 이모가 결혼선물
로 가구를 맡겠다니까 시간 나는 대로 이모랑 다녀봐. 엄마는 가
전이랑 주방용품을 알아볼게. 그러다 보면 무슨 말이 나오겠지.
그리고…… 이경숙 선생님께 그대로 말씀드려야 할 것 같아. 낙
담이 클 거라…… 이제껏 기다렸는데, 네 생각이 그렇다면 선생
님께 말씀드리고 꾸중 듣는 게 마땅하지. 휴~ 이제 무슨 낯으로
선생님을 본단 말이니?"

"나도 그래서……. 알았어, 선생님 찾아뵙고 말씀드릴게."

엄마와 이런저런 얘기를 구체적으로 나누고 나니까 '내가 정말 결혼을 하는구나'라는 생각이 들었다.

5월의 신부 최은수. 남자에 눈이 멀어 스승을 저버린 유다 최은수…….

이튿날 아침, 은수는 6시에 일어나 학원으로 향했다.

밤새 비어 있던 원장실의 한기는 난로를 피워도 물러갈 기미가 보이지 않았다. 맵디매운 새벽바람과 맞대선지 속은 울렁거리고, 난로 그을음 냄새까지 맡게 되자 은수는 코를 막고 옆에 있던 긴 의지에 누워 있어야 했다. 들고 온 보온병의 커피를 따라 넘겨 봤지만, 유난히 쓴맛에 진저리만 쳐졌다.

이렇게 힘들 줄이야! '아침형 인간'은 아무나 될 수 있는 게 아니었나 봐…….

그래도 어떡해! 한겨울에도 매일 같이 새벽공기 가르며 뛰는 사람이 있는데…….

은수는 겨우 일어나 뻑뻑한 어깨에 바이올린을 얹고 '교본 칼플레쉬'를 시작했다. 너무 무겁고 힘들었지만, 메트로놈을 70에 맞춰 놓고 음 하나하나에 집중하다 보니 날이 밝아 있었다. 그리고 얼마 지나지 않아 서 선생이 문을 열고 들어왔다. 학원 문 열 시간이 된 모양이다.

"어? 최 선생님이 있었네요. 이 시간에 웬일이에요?"

"춥죠? 이리 와서 따끈한 것부터 마셔요."

은수는 양 볼이 빨간 서 선생에게 커피를 따라 줬다.

"밖에서 들어와 뜨거운 커피도 있고 따뜻하니까 너무 좋네요."

"이제부터 난로는 내가 켜 놓을게요. 다른 것도 말해요, 해 놓을게."

"이거면 됐어요. 불 피워놓고 환기만 해 놔도 그게 어딘데요? 혹시 최 선생님이 학원을 맡아서 할 건가요?"

"아니에요. 비는 시간에 연습한 거예요. 난 이제 갈게요, 수고!"

집으로 온 은수는 식탁 앞에 앉아서도 연신 하품만 했다. 머리는 띵하고 입안은 모래를 씹는 듯 깔끄러워 밥 생각은 아예 없었다.

"그래서 밥이 넘어가겠니? 가서 잠부터 자야 할까 보다."

"그래야겠어. 아~ 첫날부터 이러면 안 되는데……."

은수는 결국 늦잠을 자고 나서야 산책을 나왔다.

공원 가는 길에는 승규가 게걸음을 걷다 부딪혔던 전봇대가 보였고, 오솔길 끝에 은행나무도 그 자리에 있었다. 풍성했던 황금빛 이파리들은 다 어디로 가고 벌거숭이가 되었는지, 하마터면 몰라볼 뻔했다.

'이쯤하고 돌아갈까?' 하는 꾀가 났지만. 처음 마음먹은 대로 동산에 올라가 맨손체조까지 하고 내려왔다.

저녁 시간의 학원은 익숙했고 그래서 편안했다. 온기가 남아 있는 그곳에서의 연습은 아침과는 비교도 안 될 만큼 순조로웠고, 몰입하게 하는 어둠마저 마음에 들어 '이래서 습관이 무서운 거야'라는 생각이 들었다.

　연습을 마치고 돌아가는 길에 은수는 묻고 또 물었던 그 질문을 떠올렸다.

　최은수는 꿈을 포기한 이 결정을 후회하지 않을 자신이 있는지…….

　연주자가 아닌 한 남자의 아내로 사는 삶에 만족할 수 있는지…….

　다시 물었고 '나는 앞으로도 지금처럼 후회하지 않을 것이다. 그 사람과 함께라면 충분히 만족하고 행복하니까……'라는 답을 들었다.

　새벽에 일어나 연습하고, 산책하고 와서 익숙하지 않은 부엌일과 음식을 만들어 보고, 다시 학원으로 가 저녁 연습까지 하고 나면 그야말로 녹초가 됐다. 그래도 은수는 거르는 일 없이 6시에 일어나 연습실로 달려갔고 공원 언덕을 올랐다. 처음 3주는 변화를 거부하는 몸과 부대끼고 거르고 싶은 유혹에 힘들었지만, 졸업을 며칠 앞두고부터는 6시면 눈이 떠졌고, 언덕을 오르는 발걸음도 한결 가벼워져 있었다.

　'아침형 인간, 최은수'는 은수가 승규에게 주고 싶은 결혼선물이기에 그녀는 스스로 정한 일과를 꾸준히 지켜나갔다.

　선생님을 찾아뵙기로 한 날, 은수는 가지고 갈 김밥을 쌀 준비로 분주했다. 좋아하는 이를 위해 음식을 준비하는 것만큼 즐거운 일도 없을 건데, 부엌에 선 은수 마음은 어둡고 무거웠다. 결국 선생님과의 대면을 생각하다가 데리야키 간장에 조리고 있던 닭가슴살을 모두 태우고 말았다. 매캐한 연기가 자욱했지만, 은수는 부리나케 뛰어가 다시 사 온 재료들을 준비해 무슨 정신에 쌌을까 싶은 김밥을 담아 선생 집으로 향했다.

오랜만에 보는 정원의 나무들은 모두 볏짚 옷을 입고 겨우살이를 대비하고 있었다. 자식이 없던 선생 부부는 이 뜰의 화초들을 돌보며 원앙처럼 살았다. 그랬던 선생은 3년 전, 암으로 남편을 떠나보내고, 그 애통함에 선생 자신도 이 정원도 버린 듯이 지냈다. 그때 버려져 있던 이곳을 지날 때마다 안타까웠던 은수는 손질 잘된 정원을 보자, 한결 마음이 놓였다.

이경숙은 추운 날 찾아오는 제자를 생각해 집안의 난방기구를 모두 켜 놓고 있었다.

"어서 오너라. 길이 미끄럽던데 고생하진 않았니? 점심 먹지 말고 오라 해서 배고프겠다. 얼른 식당으로 가자. 음~ 뭇국이 푹 끓었나 보다."

"김밥 싸 왔는데, 뭇국이 있어 잘됐네요."

살갑게 말하며 찬합을 꺼내 놓는 은수를 보면서 이경숙이 말했다.

"이렇게 예쁜 짓만 하면 얼마나 좋을까……."

그리고는 찬합 속 살뜰한 솜씨에 고개를 끄덕이다가 김밥 하나를 집어 입에 넣었다.

"음~ 김밥에 아보카도가 이렇게 잘 어울리는구나. 어서 먹자."

이경숙은 국을 담아 가져온 은수 앞에 김이 나는 갈비찜을 놔 주었다.

"오랜만이지? 너랑 이렇게 밥 먹는 게. 네가 대학에 온 후로는 내놓고 챙길 수가 있어야지. 여자애들이라 샘도 많고, 또 내가 지도교순데, 걔들 먼저 챙기는 게 맞지. 그래도 네가 매사 엽렵해서 걱정할 게 없었는데……. 너 한예종 원서접수도 안 했던데, 그럴 거였으면 나하고 먼저 얘기를 했어야지. 아니다, 식기 전에 밥부터 먹자꾸나."

은수는 고추냉이를 섞은 간장 종지를 선생 앞에 놓으며 말했다.

"알이 좀 굵게 됐어요. 제가 급히 싸느라……."

"맛있기만 한데, 뭐. 연주하는 손으로…… 야물기도 하지! 어떤 녀석이 데려갈는지, 어울리는 짝을 만나야 할 텐데."

이경숙의 고깝던 마음은 눈 녹듯 사라지고, 어여쁘기만 한 제자와 먹는 식사가 즐거울 뿐이었다.

"전 이 갈비찜이 너무 맛있어요."

"우리 아줌마가 갈비찜 하나는 최고로 잘하잖니? 넉넉하게 했으니, 갈 때 싸 가렴."

은수는 선생이 좋아하는 커피를 준비해서 서재로 왔다.

"왜 한 잔이야? 네 건?"

"전 오면서 마셔서 선생님 것만 만들었어요."

이경숙은 왠지 무거워 보이는 은수를 보고 있다가 먼저 말을 꺼냈다.

"앉지 않고 왜 그러고 있어……? 뭐~ 할 말이 있는 거야?"

"…… 선생님……."

"그래, 무슨 말인데 그래?"

"저, 5월에 결혼해요……."

은수는 이렇게 말문을 열었다.

"……. 올 5월에 말이냐? 말할 수 없이 기쁜 일이다만, 여태 아무 말도 없다가……. 너무 급한 거 아니니? 하긴~ 홍 교수면 급하다고도 못하겠구나. 그럼 같이 왔어야지. 너만 이렇게 보내? 이 사람 안 되겠구먼. 그래, 날짜가 언제야?"

책상 위에 달력을 보는 이경숙 얼굴에는 미소가 가득했다.

"참 좋을 때 하는구나! 그래서 원서를 안 넣었던 게야. 고얀 것, 귀띔 좀 해 주지. 걱정했잖니. 5월 몇째 주야?"

"아직~ 날짜는 못 정했어요."

"근데, 결혼 소식을 전하면서 네 표정이 왜 그래? 무슨 일이 있니?"

"저와 결혼할 사람은 홍성준 교수가 아니에요."

"홍 교수가 아니야? 그럼, 누구……. 맞선을 본 거야?"

아무 말도 못 하는 은수를 보면서 이경숙 얼굴에선 웃음이 사라졌다.

"홍 교수 청혼을 거절했다는 말이 사실이었구나……."

"선생님께 이런 말씀 드리게 돼 어찌할 바를 모르겠어요……. 저는 이제 연주자의 길을 포기하겠습니다. 용서해 주세요."

"…… 이게 무슨 소리야? 은수야, 무슨 말인지 내가 알아듣게 말을 해야지."

이경숙은 떨리는 손으로 커피잔을 내려놓았다.

"결혼하면 남편과 가정을 성심껏 돌보고 싶어요."

"상대 집안에서 그걸 원하든? 아니, 지금이 어느 땐데, 결혼 조건에 그런 걸 단단 말이냐? 그놈 좀 데려오거라. 경을 쳐 주게. 너도 그렇지. 그런다고 네~ 하고 달려와서 이렇게 해야 하는 거야? 뭐 하는 작자라니? 직업이 뭐야?"

"프로농구선수예요."

"……내가 잘 못 들었으니, 다시 말해 보렴."

"운동하는 사람이에요. 프로농구선수……."

이경숙은 할 말을 잃었는지, 한참을 돌아앉아 있다가 힘없는 목소리로 말했다.

"어쩌다…. 어쩌다가 프로농구선수와 연이 닿은 거니? 은수야, 이 결혼을 기어이 해야겠니? 일이 이렇게 되기 전에, 와서 말을 했어야지. 엄마도 알고 계시겠지? 내 불찰이다. 김순호 교수가 뭣 때문인지, 넋을 놓고 있다고 했을 때 널 불러야 했는데……."

"선생님, 이 결정은 제가 했어요. 그 사람은 아무것도 몰라요. 저도 이런 결정을 할 거라고 생각하지 못했어요. 하지만……."

"이제라도 어서 연습에 매진하거라, 머지않아 기다리던 소식이 올 거니까. 네가 너무 맑아서 이런 어처구니없는 일도 생기나 보다."

이경숙은 축축해진 눈을 감고 "어떻게 이렇게 되도록 몰랐을까!"라며 한탄했다.

　은수는 그런 이경숙 앞에 꿇어앉아 선생 무릎에 얼굴을 묻었다.

　"선생님, 전 그 사람이 없으면 안 돼요. 아주 많이 사랑하고 있거든요. 이런 결정이 저라고 어떻게 쉬웠겠어요? 그 사람에게 향하는 마음을 아니라고 부정하며 억지로 눌러도 보고, 마주치지 않으려고 애썼지만, 아무 소용 없었어요. 그 사람 없이는 아무것도 할 수 없어서, 도저히 놓을 수가 없어서 그 남자를 선택했어요. 그 사람은 전국을 돌며 많은 경기를 치러야 하는 프로선수에요. 경기하다가 몸을 다치기 일쑤고, 가혹한 평가와 구설이 쏟아져도 묵묵히 받아 내야 하는 힘들고 외로운 일을 해요. 그래서 전 그 사람 옆에서 한편이 돼 주고, 아플 땐 맘 편히 쉴 수 있게 제가 돌보고 싶어요."

　"너는 지금 누구의 말도 들을 것 같지 않다만, 난 해야 할 말을 해야겠구나. 다리 아프니까 그만 일어나거라."

　이경숙은 눈물범벅인 은수를 일으켜 의자에 앉혔다.

　"은수야, 결혼은 평생을 같이할 사람과 묶이는 인륜지대사야. 그럼, 누구보다 너를 이해하고 함께 의지하며 걸어갈 수 있는 사람으로 신중하게 선택했어야지, 프로농구선수라니……. 난 지혜롭지 못하고 성급했던 너에게 실망과 함께 화가 나는구나. 네 말처럼, 프로선수는 긴 시간 전국을 다니면서 시합을 해야 하는 사람 아니냐. 내 어지간하면 네 남편 될 사람과 너의 장래에 대해 허심탄회하게 얘기하고, 연주와 결혼생활이 병행될 수 있게 같

211

이 애써 보자는 말을 하려고 했었다. 그런데 그런 얼토당토않은 사람을 갖다 대니, 유구무언이구나…… . 그래도 기다릴 테니, 생각이 바뀌면 다시 오너라. 그 남자를 보필하기 위해 바이올린을 접겠다는 네 생각부터 바꿔. 그 사람은 제 몫의 삶을 살고 있는 거고, 너에겐 해야 할 네 몫의 삶이 있는 거다. 요즘 젊은 사람들은 상부상조하면서 원원 효과를 보겠다는 심산이던데. 너는 대체 어느 시대를 사는 거니? 총명한 아이가 이렇게 황망하게 만들 줄이야…… . 그만 가 보거라."

은수는 선생의 용서를 받지 못한 채 그곳에서 나와야 했다. 집에 돌아와 터져 버린 눈물은 다음 날 눈을 못 뜰 만큼 밤새 쏟아졌다. 아마도 그 눈물의 의미는 남자한테 빠져 제 마음조차 제어할 수 없게 된 은수 자신에 대한 연민이고, 큰 집에 홀로 앉아 바람 든 제자의 뒷모습을 바라만 봐야 하는 선생의 허망함일 것이다.

2월의 마지막 월요일 아침에 은수는 승규의 전화를 받았다.

"졸업 축하해, 참석 못 해 미안하고 아쉽고 그러네. 졸업 선물은 아무 말이 없어서 내가 골랐어. 며칠 후에 도착할 거야."

"뭔데요? 미리 말해 주면 안 돼요? 너~무 궁금하단 말이에요."

"안 돼! 선물 받고, 마음에 들면 전화해. 아~ 빨리 나오란다. 갈게."

예식을 마친 졸업생들이 대강당에서 나와 촛불 의식을 시작했다. 청춘의 애환이 고스란히 담긴 캠퍼스를 돌며 작별을 고하는 그들의 모습은 아름답고 겸허했다. 졸업생들은 그 의식을 끝으로 단과대학 곳곳으로 퍼져 나갔다.

은수도 가족과 만나기 위해 대강당 계단을 내려가다가 기다리고 있던 성준을 보게 됐다.

"오랜만……이에요."

"그 꼬맹이가 언제 이렇게 커서 사각모를 쓰게 됐는지…… 졸업 진심으로 축하해!"

성준은 감개무량한 얼굴로 파란 한지로 싼 노란 프리지어를 은수에게 내밀었다.

"고마워요. 선배."

"너 한예종 시험도 안 봤다던데. 어떻게 하려고……."

"…… 다음에 하려고요. 선배는 올해도 화성학 강의를 하는 거예요?"

"나 휴직서 냈어. 공부를 더 해 볼까 해서……. 4월에 쾰른으로 가."

"얼마나 있을 건데요?"

"글쎄……. 은수야, 어떤 경우에도 넌 연주자의 길을 포기하면 안 돼. 하늘이 준 재능을 방기하면 안 되는 거잖아. 내 말뜻, 너도 알지?"

은수는 말없이 성준을 바라봤다.

"…… 선배, 가기 전에 볼 수 있는 거죠?"

"그럼, 어머니께 인사드리고 가야지. 그 이승규하고는…… 다시 만나?"

성준이 끝내 그걸 물어봐, 은수는 숨김없이 답했다.

"네. 우리는 더 진지하게 만나고 있어요."

그 말을 들은 성준의 표정은 복잡했지만, 그는 웃으며 말했다.

"그렇구나! 아무튼, 네가 행복해 보여 좋았다. 다음에 보자."

성준은 서두른다 싶게 경사진 길을 내려갔고, 그 후로 오랫동안 그를 볼 수 없었다.

음악대학을 배경으로 선 민정 자매의 사진을 경수가 찍고 있었다.

"언니, 이러고 있으니까, 25년 전으로 돌아간 것 같지 않아?"

"그래, 한때 우리도 가정대랑 음대 사이를 휘젓고 다니던 시절이 있었지!"

"엄마, 말씀은 나중에 나누시고 여기 좀 보세요. 자~ 찍습니다."

대학에 합격한 경수는 이발한 머리에 회색 양복을 입고, 찍사를 하고 있었다.

가족을 발견하고 뛰어온 은수는 "어머 경수야, 너 오늘 너무 근사하다. 엄마, 이 멋진 동생이랑 먼저 한 장 찍어 주세요"라며 민정에게 카메라를 건넸다. 경수는 찍은 사진들을 세심하게 확인하고 나서, 준비해 온 분홍색 캔디 부케를 은수에게 내밀었다.

"친애하는 누나, 진심으로 졸업 축하해!"

"애는, 갑자기 '친애하는'은 뭐니~ 근데 이 부케 너무 사랑스럽다. 사진 진짜 예쁘게 나오겠는데. 고맙다, 동생아."

"그러니까 지금부터 사진은 이 부케만 들고 찍겠습니다"라면서 경수는 은수가 들고 온 프리지어를 가져다 민숙에게 맡겼다.

"그래야 하는 이유라도 있는 거야?"

"플레이오프 4강을 앞두고 계신 갓승규 님의 심기 보호 차원이니까, 협조 부탁해."

경수는 승규에게 보내 줄 거라며 정말 열심히 대학 곳곳을 다니며 은수의 모습을 카메라에 담았다.

졸업식 사흘 뒤에 준규로부터 전화가 왔다.

"늦었지만, 졸업 축하합니다. 참석 못 해 미안하고요."

"월요일 졸업식이 무례한 거니까, 마음 쓰지 마세요."

"이해해 주셔서 감사합니다. 승규 부탁으로 전할 게 있는데, 오늘 시간 괜찮으세요?"

"편하신 시간에 제가 나갈게요. 시간과 장소를 말씀해 주세요."

준규가 갖고 온 승규의 선물은 까만색 케이스에 들어 있는 바이올린이었다. 뜻밖의 선물에 놀라 보고만 있는 은수에게 "우리는 봐도 모르니까 직접 확인하는 게…… 어서 열어보세요"라고 준규가 말했다. 은수가 떨리는 손으로 케이스를 열자, 은은한 광채를 띠며 주황빛 바이올린이 모습을 드러냈다. 그녀는 얼떨떨한 중에도 자주색 벨벳 틀에 바이올린을 고이 꺼내 들고 첫인사를 했다. 그 아이는 바이올린을 연주하는 사람이라면 누구나 갖고 싶어 하는 아마티 장인의 이탈리아 크레모나산 수제 악기였다. 몸체는 섬세한 곡선으로 이루어졌고, 뒷면에는 나뭇결무늬가 양쪽으로 나 있었다. 바이올린의 네 줄을 스치듯 건드렸음에도 들리는 깊고 맑은소리에 은수의 입에서는 "너무 좋네요……"라는 말이 감탄사처럼 나왔다.

"마음에 든다니 정말 다행입니다."

"하지만, 이렇게 큰 선물을 받아도 되는 건지……. 이러려면 가격이 만만치 않을 거예요."

"무슨 그런 말씀을 하세요. 자리만 괜찮으면 한 곡 청해서 듣고 싶은데, 아쉽네요."

"그런데 어떻게……."

"네~ 혹시 오창희라고 아세요? K 음대에서 첼로를 가르친다고 들었습니다."

"멀리서 뵌 적이 있습니다."

"제 친구 와이프거든요. 승규가 그 친구 부부에게 부탁했다고 합니다. 부탁 말미에 바이올린의 주인이 될 사람은 모차르트를 좋아하고, 어깨가 좁고 작은 체형이라며 참고해 달라는 말까지 했다는 그 친구의 전화를 받고 저도 좀 놀랐습니다. 그리고 오창희 씨가 악기에 관해 궁금한 점이 있으면 언제라도 전화 달라고 했거든요. 이 번호예요."

은수는 얼떨결에 오창희 명함을 받았다.

"참, 전할 말이 있습니다. 승규가 결혼식 드레스 외에 다른 건 준비하지 말고 기다려 달라는군요. 아직 집을 못 구해서 그런가 봅니다. 이 점, 사돈어른께 잘 좀 말씀드려 주세요. 식장 예약은 제가 했으니까, 세세한 건 승규와 만나서 얘기해 보세요. 지금 걔네 팀 기세로는 챔피언 결정 전까지 갈 것 같거든요. 그렇게 되면, 4월 중순에야 모든 일정이 끝날 겁니다."

　　은수는 이 모든 얘기를 민정에게 전하고 나서 새 바이올린을 꺼내 꼼꼼히 살펴보았다.

　"이게 무슨 일이라니……. 승규한테 너무 큰 부담을 준 것 같아 어찌할 바를 모르겠구나. 그리고 아무것도 준비하지 말라니…… 그럼, 뭘 해야 하는 거냐?"

　"집 준비가 안 돼서 그런가 봐. 우리가 앞서 말하면 난처해질 수도 있으니까 기다렸다가 승규 얘기 듣고 해요."

　"그래, 알았다."

　시간을 보고 있던 은수가 핸드폰 통화 버튼을 눌렀다.

　"승규 씨!"

　"선물은 마음에 들어? 옆이면 소리 한번 들어 보는 건데. 내가 좋아하는 거로."

　"승규 씨가 좋아하는 거? 곡명이 뭔데요?"

　"잘 몰라. 그때 제주도에서 들었던 건데, 음은 대충 기억하거든. 음~ 음음 음~ 음음 음~ 음~음……."

　"겨울 2악장? 그 곡 같은데요……."

　"맞아, 겨울이었던 것 같다. 어때, 그 바이올린 소리가 정말 그렇게 죽여 줘?"

"아직 켜 보진 못했어요. 이거 받고 너무 놀라고 떨려서…….
승규 씨, 그런데 나~ 고맙다는 말 한마디 하고 넙죽 받아도 되
는 건지…… 너무 큰 선물이라 어떻게 해야 할지 모르겠어요."

"선물이 니 마음에 들었으면 됐지, 뭐가 더 필요해? 그거 빵빵
~한 내 마음이니까 너도 그렇게 받아. 기쁘고 당당하게……."

" …… 그럴게요. 실은, 너무 갖고 싶었던 거라, 지금 좋아서
죽을 것 같아~ 오래오래 잘 간직할게요!"

은수는 목이 메 겨우 말했다.

"좋다니까 좋네! 졸업식은 잘했더라. 너무 이쁜데, 옆에 꽃남이
없어서 좀 허전했지만. 아, 경수가 니 졸업 사진을 보내 줬거든."

"성준 선배가 꽃 들고 왔었어요."

"홍성준이? 그래서 같이 사진도 찍고?"

"아니~ 꽃만. 4월에 공부하러 독일에 간대요."

"어. 형한테 얘기 들었지? 드레스만 준비하고, 다른 건 아무것
도 하지 마. 내가 아직 살 집을 준비 못 했거든."

"그럼~ 내가 한번 알아볼까요? 작은 거로……."

"아냐 아냐. 그 얘기는 4월에 나가서 하기로 하고, 일단 그렇
게만 알고 있어. 결혼반지는 그때 만나서 맞추자."

"올 때 전화 주세요. 기다리고 있을게요."

새 바이올린이 너무 궁금했던 은수는 그녀가 즐겨 쓰는 바이
올린 줄을 준비해 서둘러 학원으로 갔다. 처음 만져 보는 바이올
린이 몸에도 잘 맞고 음색 또한 마음에 꼭 들어 은수는 그 아이

를 내려놓고 싶지 않았다.

다음 날도 눈 뜨자마자 학원으로 달려갔다. 스케일 연습이 이렇게 즐거운 건 정말 오랜만이라 연습하는 내내 신이 났다.

악기가 좋으니까 에튀드도 명곡이 되는구나! 아! 너무 좋아~ 어떡해, 어떡해…….

그날 은수는 연습을 하다가 '어떡해'를 연발하며 몇 번이나 바이올린을 가슴에 안았다.

14. 결혼식

유니콘스는 통합 챔피언전 준우승으로 2009~2010시즌을 마무리했다. 혈전 끝에 3승 4패로 분패한 유니콘스 선수들은 행사 없이 총알 귀가를 택했다.

승규는 집에 오자마자 기절하듯 소파에 쓰러졌다가 다음 날 정오가 지나서야 눈을 떴다. 그 상태로 멍하니 시간을 보내다가 일어난 그는 물 한 잔을 마시고 누군가에게 전화를 했다.

"…… 오랜만입니다. 이승규 씨."

홍성준은 바로 전화를 받았다.

"오랜만입니다. 걱정했는데, 통화가 돼 다행입니다."

승규는 상대의 반응을 기다렸다가 말을 이었다.

"용건부터 말하죠. 5월 13일에 은수, 내가 데려갑니다. 결혼 기사가 나갈 거라서 알게 되겠지만, 홍성준 씨한테는 내가 직접 말해 줘야 할 것 같아서요."

"…… 5월의 신부가 되겠군요, 은수가……."

"공부하러 멀리 나간다고 들었는데, 아무쪼록 건강 하십쇼."

"감사합니다. 그럼~."

민정에게도 시즌이 끝났음을 알렸다. 민정은 몸은 괜찮냐고 물은 뒤에 와서 밥 먹으라는 말로 반가움을 표했다.

그날 저녁, 승규는 고기와 생선이 그득한 저녁상을 받고도 국물만 몇 번 떠먹을 뿐, 잘 먹질 못했다. 민정은 그런 승규를 보고 '너무 기진맥진해 식욕마저 잃었구나' 안타까워하며 준비한 음식을 가져갈 수 있게 싸 놓았다. 대신 수정과는 먹을까 싶어 은수를 불렀다.

"승규 씨, 찬 수정과 있는데, 마실래요?"

"어. 혼자 결혼식 준비하느라 힘들었겠다."

민정은 얼른 잣을 둔 수정과를 큰 잔에 따라 은수에게 주었고, 승규는 그 수정과를 달게 마셨다.

"형님이 다 하셔서 난 한 것도 없어요. 내일 나가서 반지랑 승규 씨 양복만 맞추면 될 것 같아요."

"양복은 협찬받는다니까 됐고, 반지 맞추고 나서 니 옷이나 몇 벌 사자. 신혼여행은 강원도 펜션으로 정했어. 가서 편히 있다 오려고. 그럼, 다 된 건가?"

은수가 메모해 놓은 것들을 살펴보더니 고개를 끄덕였다.

"그리고 모레, 기자들 만나서 결혼 발표할 거야. 그쪽에선 너랑 같이 보자는데, 나 혼자 나갈 거니까 당분간 모르는 전화는 받지 마. 모레 저녁에 우리 결혼 기사 나갈 텐데, 가까운 사람들한테는 먼저 알려야 하지 않아?"

"그래야겠죠? 지금 말해야겠다."

은수는 승규 옆에 앉아 핸드폰을 열었다.

"혜연아, 대학원 진학 축하해. 난 그럴 일이 생겼어. 결혼하거든. 신랑이 네가 아는 그 사람이냐고? 놉, 비주얼 최강의 뉴페이스야, 하하하. 궁금하지? 그럼, 와서 직접 확인해. 5월 13일 오후 5시 공항터미널 예식장이야."

옆에 있던 승규가 '비주얼 최강 뉴페이스'라는 말에 은수의 머리를 마구 헝클어뜨렸다.

"내 웨딩마치는 네가 해 줄 거지? 고마워! 민서 번호 보내 줄게. 그전에 우리 얼굴 한번 봐야지. 물론이야. 내 결혼 소식 마구마구 뿌려 줘. 그래 전화하자."

"안녕하셨어요, 원장님? 독주회에 와 주셨는데 답례 인사도 못 드렸습니다. 변명하자면, 제가 신경 써야 할 일이 있었어요."

"무슨 일? 유학 가니? 좀 빨리 말해 주지."

"그게 아니라, 저 결혼해요."

"결혼? 어쩜~ 내가 한발 늦었네……. 맞선 봤니? 신랑은 어떤 사람인데? 그동안 만나는 사람이 있었던 거야?"

"원장님 덕분에 그렇게 됐어요. 유니콘스 선수거든요."

"어머! 그럼, 강의할 때 만난 거구나. 유니콘스 누구? 누군데?

"포인트 가드 보는 이승규 선수예요."

"이승규 하면 다 아는데, 설명은. 어떻게 이런 일이 있니? 난 듣고도 믿기질 않네……. 그 사람이 엄청나게 작업을 했구나? 내가 좀 위험하다 싶었어……."

"제가 먼저 좋아했어요. 지금도 제가 더 많이 좋아하는걸요."

"하하하……. 은수야, 너 좀 깼다. 그렇게 좋아? 아무튼, 좋아하는 사람과 결혼한다니 진심으로 축하해. 결혼식이 언제야? 꼭 갈게."

"원장님, 옆에 이승규 선수가 인사드리고 싶대요."

"어머, 그럼 바꿔 줘."

"전화로 먼저 인사드립니다. 이승규입니다. 원장님께서 저희 두 사람을 이어 주셨으니 평생 은인으로 모시겠습니다."

"은인은 무슨……. 난 이승규 선수 팬이에요. 우리에게 보여 주는 멋진 농구만큼이나 남자로도 최고일 거라 믿어요. 실은, 조카한테 은수를 소개하고 싶었는데, 칼도 못 뽑아 보고 이승규 씨한테 뺏겼네요. 결혼 축하합니다!"

"감사합니다. 조만간 찾아뵙겠습니다."

"원장님이 승규 씨를 아나 봐요."

"팬이래. 널 조카한테 소개하고 싶었는데, 아쉽다고."

"난 처음 듣는 말인데. 이제 한 통만 더하면 돼요."

은수는 미국에 있는 영희에게도 결혼 소식을 알렸고, 영희는 제 일처럼 흥분하며 좋아했다. 서로의 근황을 나누고 나서 제일 잘 나온 결혼사진을 보내 주기로 하고 통화를 끝냈다.

아무 소리가 없어 돌아보니, 승규는 소파에 기대 잠들어 있었다. 은수는 조용히 다가가 보고 싶었던 승규를 맘껏 살펴보았다. 거뭇하게 자란 수염 때문에 더 지쳐 보이는 그의 얼굴과 두 팔에는 경기 중에 긁힌 생채기와 멍이 여기저기 나 있었고, 붕대를 감아 놓은 왼손 네 번째 손가락은 자면서도 조심스러운지 가슴

위에 얹어져 있었다.

가엾은 내 사람, 그동안 얼마나 힘들었어요. 이기면 좋고 아니면 마는 거긴, 거기가 그렇게 편할 수 있는 자리던가요? 그래도 무사히 끝내고 이렇게 돌아와 줘서 반갑고 고마워요. 이제 집에 왔으니까, 승규 씬 쉬기만 해요. 다른 건 내가 다 할 테니까……

은수는 베개와 이불을 들고나와 승규에게 덮어 주고 거실 전화기를 빼 놓았다.

시즌 동안 60번이 넘는 경기를 풀로 뛰어야 했던 승규의 심신은 탈진에 가까웠다. 거기다 몸 곳곳에 입은 부상 통증과 일상생활로 돌아와 혼란스러울 동생을 위해 준규는 결혼과 관련된 일들을 대신 해결했다. 은수도 펜션에 전화해서 신혼여행에 필요한 것들을 확인하고 준비했다.

가족의 배려에도 승규는 바빴다. 장소만 바뀌었을 뿐, 약속된 행사와 팬 사인회, 광고 촬영과 사전 미팅, 방송 출연 등이 줄지어 기다리고 있었다. 그래서 승규는 병원 치료를 은수와 동행했고, 잠깐이라도 짬이 나면 집에 들러 함께 차를 마시거나, 은수 앨범과 연주회 녹화영상을 보았다. 종일 비가 내려 모든 스케줄이 취소된 날에는 함께 장을 봐다 비빔국수를 만들어 먹었다. 그리고 아무 계획 없이 누워서 TV를 보았고, 얘기하다 졸리면 잠들었다가 출출하면 승규가 좋아하는 만두를 쪄 먹었다.

두 사람은 행사차 간 춘천에서 만나 〈맘마미아〉를 보았다. 자동차에 앉아 영화를 보던 승규가 피곤했던지 잠들어 버려 은수는 야외극장 하늘에 뿌려진 별을 세며 그가 깨어나길 기다렸다.

찬란한 햇빛이 축복처럼 쏟아지는 5월에, 하얀 면사포에 쌓인 은수가 이모부의 손을 잡고 버진로드 위를 걸어가고 있다. 기다리던 신랑이 느린 행진을 못 참고 미리 걸어 나가 신부를 맞이하는 것을 보고, 참석자들은 이승규다웠다면서 웃음을 터뜨렸다.

분홍 장미로 장식한 결혼식 홀은 피아노 4중주의 〈fly me to the sky〉 연주로 한껏 흥이 올라 있었고, 각 구단 선수들의 유쾌한 호응까지 더해져 즐거운 파티장 같았다. 그런 가운데 경건하게 결혼 서약서를 낭독하는 승규와 그 모습을 따뜻하고 차분하게 지켜보는 작은 신부의 조화는 잔잔한 감동을 자아냈다.

결혼 기사가 나가자, 언론의 관심은 이승규 피앙세에게 집중됐다. 그들의 끈질긴 인터뷰 요청 끝에 〈딱 1시간〉이라는 조건을 붙여 은수는 인터뷰와 사진 촬영시간을 가져야 했다 베일에 싸인 이승규의 여자를 파헤칠 시간을 기다렸던 기자들은 일찌감치 나와 중앙의 자리를 선점하고 작은 것 하나도 놓치지 않겠다는 마음으로 인터뷰를 시작했다.

Q: 먼저, 기자단을 대표해서 두 분의 결혼을 축하드립니다. 이승규 선수의 전격적인 결혼 발표로 모두가 놀랐는데요. 왜 이렇게 갑작스런 발표를 하게 됐는지 그 이유가 궁금합니다
A: 저희는 결혼을 미룰 이유가 없다고 생각했습니다.
Q: 항간에는 혼전임신이 아니겠냐는 말이 돌았는데요.
A: 결혼식 일정은 그 사람의 경기 일정이 끝나는 시기에 맞춘

것뿐입니다.

Q: 언짢을 수 있는 질문이었는데, 성심껏 답해 주셔서 감사합니다. 그럼, 이승규 선수가 정식으로 청혼을 한 건 언제였습니까?

A: 4개월 전으로 기억합니다.

Q: 그럼, 그때 5월 결혼 말도 나왔던 건가요?

A: 네, 부모님이 허락하시면 시즌 끝나고 바로 결혼하고 싶다며 제 생각을 물었습니다.

Q: 이승규 선수가 발표만 깜짝쇼로 한 거였네요.
이승규 선수와는 언제 어떻게 만나게 됐나요? 일설에는 사제 간이였다고 하던데요.

A: 그렇습니다. 구단 영어 강사였던 저와 이승규 선수는 2년 전, 봄에 연수원 강의실에서 처음 보게 되었습니다.

Q: 강사였으면, 이승규 선수의 영어 실력을 누구보다 잘 아시겠네요. 이승규 선수는 어떤 수강생이었나요? 강사로서 그에게 영어 점수를 준다면 몇 점입니까?

A: 출석률은 매우 높은 수강생이었지만, 수업 태도는 그리 적극적이지 않았어요. 챕터마다 봤던 테스트는 50점 정도였고요.

Q: 이승규 선수의 높은 출석률은 순전히 영어 강사 때문이었다는 설이 있던데요, 출석률 100%가 맞나요? 저도 이승규 선수를 좀 압니다만, 좀처럼 믿기 힘든 얘기거든요.

잠시 웃음소리가 났다.

A: 강의할 때는 이승규 씨의 그런 저의를 몰랐어요. 그런데 얼

마 전에 저를 보기 위해 강의에 들어왔던 거라고 그 사람이 말하더군요. 그러니까 틀린 설은 아니었네요.

홀 안에 있던 기자들이 모두 웃었다.

Q: 보는 눈이 많아 쉽지 않았을 텐데, 데이트는 주로 어디서 했는지 궁금합니다. 이승규 선수가 연인을 즐겁게 하려고 어떤 노력을 했는지도 말씀해 주시지요.

A: 우리는 자주 만나지 못했어요. 그 사람은 원정경기에 맞춰 늘 이동해야 했고, 저도 학생이었기 때문에 시간 맞추기가 쉽지 않았거든요. 공원과 연수원 정원에서 얘기를 나눴고, 만나면 밥을 먹거나 영화를 봤어요. 농구하는 걸 보여 주기도 했고요.

Q: 2년 전, 제주도에서의 일은 정말 우연이었나요? 아니면 같이 있다가 그 일이 터졌던 건 아닌가요? 오늘은 그날의 진실을 말씀해 주시지요.

월간 〈덩크〉의 유희선 기자였다.

A: 우연이었어요. 그 사람이 제주도에 온 것도 그날 알았으니까요. 제주도에서 사적인 만남은 없었지만, 그날 위험에 처해 있던 저를 구해 준 이승규 선수가 특별하게 각인된 건 맞습니다.

Q: 이승규 선수의 어떤 점이 결혼을 결심하게 했습니까?

A: 그 사람은 천진무구한 소년 같아요. 그런 사람에게 어떻게 반하지 않을 수 있겠어요?

Q: 지금 그 말은 좀 이해하기 힘든데요, 이승규 선수 하면 승부

근성 아닙니까? 목표로 정했으면 빼앗고야 마는 공격적 성향, 할리우드 액션과 노룩 패스로 정평이 나 있는 터프가이 아닙니까? 이 선수의 그런 매력 때문에 심심찮게 스캔들이 터졌던 거고요. 아, 제가 실언을 했습니다. 그런 이 선수에게 천진난만이라는 표현은 맞지 않는 것 같아서요. 아무리 신랑이 될 사람이지만요.

다시 웃음이 터졌고, 은수도 환한 얼굴로 답했다.

A: 농구 선수 이승규는 말씀하신 대로 굉장한 승부사가 맞습니다. 하지만 저와 결혼할 남자 이승규는 속 깊고 따뜻한 사람입니다.

Q: 이승규 선수를 사랑하는 마음이 말 속에 그대로 묻어나 듣는 저희도 가슴이 뭉클해지네요. 이번 시즌을 끝으로 이승규 선수는 FA 선수가 됩니다. 혹시 이 선수 거취에 대해 들은 얘기가 있는지요?

A: 없습니다. 비단 FA뿐만 아니라, 이승규 선수는 저한테 농구에 관한 말을 거의 하지 않아요.

Q: 이 선수가 왜 그러는 걸까요?

A: 그건, 제가 프로농구에 대해 잘 몰라서일 수도 있고, 이승규 선수 성격상, 자신의 활약과 관련된 것들을 직접 말한다는 게 쑥스러워서가 아닐까 짐작만 하고 있습니다.

취재진은 "그거네요"라며 동감을 표했다.

Q: 결혼식 끝나고 신혼여행은 어디로 갑니까? 당연히 사람들의 관심에서 자유로운 해외로 나갈 것 같은데, 여행지와 일정이 알고 싶습니다.

A: 저희는 강원도 산골에서 보낼 겁니다. 어디라고 말씀드릴 수는 없지만, 전화 통화도 안 되는 곳이라고 들었습니다.

Q: 끝으로, 결혼생활을 시작하는 신부님의 각오 같은 걸 들을 수 있을까요?

A: 결혼을 앞둔 다른 신부님들과 저도 같은 마음입니다. 제가 믿고 의지하는 제 옆에 그 사람과 서로를 존중하며 정성을 다해 살겠습니다. 오늘 와 주셔서 고맙습니다.

신랑·신부는 새벽까지 이어진 피로연으로 신방 거사도 거른 채, 호텔 룸에서 잠들었고, 이튿날이 돼서야 허니 문 하우스로 떠날 수 있었다.

15. 허니문

　잠에서 깬 승규는 화장실에 갔다가 나와 그대로 주저앉았다. 은수는 관자놀이를 누르며 오만상을 짓고 있는 그에게 숙취해소제를 건네주었다.

　"그렇게 마셨는데 안 아프면 그게 이상한 거예요. 어서 약부터 먹어요."

　그는 군소리 없이 약과 물 한 병을 들이키고 나서 처음으로 입을 뗐다.

　"그럼, 우리 몇 시에 잔 거야?"

　"……."

　승규는 대답 없는 은수를 보고 있다가 당황한 듯 말했다.

　"뭐야, 우리 안 잤어?"

　첫날밤을 보낸 신부 매무새가 흐트러짐 없이 어제와 똑같았으니 누구라도 알 일이었다. 뒤늦게 그걸 알게 된 승규는 벌떡 일어나 짐을 꾸리기 시작했다.

　"바로 출발할 거니까 편한 옷으로 입어."

　아직 숙취도 안 가셨는데…….

은수는 지금 떠난다는 말에 걱정이 앞섰다.

"여기서 하루 더 쉬고 내일 가는 게 어때요?"

"충분히 잤어. 샤워만 하고 나갈 거야."

"그럼, 아침 먹고 나서 천천히 가요. 그래도 어둡기 전에 도착할 거예요."

"힘들면 가면서 쉴 거니까 얼른 준비해. 밥은 가면서 먹자."

"엄마가 프런트에 음식 가방 맡겼다니까 그거 먹으면 될 것 같아."

결국, 두 사람은 양식 가방까지 싣고 경부 고속도로로 진입했다. 그제야 느긋해진 목소리로 승규가 말을 걸어왔다.

"어제 본 그 친구들 말이야. 음대생 애인들이라 그런가 피아노 잘 쳐, 노래도 잘해…… 왜들 키까지 그렇게 큰 거야, 농구 선수 기죽게. 부케 받은 친구, 경미라고 했나? 그 친구 애인은 배우처럼 생긴 놈이 피아노까지 잘 치니까 다들 그 친구만 쳐다보더라고……."

"요즘 그런 남자들이 꽤 있나 봐요."

"남 말하듯 하네. 너도 뻑이 갔드만……."

"그래서 술만 마셨던 거군요. 여자들 시선을 그쪽한테 뺏겨서. 난 어깨가 저리도록 긴장하고 있었는데……."

"긴장을 왜 해?"

"그렇게 마시다가 쓰러지기라도 할까 봐, 결국엔 그렇게 됐지만……."

"은수야~ 너 말야…. 내 직업에 대해 진지하게 생각해 본 적 있어?"

"무슨 뜻이에요? 프로농구선수라는 직업에 대해 묻는 거예요?"

"어제 보니까, 그 친구들은 의사에 펀드매니저고 공무원이더라. 다들 안정된 일을 하고, 재테크에도 도통했는지 주식투자 얘기 나오니까, 배팅 한 번으로 몇천씩 벌었다면서 유망종목 공유하고 그랬잖아."

"승규 씨도 많이 벌잖아요?"

"이 프로선수라는 게, 잘 나갈 때야 조~치. 근데 이게 언제 작살날지 모른단 말이지. 일단, 부상 확률이 반 이상이라 부상 노이로제는 달고 살아. 또 기가 막힌 루키가 나타나 판도가 바뀔수도 있고. 회사 사정으로 트레이드돼서 졸지에 찬밥 신세가 되기도 하고……. 한번 밀려나면 재기도 어렵고, 뛸 수 있는 시간도 존나 짧아서 서른다섯이면 퇴물 취급하는데, 그렇게 되면 뭘해서 먹고사냔 말야. 난 재테크고 뭐고 아는 거 개뿔도 없는 고졸인데. 진짜 불안하지 않냐?"

은수는 잠자코 듣고 있었다.

"어제 걔들 보니까, '어린것들한테 발리면 바로 뜨는 거지, 가오 빠질 일 있나!' 하면서 살았던 내가 참 한심하게 느껴지더라. 또 이런 나를 서방이라고, 내 옆에 '좋아라~' 앉아 있는 널 보니까, 왜 그렇게 가엾던지……. 내가 오륙 년 프로 생활하다가 어찌어찌해서 들어앉게 되면 너 어떡할래? 이제 겨우 서른 넘긴 놈이 말이야."

"그렇게 불편한 자리였으면 일어나자고 하지 그랬어요?"

"말 돌리지 말고, 어떡할지나 말해."

"그것보다 먼저 할 말이 있어요. 지금까지 그랬겠지만, 앞으로도 승규 씨가 결정해야 하는 모든 선택의 최우선은 농구예요. 우리에게 승규 씨 농구를 앞서는 건 아무것도 없으니까."

그는 고개를 끄덕였다.

"승규씨가 당신의 모든 열정을 농구에 쏟아부었음에도 집에 머물러야 하는 상황이 된다면……."

"그래~ 집에서 썩게 되면, 어쩔 거냐고?"

"쉬는 김에 제대로 쉬는 거죠. 그동안 얼마나 몸을 혹사했어요? 승규 씬 휴식이 필요해요. 농구하느라 못했던 것들 하면서 물리도록 쉬자고요. 내가 고기반찬 해서 밥상 차리고 말벗이 돼줄게요. 그렇게 놀다가 하고 싶은 게 떠오르고, 그걸 해야겠다는 생각이 들면 해요. 그게 뭐든 내가 전폭 지원할게요."

"아무리 놀아도 하고 싶은 게 없으면……?"

"그럼, 돈은 내가 벌어 올게, 승규 씨가 집안일을 해요. 그것도 잘할 거잖아요."

승규는 말만으로도 든든하다고 말했다.

"그리고 재테크 못하는 걸 왜 걱정해요? 당신이 가져다주는 돈으로 저축도 하고 부족함 없이 쓸 건데. 승규 씨가 유명선수로서 받는 큰돈은 그만큼의 아픔과 고충이 포함된 금액일 거예요. 당신이 벌어 오는 피땀 어린 돈, 아끼고 쪼개서 소중하게 쓸 거니까 그런 걱정 하지 말아요. 혹여, 승규 씨 상황이 여의찮으면 내가 벌게요. 똑똑한 최은수라면서 나를 못 믿는 건 아니겠죠? 우리의 결혼이 승규 씨를 옥죄는 사슬이라면 난 완전 실패한 거예요. 나는 당신의 막강한 지원군이 되고 싶거든요. 내가 있어 승규 씨가 더 여유 있고, 불운한 일이 닥쳐도 꿋꿋하게 물리칠 수 있는 행복하고 강한 사람이길 원해요."

"맞아, 나한테 넌 그런 사람이야."

"그럼, 지금처럼 자신감 넘치는 '이승규 농구'를 해요. 그리고 기어이 코트를 떠나야 한다면, 훌훌 털고, 우리 같이 새로운 세상을 찾아 떠나요. 나쁠 것 같지 않은데 뭐……."

그녀의 긴 대답에 승규는 "역시, 겁이 없어"라고 말하고, 줄곧 운전만 했다.

은수는 분위기 전환을 하려고 "어제 진실게임이 어떻게 끝났는지 궁금하죠?"라며 다른 말을 꺼냈다. 그는 그냥 "음……"이라고 했고, "궁금하지 않냐고요?"라고 다시 물어도 "어?"가 다였다.

뭐지……. 그냥 조용히 가자는 건가?

그렇게 기다리다가 은수는 깜박 잠이 들었고, 눈을 떴을 땐 지붕을 열어 둔 채 차는 그늘에 서 있었다. 차창으로 바위에 앉아 있는 승규가 보였다. 그는 강을 내려다보며 생각에 잠겨 있었다. 은수는 음료수를 챙겨서 그가 있는 곳으로 갔다.

"무슨 생각을 그렇게 해요?"

"다 잔 거야? 푹 자라고 차 세웠는데."

걸어오는 은수를 향해 승규가 말했다.

"무슨 고민 있어요?" ―――――――――

"고민은……. 속이 메슥거려서 앉아 있었어."

"약 먹을 때 됐어요. 오렌지 주스 줄까요??"

"그냥 물 줘."

은수는 숙취 약과 물을 주고 나서 다시 그 얘기를 꺼냈다.

"진실게임 끝이 어땠는지 정말 궁금하지 않아요?"

"아~ 미친놈들. 진실게임 핑계로 물어본다는 게, 어느 호텔에서 첫 키스를 했냐? 승규가 은수 씨 어디를 제일 많이 만지냐? 순 그딴 것만 묻는데, 얼른 정신줄 놓는 게 답이지."

"그러려고 그렇게 마셨던 거예요?"

"나중엔 작당해서 파고들데. 성훈이 그 쉐끼가 젤 신났어. '강의 끝나고 어디서 만났냐? 니들 설마 연수원 뒷산을 애용한 건 아니지?' 산딸기 찍어? 뒷산은……."

"뒷산은 꽤 가파르던데, 거길 어떻게…… 후훗 하하하하."

"연애하다 낙상사 할 일 있어? 어이가 없어서."

두 사람은 황당했던 질문들을 얘기하면서 몇 번이나 웃음을 터뜨렸다.

"승규 씨가 말 안 하고 버티니까 분위기가 독립투사 취조실 같았어요. 정원 씨가 심각하게 그러는 거예요. '더 마시면 승규가 위험한데……. 이미 치사량을 넘겼거든요. 그러니까 저 꼴통 대신 은수 씨가 말해요. 신랑은 살려야 하잖아요.' 내가 봐도 승규 씨가 힘들어 보였고, 치사량이라는 말에 덜컥 겁이 나 말하겠다

235

고 했어요. '아시다시피 영어 강의실에서만 보다가 처음 말을 나눴던 게, 강의가 끝나고 갑자기 비가 쏟아졌던 날이었어요…….' '드디어 나오네. 비가 쏟아졌다잖아…….' 기대에 찬 친구들에게 그날 얘기를 막 하려는데, 승규 씨가 어렵게 고개를 들고 '하지 마! 은수야~ 말하지 마' 하면서 나를 보는 거예요. 난 심상치 않은 그 눈빛에 눌려 입을 닫아야 했고요. 누가 이걸 결혼식 피로연 얘기라고 하겠어요? 고문실의 비화지."

"그래서 어떻게 됐어?"

"승규 씬 다시 벌주를 마시다가 테이블 위에 엎어졌어요. '당분간 얘 기록 깨기 어렵겠다' '이 연애 투사 업어다 뉘어야겠는데' '미안합니다. 제수씨. 본의 아니게 신랑을 이렇게 만들었네요' '우리가 죽일 놈들입니다' 이런 말을 하면서 친구들은 아쉬워했어요. 하지만 어쩌겠어요. 주인공이 쓰러졌는데……."

정원이가 승규를 부축해 방으로 오면서 친구의 얼굴을 만지며 중얼거렸다.

"네가 연애라는 걸 하면, 이렇게 유난스러울 걸 난 알고 있었다. 새까~."

그리고 늘어진 승규를 추켜 안으며 은수에게 말했다.

"은수 씨가 승규 첫사랑인 건 알아요? 내가 승규 17년 친구거든요. 오늘 보니까, 얘가 은수 씰 엄청 좋아하는 거 난 알겠던데. 내 친구 많이 사랑해 주셔야 합니다. 괜히 인상만 긁고 다니지, 여린 놈이에요. 아시죠?"

첫사랑……? 내가 이승규 첫사랑이라고? 말도 안 돼…….

은수는 침대에 널브러진 승규를 바라보며 한동안 생각에 잠겨 있었다. 그리고 이 얘기는 승규에게 말하지 않았다.

"그래서 누가 날 끌고 왔어?"

"정원 씨가. 그리고 나 혼자 옷 벗기느라 한바탕 씨름했고……. 늘어진 승규 씨를 어떻게 할 수가 없어서 좀 굴렸는데. 후훗~ 속 괜찮아요?"

"가라앉았어."

"그럼, 가면서 얘기해요. 산길 운전이라 어두워지면 힘들 수 있어요."

두 사람은 다시 차에 올라 펜션하우스로 향했다.

"계속 대답을 피하는데, 피아노 치면서 팝송 부르는 놈 보면서 너 솔직히 끌렸잖아?"

"대답 안 할 거야."

"봐~ 내 말이 맞지. 남자가 봐도 축축해지던데, 뭐. 아! 이제라도 피아노를 배워야 하나……. 그런 놈 보면 어쩔 수 없이 마음이 흔들리지? 말해."

"내 대답이 듣고 싶으면, 승규 씨도 약속 하나 해야 해요."

"뭔데? 먼저 들어 보고."

"아니, 무조건 들어줘야 해요. 아니면 내가 어떤 남자한테 뻑 가는지 말 안 할 거야. 가만 보면, 승규 씨는 나를 조선시대 신사임당쯤으로 보는 것 같은데, 나 방년 22살, 피 끓는 청춘이에요."

"그래, 약속할게. 뭔데? 약속한다니까……."

"약속했으니까 반드시 들어주는 거예요?"

"말해. 뭐냐고?"

"승규 씨! 제발~ 술, 그렇게 폭음하지 마! 그러다 정말 큰 일이라도 나면, 어떡하려고 그래요. 치사량이 넘도록 그걸 왜 몸에 붓고 있는 거예요. 요즘 난, 술만 생각하면 가슴부터 뛴단 말이에요. 승규 씨가 누굴 만나러 간다고 하면 겁부터 나고. 만나면 술자리로 이어질 텐데, 이 사람이 취해서 어딘가에 쓰러져 있는 건 아닐까……. 그러기 시작하면 난 안절부절 좌불안석 정서불안으로 아무것도 할 수가 없어요. 그러니까 승규 씨, 약속해 줘요. 이런 나를 생각해서라도 그 술버릇은 버리겠다고……."

승규는 가슴이 덜컥 내려앉았다. 은수가 이토록 마음 졸이며 걱정할 줄은 생각하지 못했기 때문이었다.

"누가 들으면, 이승규가 술통에 빠져 사는 줄 알겠어. 그래, 조심할게."

"그렇게 말고, '남아 일언 중천금'의 굳은 의지를 갖고 약속해요."

"결혼하자마자 금주령부터 내리시면서 거저 받아 내려고 하네. 저 앞에다 차 댈 거니까 약속은 알아서 받아 가."

그러면서 승규가 나무 그늘에 차를 세우자, 은수는 뒷좌석에 있던 보온병을 꺼내 왔다. 아침에 민정이 넣어 준 찬 대추차였다.

"왜, 양치부터 하라고?"

"아니~ 차 세우면 줘야지 하고 기다렸어요. 숙취에 좋다니까 마셔요."

승규는 말은 됐다고 하면서 가득 따라 준 대추차를 단숨에 마셨다.

"아~ 예뻐! 먹는 모습이 이렇게 복스러운 사람이 이승규 말고 또 있을까?"

승규 볼에 입을 맞춘 은수 들으라고 그는 혼잣말처럼 말했다.

"음~ 서방님 주사를 걱정만 했지 고칠 생각은 없구만. 그럼, 하던 대로 퍼마시고 아무 데나 뻗는 거지 뭐."

"…… 지금 할 거니까 이쪽으로 얼굴 좀 돌려 볼래요?"

"하고 싶으면 그쪽이 건너오든가 덮치든가……."

그 말에 엉거주춤 다가와 입을 맞추려는 은수를 승규가 안아다 그의 무릎에 앉혔다. 그는 은수와 눈을 맞추고 있다가 진지하게 말했다.

"그게 그렇게 걱정됐어? 안절부절못하게? 그래서 어제도 어깨가 저리도록 떨고 있었던 거고. 아~ 가엾어라! 니가 그렇게 걱정하는지 몰랐어……. 이제부턴 안 할게. 술 퍼마시는 거 안 한다고. 약속할게."

"정말? 맹세할 수 있어요?"

"어, 맹세해. 니가 그렇게 속을 태우는데, 그 짓을 왜 해, 나 안 해."

승규는 맹세하듯 정성을 다해 입을 맞췄다.

"자, 너도 말해야지. 어떤 놈한테 뻑이 가는지."

집요하긴…….

그래서 은수는 피아노 치는 남자에 대한 생각을 밝혀야 했다.

"사람들은 자신이 가지지 못한 걸 가진 사람을 동경한다고 해요. 내가 할 수 없는 걸 능숙하게 하는 사람에게 호감과 매력을 느낀다는 거겠죠. 이 관점에서 보면, 내가 피아노 치며 노래를 불러 여심을 흔드는 남자에게 관심이 없는 건, 전혀 이상하지 않아요. 무대 위에서 연주하며 관객과 교감하는 건 내가 늘 하는 거니까요. 반면에, 공이 날아오면 피하기부터 하는 내가, 우리나라 최고의 포인트 가드에게 호감을 느끼고 그에게 빠져 버린 건 너무나 자연스러운 거예요. 게다가 얼마나 속 깊고 멋진 남잔데……. 사실, 난 걱정이 되면서도, 폭탄주 10잔을 기꺼이 들이켜고 우리의 추억을 간직한 당신에게 감동했고…… 순백의 드레스가 부끄럽지 않게 나를 지켜 준 승규 씨에게 마음 깊이 감사하고 있어요. 난 이런 당신을 언제까지나 기억하고 사랑할 거예요."

"……."

"왜요?"

"넌 참……." 승규는 축축해진 눈으로 은수를 보며 말했다.

"별것도 아닌 나를 폼나게 말해 주는 참 특별한 사람이야. 니가~ 이러니까, 내가 진짜 괜찮은 사람이 돼야 할 것 같단 말야."

두 눈에 별을 가득 담은 은수가 자신의 뺨을 승규 뺨에 맞대고 말했다.

"너무나도 멋진 분이 이렇게 겸손까지 할 거예요? 승규 씬 내가 아는 사람 중에 제일 훌륭해요! 진심으로……."

"…… 너 자꾸 이러면, 나 진짜……! 일단 가자. 이러다 길에서 일내겠어."

강원도 평창에 위치한 펜션은 3개 동으로 돼 있었다. 산자락 안쪽으로 주인부부 살림집이 있었고, 팬션의 중심인 안내창구와 식당이 있는 2층짜리 객실 건물이 그 옆에 자리 잡고 있었다. 그리고 좀 떨어진 곳에 보이는 정원 딸린 2층 단독주택이 승규와 은수가 머물게 될 허니문 하우스다.

마지막 통화 중에 물었던 희망 사항에 대해 '조용한 평화'라고 말한 걸 기억하는지, 주인 부부는 "오시느라 고생 많으셨습니다!"라는 인사와 몇 가지 물품과 우유가 담긴 바구니만 주고 돌아갔다.

'도시공해에서 벗어나 고요한 자유를'이란 홍보 슬로건에 맞게 집안에는 침대와 식탁 의자 같은 기본 가구와 냉장고, 주방용품만 갖춰져 있고, 요란한 가구나 TV와 노래방 기기, 와이파이 공유기, 시계는 보이지 않았다.

은수는 제일 먼저 바이올린을 들고 와 이층 방 잠금 벽장에 두었다. 신혼여행에 바이올린이 웬 말이냐는 걱정을 들으면서까지 가져온 이유는, 승규에게 새 바이올린 소리를 들려주고 싶었고, 그 아이와 떨어지고 싶지 않아서였다.

승규가 여행 가방과 아이스박스를 옮겨놓고 침대로 가 눕는 걸 보고, 은수는 부엌으로 왔다. 여과지에 커피를 덜어 놓고 물이 끓는 동안 부엌살림을 구경하다가 갓 뽑은 커피를 들고 방에와 보니 그는 잠들어 있었다.

은수는 이불을 덮어 주고 나와 뭘 할까 하다가 부엌 창으로 보이던 숲길을 걷기로 하고 집을 나섰다.

"새댁, 어디 가시게요?"

부르는 소리에 돌아보니, 텃밭에서 채소를 따고 있던 안 주인이었다.

"좀 둘러보고 싶어서 나왔어요. 어머~ 여긴 별별 채소가 다 있네요."

펜션 밭에서 자라고 있는 것들을 둘러보며 은수가 말했다.

"네~ 오늘 저녁상에 다 오를 것들이에요. 우리 집 양반이 지금쯤 잡은 닭을 솥에 안쳤을 거니까 이따 6시쯤 안채로 오셔서 저녁 드세요. 솜씨는 없지만, 산골 밥상이라 별미일 거예요. 그런데 신랑이 안 보이네요?"

"피곤했는지 잠들었어요. 저도 좀 거들게요."

"그럼, 버섯 키우는 방에 가 볼래요?"

"버섯도 키우세요? 이렇게 청정한 곳에서 먹거리까지 키워 드시니, 좋으시겠어요."

"예에~ 이젠 여기 떠나서는 못 살 것 같아요."

가운데 동 뒤에 비닐하우스 안에는 중간 굵기의 참나무 토막들이 줄지어 놓여있고, 버섯은 거기 붙어서 자라고 있었다. 안주인은 밭에서 딴 채소들을 바구니 한쪽으로 밀어 놓고, 만개한 버섯부터 따 담았다. 은수는 싱싱한 버섯을 보다가 좋은 생각이 났다.

"혹시, 버섯을 팔기도 하세요? 선물로 드리면 좋을 것 같아서요."

"얼마나 필요한데요?"

"한~ 여섯 묶쯤, 될까요?"

"그럼요. 가져가기 좋게 말려 놓을게요."

버섯 방에서 나와 걷다가 파초 이파리가 흔들리는 걸 보고 멈춰 섰다. '뭐지?' 하고 살펴보던 은수는 수풀 속에서 큰 토끼를 발견하고 깜짝 놀랐다. 그 토끼도 놀란 눈으로 은수를 쳐다보다가 산 쪽으로 뛰어가 버렸다.

마침 산 방향으로 나 있는 산책로 표지판을 보고 걸어갔더니 멀지 않은 곳에 개울이 흐르고 있었다. 누군가 옮겨다 놓은 징검돌을 밟고 건너갔다가 기운 해를 보고 되돌아왔다.

아직 자고 있겠지…….

어슴푸레한 물가 돌 위에 앉아 있던 은수는 방 안의 승규를 떠올리자, 가슴이 뛰기 시작했다. 이 뚝딱거림은 그녀가 초야의 밤일로 속앓이를 하면서 시작된 징후다. 은수는 그것이 결혼한 남녀의 지극히 당연한 애정 표현이고, 나아가 인류의 종족 번식을 위한 숭고한 행위라고 수긍하면서도 그 행위를 승규와 해야 한다는 게 너무 부끄러웠다. 거기다 그 일을 치르고 나서 그 사람과 한 공간에서 생활하며 부딪칠 생각을 하면 얼굴이 달아오르고 온몸이 움츠러들었다. 이 생각을 하며 한숨을 내쉬던 그때, 뭔가가 은수의 어깨를 건드려 그녀는 경기하듯이 벌떡 일어났다.

"어, 놀라라! 왜 이러고 있어?"

은수보다 더 놀란 표정으로 승규가 서 있었다.

"여긴 어떻게……. 고거 잔 거예요? 많이 피곤했을 텐데."

"너야말로 왜 그렇게 놀란 거야?"

"그-그냥. 넋 놓고 있다 보니……."

"난 또……. 여기가 공기가 좋아서 회복이 빠른 것 같아. 아~ 개운해."

하늘을 향해 긴 팔을 뻗으며 승규가 말했다.

"속은 괜찮아요?"

"어, 싹 회복됐으니까 빨리 집에 가자. 우리~ 해야지."

"응? 뭘~요?"

"우리 못 했잖아. 지금 이게 말이 되냐고?"

은수는 알아듣고, 얼른 다른 말을 했다.

"주인 부부가 저녁 식사에 초대했어요. 오늘 저녁을 산채 밥상으로 차린대요."

"밥 얘기하니까 배고프다. 근데, 진짜 산채만 내놓는 건 아니겠지?"

"닭도 손질했다고 하던데……."

"그럼, 얼른 가서 배부터 채우자."

승규는 은수 어깨를 감싸고 집으로 발길을 돌렸다.

"근데, 우리 은수…… 산새가 쫓아오면 어쩌려고 혼자 숲길엘다 나왔대?"

"산새?"

"그래, 너 새 무섭잖아."

"그……걸, 어떻게 알아요?"

"연수원 강의실에 비둘기가 날아들자, 우리 선생님 이성 잃고 외간 남자 품으로 뛰어들 때 알아봤지."

은수는 그때 일을 기억하는 승규를 쳐다보다가 걸음을 옮겼다.

"별나죠? 난 왜 새가 무서울까요? 그중에서도 비둘기가 제일 무섭고 싫어요."

"난~ 바퀴벌레가 그런데. 그럼, 우리 이렇게 하자. 새는 내가 다 쫓아 줄 테니까, 넌 1초 안에 바퀴벌레 잡아 주는 거로, 어때?"

"산채 저녁만 먹고, 나 집에 갈 거야……."

"왜-애?"

"바퀴벌레는 나도 무섭단 말이야. 서울 가면 바퀴벌레 소탕 팀부터 보내 줄게요. 1초 안에 잡는 신속한 팀으로……."

"그럼, 어떡하지? 난 바퀴벌레 진짜 무서운데."

"도깨비고 귀신이고 다 때려잡는다던 분이라 철석같이 믿었는데, 어떡할 거예요?"

"그니까~ 클 났네. 우리 어쩌냐……."

승규는 진심으로 심각해 보였다.

"걱정 말아요. 해충박멸업체에 맡기면 바퀴 박멸 백퍼 보장한다니까."

"그런 데가 있어? 대~박! 우리 그거 꼭 반드시 부르자."

"으윽, 승규 씨 운동화에~ 바퀴벌레가!"

장난으로 한 소리에 움찔하는 승규를 보고 은수가 크게 웃었다.

"바퀴벌레를 정말 무서워하는군요. 근데, 놀라는 모습이 왜 이렇게 귀엽지?"

"이걸 화—악!"

바로 은수 목에 헤드록을 건 승규는 "이뻐서 봐준다"라고 했
다. 둘은 그렇게 꼭 붙어서 나물 볶는 냄새가 솔솔 풍기는 산책
길을 걸어갔다.

저녁 밥상은 주인집 마루에 차려졌다. 잔칫상에는 먹음직스
러운 닭백숙과 각종 산나물이 큰 접시에 한 주먹씩 담겨 있었고,
막 부친 메밀전과 버섯 고추볶음이 열무김치와 함께 나왔다.

"음식은 계속 나올 거니까 일단 시작하시죠"라는 주인장 말에
수저를 든 두사람은 냄새를 맡으며 왔던 터라 들기름에 볶은 나
물과 묵무침부터 먹기 시작했다. 그리고 밥이랑 나온 차돌박이
된장찌개와 낙지 젓갈은 오늘 저녁 밥상의 정점을 보여 줬다.

승규는 번거로운데도 음식을 바로 해서 내오는 부부의 정성이
고마웠고, 그 음식들을 맛있게 먹는 은수를 보는 게 너무 좋았
다. 신혼부부는 그렇게 편하고 맛있는 식사를 하고, 허니 문 하
우스로 돌아왔다.

좀 전에 들었던 대로, 5월임에도 이곳의 밤은 쌀쌀했다. 승규
는 잔뜩 움츠린 채 장작불을 피우며 중얼거렸다.

"어우~ 으슬으슬해. 전기담요 올리고 얼른 이불 속으로 들어
가야겠다."

그 소리를 들었는지, 은수가 보고 있던 잡지를 덮고 욕실로 갔

다.

자~ 나도 준비를 해 볼까.

승규는 떨리는 마음으로 면도를 하고 나서, 은수가 호기심을 참지 못하고 냄새를 맡았다고 했던 톰 포드 스킨과 로션을 얼굴과 몸 여기저기에 발랐다. 그런데 욕실에서 나온 은수가 다시 난롯가에 가 앉자, 그는 별별 생각이 다 들기 시작했다.

아~ 쟤가 왜 저런대. 그래도 오늘은 그냥 안 넘어갈 거니까……. 아니다. 아냐~ 피이스! 저도 겁나고 부끄러워서 저러는 걸 텐데…… 거기다 여자는 아프다잖아. 형 말로는 사람마다 고통의 차가 크다고 하던데, 하다가 아프다고 울기라도 하면 어쩌지…… 뻗대지 말고 따라와 주면 좋겠는데. 섹스는 키스랑은 완전 다르잖아. 혹시 흥분한 놈을 보고 놀라서 옆에도 못 오게 하는 거 아냐? 처음 보면 그럴 수도……. 충분히 그럴 수 있지! 아~ 돌겠네. 처녀 이거, 마냥 좋아할 거 아니다……. 일단, 진도는 반응 보면서 빼는 걸로. 아~ 왜 이렇게 쫄리냐. 씨발, 이게 이럴 일인가…….

"안 졸려? 나 보면 하품부터 하는 분이……."

불가의 은수를 안아다 소파에 앉히며 승규가 말했다. 난로의 작은 불꽃들이 어두운 거실을 적당하게 밝혀 줘서 분위기는 괜찮았다.

"왜? 걱정돼? 내가 무서워……?"

승규는 은수 팔을 쓸어 주며 대화를 해 보려 했지만, 그녀는 시선조차 마주치려 하지 않았다.

"머리는 젖고 옷이 이래서 춥겠다. 있어 봐."

승규는 잦아든 난로에 장작을 더 넣고 와서 그녀의 젖은 머리 카락을 타월로 닦아 줬다. 사양할 줄 알았던 은수가 가만히 있어 줘 용기를 내 입을 맞추고, 싫지 않다고 느낀 승규는 그녀의 가 슴을 만지며 잠옷 위로 돋아난 유두를 빨기 시작했다. 타액에 젖 어 비치는 분홍 봉오리가 그를 미치게 했지만, 무던히 참으면서 반응을 유도해 냈다. 그녀는 바르르 떨면서 "나 추워요"라고 말 했다.

"그래, 방으로 가자. 나쁘지 않았지?"

은수는 발개진 얼굴로 끄덕였다.

"처음이라 아플 거 알아. 내가 진짜 조심할 거지만, 그래도 아 프면 말해. 안 할게."

지금 승규가 흥분상태라는 걸 그의 빠른 심장 소리와 거친 숨 소리로 알 수 있었다. 그럼에도 안심시키려고 애쓰는 게 안쓰러 웠던 은수는 그의 입에 손가락을 갖다 댔다.

"난 괜찮으니까 그만 말해요. 힘들어 보여……."

승규는 이 말이 끝나기도 전에 은수를 번쩍 안아다 침대에 눕 혔다.

뽀얀 광목 이불 위에서 그를 기다리는 그녀! 수없이 상상했던 이 순간…….

그날이 오면 누구보다 잘할 수 있다고 자신했던 승규가 떨고 있었다. 처음인 은수를 생각하면 작은 움직임에도 신경이 쓰였다. 그의 거친 손이 그녀를 아프게 할까 걱정되고, 혹여 성급해져 제어가 안 되면 어쩌나 하며 머뭇거리는 승규를 은수가 안으며 속삭였다.

"나, 얼마나 기다려야 해요……?"

불씨가 댕겨진 그의 사랑은 거침없이 타올랐고, 뜨거운 애무에 은수는 몸을 떨었다. 온몸을 오므리며 저항하는 순간이 있었지만, 그 밀침은 오래가지 않았다. 그녀는 아픔에 몸을 움츠리면서도 기쁨에 내뿜는 높고 거친 그의 포효소리를 들으며 안면몰수의 몸짓도 기꺼이 받아들였다. 서로에게 닿기를 그토록 열망하면서도 아껴 두었던 첫 의식을 그들은 서툴고 찬란하게 치러 내고 있었다.

승규는 본능처럼 옆을 더듬다가 빈자리가 느껴진 순간, 잠에서 깨어났다.

어…? "은수야, 은수야 어딨어?"

방문을 열고 나온 거실에서는 밥 끓는 냄새가 났다.

"일어났어요? 운동 나가야죠?"

"왜 벌써 일어났어? 들어가서 더 자자."

"더 자긴~. 나 이제 잠꾸러기 아니에요."

"물만 마시고 나가니까 넌 일어날 거 없어. 글고 돌았냐? 여기까지 와서 뛰어다니게. 얼른 들어가자고."

은수는 덥석 안고 파고드는 승규를 밀어내고 의자에 앉았다. 순간 승규 얼굴 위로 당혹감이 빠르게 지나갔다.

"평소에도 물만 마시고 나갔어요?"

"어? 어……."

"그럼, 물 가져올게요"라며 일어나던 은수가 '끄-웅' 소리를 내며 비틀했다. 일어나자마자 준비해 온 약을 먹었는데도 차도 가 없었다.

"왜 그래, 어디가 아픈 거야? 혹시 나 때문이야? 아이~ 참지 말고 말해."

온몸에 소름이 돋은 은수가 고개를 끄덕였다.

"응~ 나 아파요……."

"어디가…… 어? 어떻게 아픈데, 말해 봐."

"다~ 온몸이 다 아픈 것 같아. 그리고 너무 추워……."

승규는 그 말을 듣자마자 바빠졌다. 담요를 갖고 나와 은수에게 덮어 주고, 난로에 불을 지폈으며 벽장에 있던 전기담요를 꺼내 침대 속에 펼쳐 놓았다.

"집이 따뜻해질 때까지 뜨거운 물에 몸을 담그는 게 어때? 그럼 추운 건 없어질 것 같은데……."

"그럴게요."

"병원에 가야 하는데, 이렇게 깊이 들어와 있으니…… 일단."

그는 통화되는 곳을 찾으려는 듯 전화기를 들고 이리저리 돌아다녔다.

"누구랑 통화하려고요?"

"형. 전화로 응급 처방이라도 받아야겠어. 안되면 문자라도 해 봐야지."

"어머~ 그만둬요. 약 먹었으니까 괜찮아질 거야. 승규 씨~ 하지 마."

은수가 겨우 일어나 승규를 말렸다.

"약을 먹었다고? 약이 있었어? 그래도 모르잖아."

"좀 기다려 보고 차도가 없으면 병원에 가요. 네? 제발, 내 말대로 해요."

은수가 팔을 붙잡고 매달리자, 승규는 알았다며 목욕탕으로 뛰어갔다. 곧바로 욕조에 물 떨어지는 소리가 들려왔다. 다시 거실로 온 승규는 담요 두른 은수의 몸을 비벼 주면서 어쩔 줄 몰라 했다.

"씨발~ 점집부터 가 보든가 해야지. 그 궁합이 안 맞아서 이런 건가? 내가 안기만 하면 왜 니가 아프냐고? 진짜 조심했는데, 아프면 말을 하지, 난 괜찮은 줄 알고 또……."

은수는 궁합까지 들먹이는 승규가 우습기도 하고, 또 어떤 낯 뜨거운 말이 나올지 몰라 그의 말을 막았다.

"다른 사람들도 잠깐 이러다가 괜찮아졌대요. 그러니까, 승규 씨는 어서 뛰고 와요. 그래야 나도 맘 편히 열탕 욕을 하죠. 어서요."

은수는 승규를 내보내고 나서 욕탕으로 들어왔다. 몸에 뜨거운 물이 닿아 따끔거렸지만, 오슬오슬 춥던 한기는 한결 나아졌다.

그의 말처럼 성관계할 때마다 이렇게 아프고, 걱정하게 하는 건 아닌지…….

그래도 이 소동으로 오늘 아침 민망했을 그와의 대면은 이렇게 넘긴 것 같아 다행이다 싶었고, 지난밤의 뜨거웠던 체감으로 그의 사랑을 빠짐없이 모두 확인할 수 있었다는 생각에 은수의 입가에는 미소가 지어졌다.

승규는 운동하러 나가다 만난 안주인이 몇 시에 생일 촛불을 켤 건지 물어봐, 오늘이 은수 생일임이 생각났다.

"말씀 안 해주셨으면 깜박할뻔했습니다. 오후 5시쯤, 한우 등심 구이용으로 준비해 주시고, 어제 먹은 묵무침, 메밀전도 부탁드릴게요. 집사람이 그걸 잘 먹더라고요."

"기념일은 미리 받아 놓기 때문에 다 준비해 뒀어요. 염려 말고 다녀오세요."

승규는 은수가 편히 잘 수 있게 온 산을 돌며 시간을 보냈다. 그래서 한 줌의 꽃다발은 한 아름이 넘는 꽃 더미가 되었고, 그걸 안고 들어왔지만, 약 먹고 잠든 은수는 알지 못했다. 그는 우유 한 병을 들이키고 아내가 일어나길 기다리다가 점심때가 돼서야 그를 찾는 목소리를 듣게 됐다.

한걸음에 들어간 방안은 은수의 달콤한 땀 냄새로 가득했다.

"좀 어때?"

"아침보다 많이 좋아졌어요. 나 얼마나 잔 거예요? 흡~ 흡~ 왜 승규 씨한테서 풀 냄새가 나죠?"

"개코 마누라, 생일 축하해!"

등 뒤에 감추고 있던 꽃다발을 내밀며 승규가 말했다. 은수는 놀란 듯, 눈을 크게 뜨고 활짝 웃으며 "애네들이었군요. 세상에! 이만큼 만드느라 힘들었겠어요. 고마워요!"라면서 승규를 안았다. 한데, 이 고마움의 인사가 온 산을 돌며 다짐했던 금욕의 결심을 한 번에 날려 버릴 줄이야……. 그는 그녀에게 입을 맞추며 마른 낙엽에 불붙듯 파고들었고, 은수는 그런 승규를 거부하지 않았다.

온 펜션이 붉게 물든 오후, 집 앞마당에 차려진 생일상에는 22개의 초가 꽂힌 케이크가 준비돼 있었다. 승규가 불러 주는 〈Happy birthday to you〉가 끝나자, 은수는 숨을 모아 촛불을 껐다.

"소원 빌었어?"

"그럼요. '아프지 말고 이 남자와 오래오래 살고 싶어요'라고 빌었어요."

"그 소원 맘에 든다. 얼른 밥 먹자. 오~ 이 버섯 맛있겠는데. 등심구이랑 먹어 봐야겠다."

"여기서 키운 버섯이에요. 구우니까 향이 더 좋네요."

"음~ 역시 한우. 평창에 왔으니까 실컷 먹고 가자. 자, 아~ 해 봐."

승규는 불판 위에 두툼한 고기와 버섯을 뒤집으면서 신이 나 있었다.

고기 익는 냄새를 맡고 달려온 주인집 개 백구가 분홍 코를 벌름거리며 그들 주위를 맴돌았다. 잘 익은 고기를 은수 접시에 놔 주고, 백구에게도 떼 주느라 그는 분주했다. 그런 승규 입에 고기를 싸서 넣어 주는 은수도 덩달아 바빠 보였다.

그렇게 식사가 끝나고, 커피 마시는 승규 옆에는 백구가 앉아 있었다. 그는 생일 케이크를 백구에게 주면서 절친에게 하듯 말했다.

"백구야~ 오늘이 우리 은수 생일이거든. 너도 축하해 주는 거지? 니가 보기에도 내 마누라 겁나 이쁘지? 넌 못 봤겠지만, 침대에서 보잖아- 죽음이야. 특히-- 하는 걸 좋아하는데, 아무리 좋아도 내 귀는 그렇게 안 잡아당겼으면 좋겠어……."

은수가 뒤늦게 알아듣고 쿠키를 던지며 그만하라고 했지만, 쿠키를 맞으면서도 짓궂게 계속하자, 그녀는 더는 안 봐준다며 승규를 향해 뛰어갔다. 하지만 어느새 달아난 승규는 잣나무에 기대 웃고 있었고, 그 옆에는 백구가 꼬리를 흔들며 서 있었다.

해는 점점 기울어 거무스름한 저녁이 됐다. 은수가 들고나온 스웨터를 입는 걸 보고, 승규는 화톳불에 나무를 던져 넣었다.

"은수야, 먼저 들어가. 난 백구랑 산책 좀 하고 갈게."

"공기도 찬데, 같이 들어가요. 이 화톳불 없었으면 '추워 추워' 했겠어."

"그러니까 얼른 들어가. 감기 들어."

"같이~ 응? 응응?"

은수의 애교 섞인 재촉에 승규는 미간을 좁히고 특유의 우스꽝스러운 표정을 지었다. 그건 뭔가 난처하다는 뜻이다.

"지금 들어가면, 또 널…… 덮칠 것 같으니까 먼저 들어가. 난 가라앉히고 갈게."

은수는 걱정 많은 승규 옆으로 와 그의 머리를 안았다.

"승규 씨, 신혼을 왜 '허니 문(Honey Moon)'이라고 하는지 알아요?"

그가 '왜'라고 입 모양을 만들어 은수를 봤다.

"예전에 북유럽에서는 남녀가 결혼하면 벌꿀주가 있는 밀실에 들여보내고 한 달간 출입을 금했대요. 꼼짝 말고 벌꿀주 마시면서 안고 싶은 만큼 안고 뽀뽀하라고. 이런 허니 문 중에 승규 씨는 왜 그런 걱정을 해요?"

"나도 그러고 싶지. 근데 니가 자꾸 아프잖아. 아예 난 이층에서 잘까……? 아~ 돌아버리겠네."

"오늘만 지나면 괜찮을 거예요. 벌써 많이 좋아졌단 말이에요. 그러니까 나랑 같이 들어가요."

"아~ 안 된다니까. 아까 보니까 많이 아프겠던데, 빨리 들어가. 감기 들어."

승규가 고집을 부렸지만, 은수를 꺾을 수는 없었다.

"혼자서는 안 들어갈 거예요. 같이 있고 싶단 말이야. 생일 맞은 아내가 이렇게 원하는데…… 안 들어줄 거예요? 승~규~씨~."

"아~ 그래, 들어간다. 들어가~."

"그냥은 안 돼. 여기서 번쩍 안아서 침대까지 가야 해요."

은수는 승규를 그렇게 침대로 이끌었다. 뽀얀 달빛 가득한 방 안은 사그락거리는 광목이불 소리뿐, 백구가 기다리는 그 친구는 아내와 사랑 나누기에 여념이 없었다. 간간이 터져 나오는 신

255

음소리에 산새만이 푸드덕 날아올랐다.

16. 그들의 사랑 방식

이튿날 아침, 승규는 식탁 차리는 은수가 밝아 보여 마음이 놓였다.

"몸은 좀 어때?"

"많이 나았어요. 아픈 곳도 없고."

"너 괜히 안 아픈 척하는 거면……."

"지금 보면서도 모르겠어요? 정말 다 나았다니까요."

"그렇게 아팠는데, 하루 만에 다 나았다는 게 말이 안 되잖아."

그의 말처럼 말끔하게 다 나은 건 아니었다. 그랬지만 은수는 신혼여행까지 와서 승규가 눈치 보며 아내를 안게 하고 싶지 않았다.

"암튼 좀 더 지켜보자고. 약은 넉넉한 거야?"

"열흘 치 가져왔어요. 승규 씨, 밥 더 먹어요"라며 일어서는 은수를 앉히고, 그가 가서 밥을 담아 왔다.

"왕창 가져왔으니까 장조림 해서 더 먹어. 어머니 장조림 하는 법을 배워야겠어. 진짜 맛있지 않냐?"

"엄마가 가르쳐 주셨어요, 레시피도 갖고 있고. 우리 아침 먹

257

고 바다로 드라이브 가요."

"바다 가서 뭐 하게, 그냥 편히 있자. 커피는 내가 만들게."

감색 트렁크만 입은 채 "우리 은수는 설탕 하나지?"라면서 커피를 따르는 그의 모습은 더없이 편안해 보였다. 은수가 그런 승규를 빤히 보고 있으니까 그가 물었다.

"왜, 옷 입으라고?"

은수는 고개를 저으며 생각지도 못한 말을 꺼내 놓았다.

"승규 씬~ 아빠 되는 거 싫어요?"

"갑자기 뭔 말이야?"

"왠지 그런 것 같아서. 피임하는 거 같았거든요."

승규는 얼굴이 빨개져서 말했다.

"봤구나……. 그래~ 나 진땀 나게 했다, 피임."

"왜요? 가족계획은 부부가 같이 의논하고 해야 하는 건데. 난 우리 아기 낳고 싶단 말이에요. 궁금하지 않아요? 눈에 보이는 걸 놀이로 만들어 노는 그 아이가."

"뭐~ 궁금하긴 한데, 니가 무슨 애를 낳는다고 그래~ 쪼그만게. 일단 우리끼리 살자. 난 너만 있으면 돼."

"아닌데……. 승규 씨가 누구보다 우리 아가를 예뻐할 건데. 남의 개도 먹이고 놀아 주고 그렇게 잘 챙기면서."

"그건 도그고. 애는 아무 때나 울고 떼쓰고 시끄럽잖아. 암튼 애는 급할 거 없어."

"승규 씨가 그렇게 말하니까 섭섭하다. 난 우리 아기 갖고 싶으니까 잘 생각해 봐요. 얼마나 예쁠지……."

"아! 쪼그만 게 애 타령은……."

"쪼그매도 좋은 엄마가 될 거란 말이에요. 승규 씨~ 우리 아
기부터 가져요. 내가 낳아서 잘 키울게, 그렇게 해요. 네? 네?"

"그만해라……."

"그럼, 승규 씬 피임해요. 난 아기를 가질 테니까……."

"뭐? 아~ 쟤가. 은수야, 잠깐만……."

그는 은수를 불러 놓고, 옷을 입고 나왔다.

갑자기 왜 저런 표정을 짓는 거지? 정색한 승규를 보면서 은
수는 괜히 긴장됐다.

"지금부터 내가 하는 말 잘 듣고, 니가 따라 줬으면 해."

"무슨 얘긴데, 이런 고압적인 서론이 필요해요?"

"이번 여행이 끝나면, 넌 유학 준비부터 해. 알아봤는데, 니
가 다녔던 피바디 음악대학이나 줄리아드 음악원이 좋다고 하더
라. 미국은 9월부터 학기 시작이라니까 지금부터 서둘러도 빠듯
할 거야. 입학서류는 받아놨으니까 자세한 건 직접 연락해서 학
기 전에 가는 거로 하고 준비하자. 딴 건 신경 쓸 거 없어, 가장
인 내가 챙길 거니까."

은수가 아무 말 없이 앉아만 있으니까, 그는 "들었으면 답이
있어야지"라고 재촉했다.

"…… 난 안 가요. 여기, 당신 곁에 있을 거예요."

은수는 단호했다. 그게 답답했는지 승규는 격앙된 목소리로
말했다.

"무조건 안 간다고만 하지 말고, 잘 생각해 봐. 니가 그토록

바라던 거잖아. 더 공부해서 연주가가 되는 건 네 꿈이자 이젠 내 바람이기도 해. 너 벌써 잊었어? 나를 믿고 따르겠다고 했던 약속."

"이건, 내가 생각하고 결정한 내 문제예요. 난 깊이 고민했고, 번복할 생각 없어요."

꼿꼿하던 은수가 울먹이기 시작했다.

"난…… 승규 씨랑 살고 싶어서 결혼했어요. 이렇게 당신 옆에 있는 게 난 더없이 행복한데, 왜 굳이 떠나라는 거예요? 내가 당신만 바라보는 게 부담돼서 그러는 거면, 걱정하지 말아요. 우리 거처가 정해지면, 일도 가질 거고, 당신이 곁에 없어도 씩씩하게 지낼 거니까. 나는 언제라도 당신이 있는 곳으로 달려갈 수 있는 여기, 한국에서 살고 싶어요. 그것 말고는 정말 아무 욕심 없어……."

승규 이마에 핏줄이 돋고 눈꼬리마저 떨리는 거로 봐, 벼락같이 화를 낼 게 분명해 보였다. 하지만 울고 있는 은수를 감싸 안고 달래는 그의 목소리는 차분했다.

"지금 너랑 있어 내가 얼마나 기쁘고 들떠있는지 니가 더 잘 알 거야. 근데 말야, 너랑 있어 즐겁고 행복하면 할수록 내 마음 한구석은 무겁고 답답하단 말야."

이 말을 들은 은수가 울음을 그치고 놀란 표정으로 물었다.

"그게 무슨 말이에요. 행복할수록 무겁고 답답하다니, 왜요?"

"그러게 말야.…… 나도 내가 왜 이럴까 생각해 봤거든."

"그래요. 분명 이유가 있을 거예요."

"내가 생각한 것보다 최은수를 더 많이 아끼는 모양이야. 오래전부터 니가 나 때문에 힘들어지지 않을까 하는 생각이 문득문득 들었던 걸 보면……. 그땐 그냥 막연한 걱정이었는데, 너를 만나고 자꾸 보고 싶어지면서 이렇게 만나다가 누군가의 눈에 띄어, 험한 기사라도 날까 봐 점점 겁이 났어. 지저분한 가십이 쏟아지면 구단이랑 해야 하는 구질구질한 변명과 실랑이도 싫었고. 내 욕심에 어영부영하다가 네 앞길을 망칠 것 같아 쫓기듯 보냈던 거였어. 다 널 위한 결정이라고 덮으면서. 그렇게 잘 정리됐다고 안심했는데, 난 생각지도 못한 고통에 시달려야 했어. 경기를 뛰어야 할 선수가 어떤 방법으로도 잠을 잘 수도 음식을 먹을 수도 없었으니까. 열심히 코트를 뛰어다니는 것 같았지만, 난 다리가 휘청거리는 걸 알았고, 갈수록 어지러워 경기 종료 휘슬만 기다리며 버텼어. 이대로는 얼마 못 가 쓰러질 거라는 두려움과 함께. 병실에 누워 있는 널 보고 온 날, 난 너를 찾아와야겠다고 마음을 바꿨어. 그게 내가 부서지지 않고 살 수 있는 유일한 길이란 걸 알게 됐거든……."

승규는 소리 없이 울고 있는 은수의 머리를 만지며 말을 이었다.

"니가 나 때문에 높이 날지 못했다는 미안함, 내가 너의 날개를 꺾어 놨다는 자책감 같은 찜찜함을 품고 널 맞이하고 싶지 않았어. 나는 너한테만큼은 떳떳한 남자이고 싶거든. 사람들 말처럼, 나, 농구 잘하는 거 빼면, 볼 거 없는 건달 맞아. 그런 놈이지만, 내가 제대로 살아야 할 이유가 은수, 너라면, 누구도 따라올

수 없게 높이, 그리고 아주 멀리까지 달릴 수 있는 놈이 또 나야. 그걸 너한테 꼭 보여 줄게. 지켜봐 줄 거지, 어~?"

"그럼요." 울음 섞인 목소리로 답하면서 은수는 고개를 끄덕였다.

"그러니까~ 내 말 들어."

"난, 승규 씨가 생각하는 것만큼 대단한 재능을 가지지 않았어요. 그냥~ 바이올린을 좋아하는 것뿐이에요."

"은수야, 그만 울고, 나 좀 봐."

승규는 휴지를 뽑아 눈물을 닦아 주고, 그녀와 눈을 맞추고 바라봤다.

"그러니까 이 무겁고 답답함의 원인은, 내가 너를 미치게 사랑하기 때문이야. 이렇게 사랑하는 내 여자가 정말 잘하고 좋아하는 게 뭔지, 뭘 바라며 그렇게 열심히 살았는지 아는데, 내가 다 알아 버렸는데, 어떻게 눈감고 모른 척을 해? 어떻게…… 너라면 그럴 수 있어?"

은수는 아니라고 고개를 저었다.

"그래서 유학선물을 주겠다는 거야. 니가 이 선물을 받고 성공하면, 너 좋고 나도 좋은 거고, '가서 해 보니까 별것도 없더라. 나 그냥 이승규 니 옆에서 살래요' 하고 돌아오면, 그땐 집에 들여앉히고 애만 만들 거야. 그동안 참았던 것까지 해서 주물러 터뜨릴지도 몰라. 아까 애 타령하던데, 아예 다섯을 낳아서 농구팀을 만들자고. 감독 에미, 애비는 코치. 딱이잖아."

"흐흐흣하하~ 보나 마나~ 우승은 우리 거네요."

고맙게도 은수가 웃음을 터뜨렸다.

"근데 얘가~ 가서 빡시게 할 생각은 안 하고, 재능이 있네 없네 변명거리부터 찾고 있으니……. 걱정된다."

한참을 웃고 난 은수가 나지막이 말했다.

"신이 계신다면, 묻고 싶어요. 무슨 연유로 이승규, 당신을 나에게 허락하신 건지……."

그렇게 언쟁은 끝이 났지만, 보내야 하는 사람도 가야 하는 사람도 착잡하긴 매한가지였다. 그래서 두 사람은 밖으로 나와 굽이굽이 놓인 산길을 걸었다.

"승규 씨 이제 고작 스물여섯의 청년일 뿐인데…… 이런 큰 짐을 지게 됐으니, 어쩌면 좋아요. 당신은 나를 만나지 말아야 했어."

승규 허리에 팔을 두르며 은수가 말했다.

"탄탄대로 두고 거친 길로 따라나설 때도 망설임 한번 없던 바보 멍청이. 잠수 타다 나타난 놈 손 잡으면서도 마냥 좋아서 안기던 철부지. 내가 이런 여자를 만났으니 뭔 수로 버티겠어"라면서 승규는 그동안의 일들을 얘기했고, 은수는 서툴러서 아프고 애틋했던 순간들이 생각나 웃었다 울기를 반복하며 걸었다.

"은수야, 지금 가자고 하는 이 길이 어떨지, 나도 몰라! 그래도 우리 같이 가 보자. 한… 5년쯤 가다 보면, 오호~ 이러면 되겠구나 하는 우리만의 방식을 찾지 않을까?"

"5년이나? 너무 긴 거 아니에요?"

"그래 봤자, 너 스물일곱이야. 시간에 쫓기지 말고, 지금처럼 각자 할 일을 하자고. 다만, 제대로 연애는 하면서 가자는 거지. 일단, 우리만의 약속 장소를 몇 군데 정해 놓자고. 못 견디게 그리우면 젤 빨리 만날 수 있는 그곳으로 날아가 함께 지내는 거야. 그땐, 널 꼭 안고서 보고 싶었다고 말하고 키스할 거야. 광장 한복판이고 뭐고."

"하고 싶으면 극장이 아닌 호텔로 직행하면서……."

"이분이 뭘 좀 아네! 지금보다 훨씬 흥미진진하고 즐거울 것 같지 않아?"

"음……! 이 와중에 가슴이 콩닥거리는 걸 보면, 난 정말 철부지인가 봐……."

땅만 보고 걷던 은수도 어느새 승규 말에 고무돼 있었다.

"승규 씨, 선물한 바이올린 소리 궁금했죠? 지금 가서 들려줄게요."

"일찍도 말한다. 그래, 집에 가자. 많이 걸었어."

은수가 연주하는 〈비발디의 겨울〉이 격렬하고 쓸쓸하게 온 산으로 퍼져 나갔다. 설렘으로 퐁퐁 솟던 겨울의 선율은 이제 이별의 곡이 되어 승규의 가슴을 쓸어내렸다. 그러나 그 마음은 묻어 두고, 그는 유쾌하게 감상 소감을 말했다.

"어~ 소름……. 정말 맑고 쩌렁쩌렁한 게, 소리 죽인다."

"그죠? 음~ 더 바랄 게 없는 나의 '승규스 빈터(SeungKyus Winter)'!"

"뭐? 승규스 빈터?"

"'승규의 겨울', 내 바이올린 이름이에요. 독일어로 붙여서 더 폼나지 않아요?"

바이올린을 안고 오빠에게 까불대듯 자랑하는 은수는 꿈 많고 귀여운 소녀 같았다.

그날부터 '시간이 없다'는 승규 성화에 은수는 틈틈이 바이올린을 꺼내 들어야 했다. 그는 도움이 되고 싶었는지, 새벽 조깅 시간을 늘렸고, 이층에서 바이올린 소리가 나면 아래층에서 휴대폰으로 게임을 하거나 잠을 잤다.

오늘도 낮잠을 자겠지 했던 승규가 보이지 않자, 은수는 산책로까지 돌며 그를 찾아다녔다. 그러다 가운데 동 공터에 수북이 쌓여 있는 솔방울을 빈 독에 던져 넣고 있는 그를 보게 됐다.

서방님께서 이제 몸이 근질근질하신 것 같은데, 어쩜담……

은수는 그 길로 주인집을 찾았다.

"혹시, 근처에 시간 보낼 만한 놀거리가 뭐 없을까요?"

"놀거리면…… 고개 너머에 낚시터가 있긴 한데, 고기는 곧잘 잡히거든요."

"네~ 거기 가면 낚시 도구를 빌릴 수 있나요?"

"낚싯대랑은 여기 창고에 다 있으니까 가져가서 쓰세요."

"잘됐네요. 참, 점심은 싸 가지고 가야겠죠?"

"낚시를 좀 하시면 잡은 고기로 매운탕을 끓여 주기도 하고, 만 원만 내면 밥상을 차려 주는 민박집이 그 근처에 있습니다.

265

회도 드실 수 있고요."

"여기서 가까운가요?"라고 물으니, 15분쯤 가야 한다고 했다.

신이 난 승규는 이른 아침부터 낚시 갈 준비를 서둘렀다. 낚시 도구에 야영 장비까지 빌려 차에 싣고 가려다가 길 사정이 좋지 않다는 말에 꼭 필요한 것들만 나눠 들고 걸어가기로 했다. 전에 도 종종 했었는지, 백구가 앞장서서 길 안내를 했다.

고개 하나를 넘어가니, 울창한 전나무로 둘러싸인 커다란 저 수지가 나타났다.

와우! 엄청 큰데…….

승규는 그늘에 텐트를 치고 서둘러 물가로 갔다. 자리를 잡고 앉아 낚싯대를 드리운 순간부터 그는 강태공이 되었고, 은수는 챙겨 온 책과 커피 보온병을 벗 삼아 오전 시간을 보냈다.

햇볕이 내리쬐는 점심때가 되어서야 승규는 텐트로 와 은수를 불렀다.

"배고프지? 가서 점심 먹자."

근처에 보이는 민박 두 곳 중 한 집으로 백구가 들어갔고, 주 인은 기다렸다는 듯 반갑게 맞아 주었다. 승규가 벽에 붙은 차림 표를 보며 송어구이와 매운탕을 주문하자, 금방 밥상이 차려져 나왔다. 그는 은수에게 "송어구이 해서 밥 많이 먹어"라고 한마 디 던져 놓고, 민박집 주인과 낚시 얘기만 하면서 밥을 먹었다.

궁금한 걸 물으면 살갑게 받아 주는 민박 주인과 승규는 죽이 잘 맞았다.

"그러잖아도 펜션 형님이 전화했더랬어요. 귀한 손님이니까 잘 모시라고요."

"네~. 저수지가 커서 고기도 많을 것 같던데, 떡밥만으로 될까요?"

"그거 갖곤 안 돼요. 송어는 미꾸라지 떡밥을 좋아하거든요. 내가 갈 때 좀 드릴게요."

"어~ 주시면 저야 고맙죠. 아무래도 해가 기울어야 모여들겠죠?"

"예~. 이제 두어 시간만 지나면 뜰채가 있어야 할 거래요."

"그 정도예요? 와~ 생각만 해도 가슴이 뛰는데요……."

"이런~ 탕이 다 식었네요. 다시 덥혀 올게요."

"아닙니다. 다 먹었는데요, 뭐."

승규는 식은 매운탕으로 밥공기를 비우고, 얻은 떡밥과 백구 밥을 들고 물가로 내려갔다. 뒤에서 미끄러지며 내려오는 은수한테는 "넌 천천히 와"라고 말하고, "아~ 저 녀석 더울 텐데……" 하면서 뛰어갔다.

그는 백구에게 밥과 물을 주고 쓰다듬어 주었다. 자리를 잘 지키고 있었다고 칭찬하면서……. 은수는 그런 백구를 부러운 눈으로 보다가 텐트로 왔다.

낚시가 저렇게 좋을까? 저토록 혼자이고 싶었으니, 그동안 얼마나 갑갑했을까……?

이런 생각이 들 만큼 다른 사람 같았던 승규 때문에 책을 펼쳐도 눈에 들어오지 않았다.

나는 이제 잡은 물고기라는 건가…….

은수는 자꾸 처량한 기분만 들어 커피와 쿠키를 갖고 승규 옆
으로 갔다. 그는 찰랑거리는 물가에 바위처럼 앉아 있었다.

"승규 씨, 커피 마실래요?"라고 물었더니 눈은 찌에 둔 채 손
만 내밀어, 은수는 커피 컵을 쥐여 주고, 뒤로 와 해바라기를 했
다. 여전히 무관심한 승규 등에 '심심해'라고 쓰고, 귀를 대 봐도
고른 숨소리뿐이라 하는 수 없이 옆으로 가 얼굴을 보며 말을 건
넸다.

"승규 씨, 방금 전에 재밌는 걸 읽었는데, 얘기해 줄게요. 우
리는 파리 하면, 더럽다고 생각하잖아요? 그런데 파리는 끊임없
이 제 몸을 씻어야만 한대요. 왜냐하면, 모든 더듬이와 낱눈이
티 없이 맑고 깨끗해야만 멀리 있는 먹이를 발견할 수 있고, 자
기를 죽이려고 덮쳐 오는 손을 볼 수 있기 때문이래요. 그러니까
파리는 청결해야만 살아남을 수 있다는 거죠."

얘기를 안 들었는지 고요하기만 해, 은수는 그의 평화를 깨고
싶어졌다.

"우리 언제 집에 갈 거예요? 응? 언제 가냐고요? 언제…….."

은수가 그의 등에 대고 도리질을 치며 심술을 부리고서야 그
는 아는 척을 했다.

"어? 뭐라고 했어?"

"언제 집에 가냐고요?"

"뭔 소리야. 지금부턴데. 저기 봐봐, 고기 모여드는 거 보이
지? 심심하면 너도 여기서 고기 구경해."

"그럼, 그럴까요?"

있으라고만 했지, 계속 적막하기만 한 물가에 앉아 있던 은수는 다시 얘기를 시작했다.

"아까 읽었던 것 중에 하나 더 얘기해 줄게요. 개미는 공격용 군대를……."

"안 피곤해? 가서 낮잠을 자는 건 어때?"

귀찮다는 말을 이렇게 했다.

"내 얘기 재미없어요? 난 심심할 것 같아 얘기해 주는 건데……."

승규는 옆에 앉은 백구에게 물을 떠먹이며 또 낮잠을 권했다.

"아침부터 움직여서 눈 좀 붙이면 좋을 것 같은데."

"왜, 자꾸 자라고만 해요? 말을 해도 대답도 안 해주고……."

"니가 왔다 갔다 떠드니까 물고기가 다른 데로 흩어지잖아. 백구를 좀 봐봐. 종일 이렇게 조용히 앉아서……."

그가 칭찬하며 백구 코를 만져 주자, 백구는 쭉 내민 앞다리에 턱을 고이고 그의 손길을 즐기고 있었다.

얄미운 백구…….

"나한테도 관심 좀 가져 봐요. 재우려고만 하지 말고."

은수가 이 말을 하는데, 마침 찌가 움직여 그는 릴을 당기는 데만 온 정신이 가 있었다. 결국, 은수는 텐트로 와 책을 보다가 잠들었다.

얼굴에 닿는 찬기에 눈을 뜬 은수는 승규가 보이자 "음~ 비린

내" 하면서 돌아누웠고, 입 맞추려는 승규를 피해 두 손으로 얼굴을 가렸다.

"내 애기가 혼자 자고 있었어, 아~ 가엾어라."

"저리 가~."

"하필, 그때 입질을 해서……. 암튼~ 내가 나쁜 놈이야."

"승규 씨, 나 사랑하는 남자 맞아요?"

"그럼, 나 말고 그런 놈이 또 있어?"

"믿을 수가 없어……. 어떻게 7시간을 옆에 두고 그렇게 모르는 체할 수 있는지, 거기다 구박까지……."

"널 구박했다고? 이런 죽일 놈, 그만 화 풀어. 지금부터는 너만 사랑할게."

"나도 이승규 씨 모르는 사람이니까, 이거 놓으세요."

"아~ 또 이런다. 잘못했어. 잘못했다고."

승규가 거부하는 은수의 두 손을 머리 위로 모아 잡고 입을 맞추자, 그녀의 저항은 거셌다. 그런 그녀의 귀에다 그는 뭔가를 말했다.

"실은, 유니콘스에 남을지 말지 답을 줘야 했거든. 생각할 시간이 필요했어. 그래도 7시간은 심했다, 반성 중이니까 화 풀어. 어? 은수야~."

은수는 밀어내던 손을 거두고 승규에게 물었다.

"그래서 답은 얻었어요?"

"일단 문자 보냈어. 오늘 여기서 야영할까? 밤에 별도 보고 좋을 것 같은데."

"그러고 싶지만, 캠핑용품들을 놓고 왔잖아요."

"그랬지 참…….''

"아쉽다, 그쵸?"

"내일 잘 준비해서 다시 오자고."

바람이 산들거리는 늦은 오후, 승규와 은수는 낚시 도구와 텐트를 거둬 들고 집으로 가는 길이다.

"승규 씨가 낚시를 좋아하는 줄 몰랐어요. 그런 얘기는 한 번도 없어서…….''

"난 시다바리고, 우리 형이 진정한 낚시꾼이지. 아마 형이었으면 이렇게 자리 털고 일어나지 않았을 거야, 밤낚시로 이어졌지."

"그럼, 승규 씨 취미는 뭐예요? 난 이걸 이제야 물어보네요."

"내 취미? 공놀이잖아."

"농구 말고."

"농구 말고, 뭘 것 같아? 어디 한번 맞춰 봐."

은수는 농구가 아닌 승규의 다른 모습들을 떠올리며 생각했다.

"음~ 춤추는 거, 드라이브? 또 뭐가 있지…… 영화 보기인가? 이 중에 있어요?"

"그것도 좋아하지만, 정말 하고 싶고 건 목공이야."

"목공이요? 목공이면 구체적으로…….''

"나무로 뭔가를 만드는 걸 좋아해. 개집이랑 책상을 만들었고 아버지 어깨너머로 본 게 다지만. 그걸 좋아해서 형 기술 숙제도

271

내가 해줬어. 나중에 기회가 되면, 의자랑 가구를 만들고 싶고, 집도 지어 볼까 해. 지금은 다칠 수도 있고, 손가락의 숫 감각을 유지해야 해서 생각조차 할 수 없지만⋯⋯."

은수가 바람에 너펄대는 밀짚모자를 눌러 쓰는 승규를 황홀하게 바라보고 있자, 그는 "왜?"라고 물었다.

"아니, 이럴 수도 있구나 싶어서⋯⋯."

"뭐가?"

"내가 생판 모르는 이승규라는 사람을 정말 우연한 기회에 뜻하지 않게 만난 거잖아요. 그런데 그런 사람이 마음먹고 골라낸 것처럼 이렇게 내 맘에 꼭 드는 남자인 게 너무 신기해서⋯⋯. 내 이상형 직업이 목수거든요. 어쩐지 승규 씨랑 잘 어울릴 것 같아."

"야~ 아무리 그래도, 니 이상형 직업이 목수일까?"

"이상형 맞아요. 나무로 뭔가를 만드는 남자는 진중하고 따뜻해 보이거든요. 영화배우 해리슨 포드 알죠? 그는 촬영이 없을 때는 가구를 만든다고 해요. 그러면서 공개한 나무 분진을 덮어쓰고 대패 수평을 맞추고 있는 그의 사진을 보고, 난 해리슨 포드의 팬이 됐어요. 그가 출연했던 영화 〈위트니스〉를 4번이나 봤고요. 내용도 재미있고, 거기 나오는 '존 북'이라는 남자가 능숙하게 공구를 다루며 목공 일하는 모습이 너무 멋있어서."

"참~ 특이해. 은수 너는 취미가 뭐야?"

"없어요. 테니스를 쳤었는데 연주하는 데 문제가 있어서 접었고, 일주일에 두 번 학교에서 필라테스를 했어요. 요즘 난 스키를 잘 타고 싶어요. 시작도 못 했지만."

"나도 못 타는데. 그럼, 스키를 같이 배워 볼까?"

"겨울은 승규 씨가 바쁠 때잖아요."

"방법이 있지. 우리가 여름일 때 겨울인 나라에서 배우는 거야."

"그런 묘수가 있었네요. 암튼, 꿈꿀 수 있어서 좋네요."

"백구가 집이 그리웠나 보다. 벌써 달려가서 문 앞에 앉아 있잖아."

승규는 잡은 물고기 중에 큰 거 3마리를 가져와 펜션 주인에게 줬다.

다음 날은 아침부터 비가 내렸다.

"오늘은 꼼짝 말고 집에서 놀자."

그러면서 승규는 은수가 그대로 잠옷 차림이길 원했다.

"그냥 좀 보자. 서방님 소원이야. 부끄러워서 그래?"

"비도 오고 좀 쓸쓸한 것 같아서······. 스웨터는 걸치고 있을래요."

승규는 "계속 불 땔 거니까 걱정하지 마"라면서 인터폰으로 장작을 갖다 달라고 했고, 두 사람은 종일 난로 속 불꽃처럼 뜨겁고 안락한 시간을 보냈다.

"무슨 생각 해요?"

"어? 그냥······."

"이렇게 좋으면서 나 어떻게 보낼 거예요?"

"그러게……. 어떡하지 은수야."

"여기 있을게요. 유학선물은 받은 거나 진배없어. 승규 씨 그 마음으로 난 충분해요. 하고 싶은 거 다 하면서 사는 사람이 몇 이나 되겠어. 그런 아쉬움으로 삶이 더 애틋한 거겠죠. 뭐 하나 모자람 없이 똥그란 보름달보다 반달과 초승달이 더 정겨운 것 처럼. 난 승규 씨 하나면 바라는 거 없어요. 굳이 멀리 가 보지 않아도 당신 옆이 최고라는 걸 알고 있다고요. 그러니까 승규 씨 ~ 아기를 선물해 주면 안 될까요?"

"지금 유혹하는 거야? 너 자꾸 이러면 나 각방 쓴다. 여러 말 마. 넌 가야 해."

오후 늦게까지 내리던 비가 그치자, 짙은 숲 내음이 바람에 실 려 열린 창으로 들어왔다.

승규와 은수는 저녁을 먹고 침대에 기대앉아 이제부터 해야 할 것들을 얘기했다.

"나, 2년 연장 사인했어. 유니콘스에서 통합우승을 한 번 더 하고 싶어서……. 내일 가면 집에서 이틀 자고 일산 집으로 들어 가자."

"네. 그리고 서울 가면 들려야 할 곳이 있어요. 그분이 승규 씨를 무척 보고 싶어 하시거든요."

"아~ 그분, 너 그저께 전화하고 나와서 우는 거 봤어. 그렇지 않아도 인사드리고 싶었는데. 언제 갈까?"

"선생님이 모레 저녁 식사에 우리를 초대하셨어요."

"근데, 왜 울었어? 우리 결혼이 영 맘에 안 드신대?"

"아니…… 그냥 선생님이 울먹이셔서 눈물이 났어요. 일산 집 들어가기 전에 준비해야 할 건 없어요?"

"뭐~ 그 집이 썰렁하긴 한데, 사는 데는 별문제 없을 거야."

"그럼 옷만 챙길게요. 참, 부엌에 그릇장이랑 승규 씨 방에 장을 들여놔서 좀 답답할지도 모르겠어요."

"그랬어? 보자~ 더블 침대 있고, 컴퓨터 있고, 음~ 바이올린 연습은 운동 방에서 하면 되겠고. 그 방이 방음공사가 돼 있거든."

"운동방에? 왜요?"

"웨이트 트레이닝 할 때 음악을 크게 하고 했더니, 아파트에서 말이 좀 있었어."

"그랬군요. 잘 쓸게요. 승규 씬 언제 합숙 훈련 들어가는 거예요?"

"새신랑이라고 8월 체력 훈련부터 나오라니까 너도 그때쯤 가는 거로 하자, 끝."

"목 안 말라요? 마실 거 가져올……."

"됐고, 빨랑 불 꺼."

"어서 오너라. 이 군도 어서 와요!"

"처음 뵙겠습니다. 이승규라고 합니다. 먼저 절부터 받으세요."

승규와 은수는 나란히 이경숙에게 절을 올렸다.

"둘이 앉아 있는 모습이 선남선녀가 따로 없구나. 그래, 여행

275

은 즐거웠니?"

"네, 조용하고 편안했어요."

"이 군도 좋았는지 묻는 거야. 은수야 조용해서 좋았겠지만, 이 군은 답답했을 것 같아서. 경중경중 그리도 잘 뛰어다니던 사람이 1주일이나 저 얌전이랑 맞추려니 어찌 좋기만 했겠어……."

"후훗~ 저도 좋았습니다."

"이 군은 나를 처음 보겠지만, 난 신인 시절부터 이 군을 알고 있었다네. 은수 엄마랑 얘기를 나누다가 이 군이 내가 아는 그 이 군인 걸 알고 얼마나 놀랐는지……. 그 이유를 이제 내가 얘기함세."

그때, 문을 열고 가정부가 얼굴을 내밀었다.

"저~ 교수님, 지금 막 회 배달됐는데요, 저녁상 차릴까요?"

"그래요. 은수 가서 좀 거들어라. 김순호 교수 남매가 올 거니까 자리 만들고."

은수가 나가고, 이경숙은 승규에게 지난 얘기를 꺼내 놓았다.

"지금은 이 세상에 없는 내 남편이 이승규 선수를 무척이나 좋아했었어. 젊어서부터 농구를 좋아해서 미국 유학 때도 NBA 중계를 빼놓지 않고 보던 분이셨지. 닥터였지만 자신의 병은 어쩌지 못하고 3년 전에 암으로 돌아가셨다네. 그분은 병상에 누워서도 이 군 경기를 달력에 표시해 놓고 챙겨 보던 열성 팬이었지. 그러니 나도 그분 옆에서 이 군을 자주 볼 수밖에. 이 군을 그렇게 귀여워할 수가 없었어. '우리 망아지, 우리 망아지' 하면서 말이야. 이 군 뛰는 모습이 망아지 같다며 그렇게 불렀다네.

그 모습을 보면서, 처음으로 내가 염치없는 사람이란 생각을 했다네. '아~ 저렇게 좋아하는걸……. 지금 이분 곁에 저런 아들이 있다면 참 든든해 했을 텐데' 싶어서 말이야. 얼마나 좋아했으면, 이 군 사진이 그분 침대 옆에 놓여 있었다네. 그 사진이 여태 서재 책장에 있어. 그랬는데, 은수와 결혼할 남자가 그 망아지라는 걸 알고, 내가 어떻게 놀라지 않을 수 있었겠나……. 결혼식 날, 둘이 서 있는 모습을 보는데, 이 무슨 조화인가 싶고, 눈물이 나 힘들었다네…….

음~ 그때가…… 졸업을 며칠 앞두고 은수가 날 찾아왔다네. 와서는 글쎄, 결혼할 남자와 가정에 충실하겠다며 연주를 포기하겠다는 거야. 내 앞에 무릎을 꿇고 울면서 말이야. 난 말도 안 되는 소리라고 호통을 쳤지만, 그 모습이 어찌나 간절하고 애처롭든지 마음이 아팠어. 왜 하필 그런 직업을 가진 사람과 결혼하겠다는 거냐고 야단을 치면서도 그 남자가 궁금했었네. 샘물처럼 맑기만 했지 이성이니 사랑이니 하는 것엔 무심해서 걱정마저 되던 아이가 그 남자가 없으면 아무것도 할 수 없어서, 도무지 견딜 수가 없어서 그 남자를 택했다고 하는데…… 한동안 누군지도 모르면서 자네가 원망스러웠다네.

그런데 이 군이 우리 은수를 알아봐 주고, 그런 큰 결심을 해 줘서 내가 큰절이라도 하고 싶은 심정이야. 이 일이 아니더라도 생전에 우리 박 교수를 그렇게 행복하게 해준 이 선수에게 감사의 마음을 꼭 표하고 싶었다네……. 자네와는 참, 큰 인연인 것 같아. 이렇게 좋은 일로 결국 만나게 된 걸 보면 말이야. 다시 한

번 반갑고 고맙네."

이경숙은 승규의 등을 쓸어 주며 말했다.

"선생님, 식사 준비가 됐으니, 식당으로 오세요."

"그래. 시작하자. 새신랑도 어서 감세."

때마침 김순호 교수와 김남호 작가가 현관문을 열고 들어왔다.

"어서들 와요. 우리도 지금 막 먹으려던 참이야."

김순호 교수는 은수를 보자 반가워하며 들고 온 종이가방을 건넸다.

"은수야, 축하한다. 이건 신혼 선물, 디퓨저야."

"고맙습니다. 교수님, 인사받으세요. 제 남편 이승규입니다."

"인사 올리겠습니다. 이승굽니다."

"오호라~ 이분이 은수 혼을 싹 빼간 그 사나이로구먼."

"이승규 선수를 실제로 보니까 정말 잘났네요."

옆에 있던 김남호가 흐뭇한 얼굴로 거들었다.

"이 교수, 은수가 좋아하는 남자는 이런 스타일이었어. 우린 그것도 모르고 음전한 남자들만 갖다 댔으니 얘가 콧방귀도 안 뀔 수밖에."

"누가 아니래……. 호호호."

"그때마다 말도 못 하고, 얼마나 짜증이 났겠어……."

"하하하하~ 그러게 말이야."

그날 밤, 이경숙의 집에서는 실로 오랜만에 화기애애한 웃음 소리가 끊이질 않았다.

일산 집에서의 신혼생활은 너무 빠르게 지나가, 두 사람은 하루하루가 아쉽고 소중했다. 은수는 여행에서 돌아오자마자 유학에 필요한 것들을 알아보고 준비했다. 이경숙은 당연히 줄리아드에 가야 한다며 동문인 아이작 교수를 연결해 줬다. 은수에 관한 증빙서류와 콩쿠르 입상내역, 협연·독주회·오케스트라 활동에 관한 영상을 추천서와 함께 미국으로 보냈고, 줄리아드 음악원 석사과정 입학을 허락받았다. 요즘 은수는 이경숙의 지도하에 혹독한 연습을 하고 있었고, 선생은 은수를 볼 때마다 승규의 안부를 물었다.

"얘 은수야, 너 떠나면 우리 망아지는 어떻게 한다니……."

"지금 우리 망아지는 뭐 하고 있니?"

"공부하면서 망아지 걱정은 하지 마라. 엄마랑 내가 잘 붙들고 있을 테니."

승규는 1주일에 2번 클리닉에서 부상 치료를 받으면서 발목의 부담을 줄이기 위한 웨이트 업 프로그램을 시작했다. 두 사람의 살림은 민정 자매가 맡아주었고, 준규는 부부만의 시간을 주려고 주말 근무를 자청하는 것 같았다.

헤어져야 할 시간이 다가올수록 두 사람은 정성을 다해 서로를 대했다. 한 번의 포옹도 온 마음으로 안았고, 말 한마디에도 관심과 사랑을 담았다. 은수가 기뻐하는 걸 봐도, 승규가 좋아하는 것만 봐도 그들의 가슴은 아린 듯 보였다. 신혼부부의 이런 모습은 웃고 있어도 울고 있는 듯해 보는 이의 마음마저 아프게 했다.

은수는 내일 태백으로 가는 승규의 가방을 챙기는 중이다. 영양제를 시작으로 속옷과 양말, 고농축 핸드크림과 결혼사진 액자를 무릎담요 사이에 끼워 넣다가 가방 안 포켓에서 작은 주머니를 보게 됐다. 2년 전, 승규가 이별 선물로 가져갔던 은수의 방울 양말은 하나로 포개져 그의 로진백을 담고 있었다.

뭐하나 허투루가 없는 이 남자를 어떡해야 하나……

가슴이 먹먹해진 은수는 한참 동안 손 놓고 앉아 있었다.

은수는 바쁜 일정 틈틈이 승규의 물건들을 정돈해 놓았다. 그의 양복과 넥타이는 모두 드라이클리닝 해서 계절별로 걸어 두고, 속옷과 양말, 손수건도 20개씩 준비해 서랍에 넣어 두었다. 벽장 안에 두서없이 쌓여 있던 그의 상패와 트로피, 감사패들도 새로 들여놓은 유리장에 진열해 놓고, 사진은 사진첩에 꽂아 언제라도 꺼내 볼 수 있게 정리했다.

혼자 지내게 될 승규가 불편하지 않게 집 안 구석구석을 살피고 매만지는 은수를 벽에 걸린 결혼사진이 안쓰럽게 보고 있었다.

다음 날 아침, 승규와 은수는 짐 가방을 싣고 길을 나섰다. 하루라도 더 같이 있고 싶었던 두 사람은 은수가 동행해 하룻밤을 보내고 돌아오는 데 의견을 같이했다.

"승규 씨, 자기 전에 핸드크림 바르는 거 잊지 말아요."

"넌 유부녀인 거 까먹지 말고! 내가 갔는데, 반지 빼놓고 처녀 행세하다 걸리면 죽는다!"

"이승규 씨야말로 최은수 남편인 거 잊으면 안 돼요."

"내가 잊든 안 잊든 이승규 유부남인 건 다 아는 거고, 문제는 넌데…… 아무래도 내 발등 내가 찍었지 싶단 말야. 다 없던 거로 하고, 너 그냥 있자. 암만 생각해도 이번엔 아닌 것 같아."

"뭐가요?"

"예전에 니가 아니잖아. 지난번 미국 갈 때랑은 완전 다르니까 내가 이렇게 걱정하는 거야."

"뭐가 달라요? 결혼해서 유부녀가 된 것뿐……."

"그게 문제란 말야. 그땐 니가 남자를 몰랐지만, 지금은 무지하게 좋아하잖아."

"아~ 그런 말 좀 하지 말아요. 누가 들으면 진짜로 안단 말이야. 난 남자가 아니라 승규 씨를 좋아하는 거라고 몇 번을 말해요?"

"지금 그 말은 매일 자꾸 말해도 돼. 어제 보니까, 팬카페 회원도 반으로 줄었던데. 이제 난 끝났어, 끝났다고."

은수가 넋두리하는 승규 귀를 가볍게 잡고 말했다.

"다~ 업 닦는다 생각하고, 나 들어오는 12월 19일까지 조신하게 있어요. 또 스캔들 기사 보게 하면, 아니지. 이젠 외도기사가 나는 거네, 그날로 나 날아옵니다."

"너야말로 한눈팔지 마."

"한눈을 어떻게 팔아요? 미국은 이마에 써 붙이고 다니는데. 미세스 리! 내 여권에도 학교에서도 그렇게 불릴 텐데. 미세스 리. 은수 리."

"암튼, 남자는 아예 쳐다볼 생각을 마! 남편 직업 물으면 마피아라고 하고."

"승규 씨 하는 거 봐서. 눈에는 눈, 바람엔 맞바람으로 대응할 거야."

"까분다, 농담이라도 그런 말은 입에 담지 마. 너 또 연주 핑계 대고 개미 옷 입어라."

두 사람은 농담 같은 진담을 하면서 서로의 수절 맹세를 받아냈다.

태백에 도착한 두 사람은 세상에서 가장 짧은 밤을 보내고 아침을 맞았다. 식사도 제대로 못 한 승규는 축 처진 모습으로 차에서 내렸다. 큰 가방을 끌고, 캠프 숙소로 가려던 그가 힘없이 말했다.

"12월 19일에 들어오는 거 확실한 거지? 휴대폰 항상 켜 놓고. 차에서 내릴 거 없이 바로 가."

"들어가는 건 볼래요. 미국에 도착하면 전화할게요……."

승규는 고개를 끄덕이며 은수를 바라보다가 입구 쪽으로 걸어갔다. 그는 무표정하게 뒤돌아봤지만, 슬픈 눈빛은 감춰지지 않았다.

은수는 달려가 그 애처로운 뒷모습을 안고 싶었지만, 그녀를 알아보고 인사하는 스텝과 선수들을 보면서 참고 있었다.

현관문에 다다른 승규는 은수와 눈이 마주치자, 아이처럼 고개를 돌렸다. 그래도 참고 있었는데, 인사 대신 들어 올린 그의 커다란 손을 본 순간, 은수는 무작정 달려가 가여운 남편을 안았다.

"매 순간 당신을 생각할게요. 사랑해요, 승규 씨! 아주 많이……."

은수를 꼬옥 안고 있을 뿐, 그는 아무 말도 하지 않았다.

그리고 이틀 뒤, 은수는 사랑하는 가족을 뒤로하고, 뉴욕행 비행기에 몸을 실었다.

17. 에필로그

Oct. 23rd, 2011

보고 싶은 승규 씨,

정기 연주회는 무사히 마쳤어요.

시즌이 시작돼 바빴을 텐데 꽃까지 보내 준 당신에게 고맙고, 미안했어요.

9월에 있었던 인디애나 국제 바이올린 콩쿠르 1위 수상과 줄리아드 정기 연주회 협연 소식이 알려지면서 잡지사 몇 곳과 전화 인터뷰를 했어요.

그런데 그들은 바이올리니스트 최은수보다 이승규 아내 최은수에게 더 많은 관심을 보이며 떨어져 지내는 당신과 어떻게 소통하고, 가장 힘든 점은 무엇인지 등등을 궁금해했어요.

그래서 '아! 내 남편이 변함없이 멋진 농구를 하고 있구나!' 하는 안도와 연주자 최은수는 더 노력해야 한다는 각성을 동시에 하게 된 시간이었습니다.

그리고 추석 연휴에 온 가족을 제주도로 초대해 준 아주버님께 너무 감사드려요.

6명의 대식구를 혼자서 접대했으니 얼마나 힘드셨을지 난 짐작도 못 하겠어요.

그 덕에 가족들은 무척 즐거웠나 봅니다. 엄마랑 선생님이 그때 본 바다랑 뱅에돔회가

종종 생각난다고 하시는 걸 보면 말이에요.

아주버님의 신나는 제주살이는 여전하시겠죠?

가족들 얘기를 하다 보니, 모두 너무 보고 싶어요.

이제 연주회는 마쳤고, 기말고사만 남았네요.

3과목이니까 깔끔하게 끝내고, 12월 13일에 쏭 날아갈게요.

편지와 함께 넣은 건, 이번 연주회 사진이에요.

연주 홀 왼쪽에 빨간 장미가 놓여 있는 자리 보이세요?

내가 예매했던 승규 씨 좌석이에요. 비록 당신은 오지 못했지만, 난 그 자리에 승규 씨가 앉아 있다고 생각하며 연주했답니다.

이제 한 달 하고 스무날만 지나면 승규 씨를 볼 수 있겠네요.

매일 통화하고 있지만, 난 빨리 가서 당신 품에 안기고 싶어요.

내게 제일 즐겁고 편안한 세상은 이승규, 당신이니까요.

우선 시험 잘 볼게요. 승규 씨도 즐겁게 시즌 시작하세요.

사랑합니다!

- 당신의 아내 은수-

PS. 집에 오면 은석이랑 게임만 한다고 엄마가 걱정하세요.

승규 씨, 은석이가 내기 게임 하자고 꼬드겨도 넘어가면 안 돼요.

들리는 말이, 학교 동아리에서 종일 게임만 하면서 새 상품을 만든대요.

그러니까 내 말은, 순수하게 게임을 즐기는 쪽이 아니란 말이에요. 알았죠?

겨울소나타 _두 번째 이야기

초판 1쇄 인쇄 2024년 10월 25일
초판 1쇄 발행 2024년 11월 01일
지은이 최혜원

펴낸이 김양수
책임편집 이정은
교정교열 연유나

펴낸곳 도서출판 맑은샘
출판등록 제2012-000035
주소 경기도 고양시 일산서구 중앙로 1456 서현프라자 604호
전화 031) 906-5006
팩스 031) 906-5079
홈페이지 www.booksam.kr
블로그 http://blog.naver.com/okbook1234
페이스북 facebook.com/booksam.kr
이메일 okbook1234@naver.com

ISBN 979-11-5778-671-8 (04800)
        979-11-5778-639-8 (SET)